Cătălin Pavel (n. 1976) este scriitor şi arheolog. A urmat studii doctorale şi postdoctorale la University of Oxford, Université Paris 1 Panthéon-Sorbonne, Institutul Arheologic Albright din Ierusalim, Universität Hamburg şi Colegiul Noua Europă din Bucureşti. A predat arheologie şi artă clasică în Bucureşti şi Atlanta şi a participat la săpături arheologice în ţară, în Germania, Franţa, Anglia, Maroc, Israel şi în special în Turcia (la Milet, Gordion şi, în 2005–2010, la Troia). În prezent este lect. univ. dr. habil. la Universitatea „Ovidius" din Constanţa. A ţinut vreme de cinci ani rubrica de arheologie din *Dilema Veche* şi vreme de doi ani o rubrică literară în *Suplimentul de cultură*.

Volume de poezie: *Altera Pars* (ATU, 2012, Premiul de debut „Mircea Ivănescu" – Artgothica), *Tulburarea la fiinţele vii* (Limes, 2014), *Doi oameni într-o poză* (Limes, 2015), *Adagietto* (FraACTalia, 2016), *Carnetul lui Villard* (Vinea, 2021).

Romane: *Aproape a şaptea parte din lume* (Humanitas, 2010, Premiul de debut Bibliofagia/UniCredit, trad. fr. de F. Courriol, *La septième partie du monde*, Éditions Non Lieu, 2017), *Nicio clipă Portasar* (Cartea Românească, 2015), *Trecerea* (Cartea Românească, 2016, Premiul „Ziarul de Iaşi", nominalizat la Premiile USR), *Chihlimbar* (Polirom, 2017, Premiul USR, Dobrogea).

Lucrări de specialitate: *Describing and Interpreting the Past – European and American Approaches to the Written Record of the Excavation*, Editura Universităţii din Bucureşti, 2010; *Dicţionar de mitologie greco-romană: Zei, eroi, mituri* (coautor şi coeditor, Corint, 2011); *Arheologia iubirii: De la Neanderthal la Taj Mahal* (Humanitas, 2019, Premiul USR Dobrogea, nominalizată la Premiile „Observator cultural", trad. fr. de J.-L. Courriol, *Archéologie de l'amour*, Éditions de l'Aube, 2022, trad. it. de B. Mazzoni, *L'archeologia dell'amore*, Neo Edizioni, 2022); *Animalele care ne fac oameni: Blană, cozi şi pene în arheologie* (Humanitas, 2021).

Cătălin Pavel

Toate greșelile care se pot face

ROMAN

HUMANITAS
BUCUREȘTI

Redactor: Adina Săucan
Coperta: Angela Rotaru
Tehnoredactor: Manuela Măxineanu
Corector: Ana-Maria Vieru
DTP: Corina Roncea, Veronica Dinu

Tipărit la Artprint

Descrierea CIP a Bibliotecii Naţionale a României
Pavel, Cătălin
Toate greşelile care se pot face: roman / Cătălin Pavel.– Bucureşti:
Humanitas, 2022
ISBN 978-973-50-7016-8
821.135.1

EDITURA HUMANITAS
Piaţa Presei Libere 1, 013701 Bucureşti, România
tel. 021 408 83 50, fax 021 408 83 51
www.humanitas.ro

Comenzi online: www.libhumanitas.ro
Comenzi prin e-mail: vanzari@libhumanitas.ro
Comenzi telefonice: 0723 684 194

pentru sora mea, Ioana

PARTEA ÎNTÂI

Aflase despre armata plantatorilor de pe Facebook, în timp ce o aştepta în beznă pe Carmen Ottomanyi să iasă din duş şi să se bage în pat lângă el, iar apoi lucrurile să scape, în măsura posibilului, de sub control. Probabil ar fi trebuit să se concentreze asupra faptului că urmau să facă dragoste, numai că, deşi nu era decât o uşă între ei, se simţea bineînţeles singur, de parcă uşa aia despărţea două ţări diferite. Stătea deci şi freca plictisit telefonul pe Facebook, cu gândurile lui obişnuite, deşi în acelaşi timp o dorea foarte mult. Ştia că nu e-n regulă ce face – ar fi trebuit să folosească aşteptarea aia ca să se apropie de ea, nu? –, drept dovadă, când o auzi că dă să deschidă uşa ascunse repede telefonul, cu faţa în jos, să nu se vadă că era încă luminat. Apucase însă să citească, printre alte tâmpenii, şi două vorbe pe undeva despre armata plantatorilor de copaci, la care trimiteau postări care mai de care mai greu de evaluat. Se gândise că o armată a plantatorilor de canabis, sau de mac, ar mai fi avut cât de cât sens, dar a plantatorilor de copaci!? Apoi Carmen se băgase în pat goală, lipindu-se de el cu spatele, şi el uită instantancu tot ce se întâmplase în ziua aia, fără să aibă habar, cum se spune în cărţi, că armata respectivă avea să joace un rol esenţial în viaţa lui, ca atunci când cineva strigă catalogul, şi auzi, pentru prima oară, printre treizeci de alte nume, unul mai mult sau mai puţin banal şi habar n-ai că „Nume, Prenume“ va fi cândva soţia ta, şi vei avea doi copii cu ea și un divorț oribil, să zicem. De altfel, chiar chestia asta curioasă i se întâmplase lui Grinda mai demult, nu cu ceva la fel de important, prinseseră o jumătate de oră în care erau amândoi acasă, în timpul zilei, doar că Ari era în vacanță și se învârtea și ea pe-acolo, așa că el trebuise să-i pună un film pe Netflix. De data asta, Carmen era cea care aștepta sus în pat. El deschisese în grabă meniul pentru filme pentru copii și-l selectase direct pe cel pe care se nimerise cursorul, în timp ce tot striga la fetiță să vină să vadă un film, rușinat de vocea lui falsă și ademenitoare, gâtuită de dorința de a face dragoste cu mama ei. Stătuse câteva secunde acolo să se asigure că pornește filmul, apoi mai stătuse un minut să se lămurească ce se întâmplă. Copacii erau animați secvențial, ca niște animale care hibernau. Carmen îl găsise tot acolo după jumătate de oră, când coborâse îmbrăcată și îi aruncase o privire supărată, fără o vorbă, și Grinda își dăduse deodată seama că uitase că ea îl aștepta și căscase ochii fascinat, alături de Ari cea minunată, la filmul ăla despre Alice în țara minunilor, atunci descoperindu-l el așadar, dintr-o întâmplare, pe Švankmajer, care devenise unul dintre regizorii lui preferați de *stop motion*. Alice, o fetiță cehoslovacă în haine de școală, a cărei frumusețe cuminte trebuia să fie în răspăr cu suprarealismul macabru al filmului, privea îngăduitoare craniile animalelor care răsăreau din dantele plisate (și care apăreau sau nu în Lewis Carroll? parcă nu) și la copacii care creșteau și scădeau în funcție de cum respira și cum le vorbea ea.

Luni ajunse în Piața Victoriei cu o durere de cap. Văzând pe unul-doi binedispuși la birou, îl apucară dracii. Ce motive puteau să aibă? Faptul că, deși lunea era rău, cel puțin... cel puțin... suntem aici cu oameni... nu putem muri singuri? Încercă să se consoleze cu ideea că cei binedispuși măcar nu erau români, ai noștri nu săvârșesc o asemenea eroare de gust. Încă de când se deschisese, OKDBR fusese compania cu cei mai mulți străini din România, și de atunci procentul crescuse și mai mult, în companiile mari din București erau angajați 1% străini, la ei erau 11%. Se trezi că Aufderheide îi făcea semn să treacă în biroul lui. Grinda deschise ușa de sticlă, așteptând să iasă secretara.

— Ai întârziat.

— Am un început de gripă...

— Nu ține. Dacă ar fi fost un început de chelie, mai înțelegeam. Am nevoie să fii aici, la program, să dai vocea ta celor fără voce, zise el, râzând complice de sloganurile pe care compania li le repeta în fel și chip.

Fără nici o tranziție, austriacul începu să-i povestească despre problemele lui cu Iolanda. Făcuse cea mai mare greșeală din lume, zicea, căsătorindu-se cu femeia vieții lui.

— Stai liniștit, cea mai mare greșeală din lume e de fapt a ei, că s-a căsătorit cu tine.

— A, da? zise celălalt, fără să intre în joc, și lui Grinda îi păru rău că glumise.

Stătu o vreme în cubiculul lui cu ochii în bagdadii și o activitate cerebrală nulă. Era uimitor că gândurile pe care mintea omului, acea bijuterie nemaipomenită, le formula când omul stătea pe scaun fără să facă nimic, în tren sau la birou, puteau fi atât de lente. Zăbovi totuși cu această minte, puțin nelalocul lui ca omul murdar în cearșafuri curate, în duminica pe care o petrecuse cu Carmen Ottomanyi, care își lăsase fetița la părinți și ajunsese la el sâmbătă la zece seara. Făcuseră dragoste în grădină, într-un sac mare de dormit, nimic de zis. La sfârșit Carmen vrusese să intre în casă. Faptul că erau în grădină, în sac, i se părea deodată ridicol. Beculețul începu să clipească, așa că își puse căștile pe urechi.

Thank you for calling. This is your Romanian interpreter, num ber 03986.

La OKDBR, numerotarea interpreților începuse de la o mie, nu se știe de ce. Poate nu voiau să existe situația în care te prezentai clientului ca interpretul nr. 3, să sune a trei frați care au o afacere de traduceri în curte. Dacă spuneai că ai numărul 03986, asta presupunea că lucrezi într-o companie uriașă, monstruoasă. Oamenii aveau încredere numai în lucrurile monstruoase. Oricum, cu freelanceri cu tot, care lucrau de-acasă, OKDBR avea mii de traducători și interpreți.

—...Să discutăm puțin despre rezultatele analizelor dvs., traduse Grinda.

— Stimate domn, începu bătrânul, cu o extraordinară așezare în voce. Eu am 85 de ani și sunt un om simplu, de la țară, cum se zice pe la noi. Vă rog din capul locului să-mi explicați lucrurile acestea de natură medicală în așa fel încât să le pot înțelege și eu cât de cât. Vă mulțumesc tare mult de pe-acum!

Asistenta britanică ascultă cuminte și păru că o încântă să fie astfel prevenită.

— Aceste analize sunt... bune, traduse Grinda. Ar fi o singură problemă, dar nu vă îngrijorați. Nivelul fierului în sângele dvs. este puțin cam scăzut.

— Am înțeles, am înțeles pe deplin acum, domnul meu. Am o lipsă de fier în sânge deci! Sigur că da.

Și asistenta, și Grinda fură profund satisfăcuți de acest răspuns. Se comunica.

— Da, da, asta e. Acest lucru este probabil legat de boala de ficat pe care o aveți...

— Stați să îmi notez și eu... Dacă spune doamna doctor, apoi așa trebuie să fie; eu nici nu mai citesc ziarul, și, la vârsta mea de 85, de unde să mă mai pricep eu!?

— Recomandarea noastră este să vedeți un hematolog.

— Am înțeles, am înțeles...

— Uitați, v-am făcut o programare pentru marți, de acord?

— Nu, răspunse bătrânul, cu o fermitate milenară.

— Nu puteți marți, să căutăm altă zi?

— Nu doresc să mă duc la nici un hematolog.

Grinda traduse, stăpânindu-și o veselie interculturală greu de explicat, și o ascultă pe asistenta deconcertată care-și aduna cu grijă argumentele.

— ...așa că, încă o dată, pe baza întregului dosar medical, a spitalizărilor anterioare, a diagnosticelor, echipa noastră de doctori a stabilit foarte clar că după externare trebuie să continuați investigația la hematologie, pentru a elimina...

— Nu am nevoie să mă duc la nici un hoț de hematolog. La mine așa fluctuează sideremia.

După ce își scoase căștile, Grinda își notă două vorbe despre *call* în jurnalul lui, cu cine vorbise, între ce ore. Exista un *log* automat al companiei, evident, dar, notându-și ceva pe hârtie despre conversația respectivă, simțea cumva că o mai scoate puțin din istoria finanțelor sau a birocrației medicale și o băga în istoria oamenilor. Lucra la OKDBR de la înființare, prelua mii de *call*-uri pe an, mai mult decât centralistele de taximetrie, dar nu devenise manager. Ar fi fost mai bine plătit, dar și-ar fi luat la revedere de la cohortele de bătrâni, de muncitori agricoli și de țigănci din Marea Britanie și din SUA, care nu se descurcau în engleză și erau cumva responsabilitatea lui. Beculețul clipi din nou, dar pe ecran văzu că Iolanda Igna se oferă să preia clientul, și Grinda o lăsă. Iolanda trăgea tare să-și îmbunătățească scorurile, probabil ca să plece la altă companie, dar asta nu era treaba lui. OKDBR era acum cea mai mare companie de traduceri din Europa Centrală și de Est, să lucrezi acolo putea fi insuportabil chiar și fără să ai o relație cu propriul manager. Ploua tare. Se aprinse ledul pe non-medical, un *call* prin Wells Fargo.

— ...*May I introduce myself to your client now?*

Foarte repede, Grinda avu o imagine destul de clară despre acest client. Era o băbuță încă vie la minte, baptistă emigrată din România în anii '60 și rămasă văduvă după ce toată viața interfața ei cu societatea fusese bărbată-su. Ea se ocupa să recreeze un apartament românesc cu mileuri și icoane într-un complex american de blocuri semi-prospere. Trebui să-i explice că are o restanță la plată, 180 de dolari. Suma imensă o paraliză pe bătrână.

— Doamne Maica Domnului, cum să am eu asemenea datorii!? Să-i spuneți colegului că eu mă chivernisesc extraordinar de bine și am doar rata de 45 de dolari pe care o plătesc la întâi ale lunii, joia...

— Este vorba de altceva, de contribuția lunară care vi s-a calculat, reveni Grinda, pentru a acoperi suma de 9.800 de dolari pe care ați plătit-o cu acest card în două tranzacții, pe 19 și pe 20 septembrie.

— Suma de cât? se informă bătrâna.

Picăturile de ploaie pe geam erau absolut nelalocul lor într-o multinațională. O companie care se respectă nu permite să fie atinsă de ploaie. Asta distruge spiritul combativ. Ideea că afară există apă, există viață, este pernicioasă. Era în ansamblu mai eficient să nu ai ferestre deloc, să funcționezi doar cu lumina electrică și aer condiționat, pentru că așa productivitatea angajaților era mai mare. Grinda se cam decuplase de la fraudă și traducea mecanic. Reieși că da, bătrâna își pierduse cardul acum vreo lună, dar cui era să se adreseze? Fata era la mama dracu', în Boston, nu avea cum să vină. Îi dictă bătrânei numărul de telefon la care fiica ei putea să sune la bancă.

— 470, spuse Grinda, cât putu el de limpede.

— Da...

— 875...

— Da...

— 28, 97.

— Patru...

— 470... 875... 2897.

— Șapte cinci?

— Vă repet numărul, 470...

— Șapte zero? Parcă ați zis adineauri șapte cinci.

Afară tună așa tare, încât Grinda tresări. Nu mai auzi ce spunea bătrâna, și el însuși simți o uscăciune în gât și trebui să-și dreagă vocea de mai multe ori.

— Să vă spun numărul de la început, doamnă, ca să fim siguri că nu ne încurcăm, da? 470 875 2897.

—...Doi opt nouă șase?

— 97.

— Nouă șase.

— *Bear with me while I try to get the number across to this lady*, spuse Grinda.

— *No problem, go ahead*, îi răspunse tipul de la bancă, neașteptat de amabil.

— Doamnă, ultimele două cifre sunt nouă și șepte, spuse el cu o strâmbătură. Ca să te deranjeze să zici șepte trebuia să fii încă destul de imatur.

— Nouă și șase.

— Doamnă, nu vă faceți griji, nu e așa grav. Să sune fata dvs. și se va găsi o soluție. La sfârșitul numărului, avem 9 și 7, adică nouă, apoi scădem doi, și obținem șapte.

Abia acum bătrâna înțelese corect. Până la urmă fusese stupid din partea lui să-i tot repete ceva ce evident ea nu înțelegea, în loc ca, de la bun început...

— *May the interpreter check for comprehension*? adăugă el, cuprins de o sumbră bănuială.

— *OK, interpreter*, spuse tipul de la bancă.

— Citiți-mi, vă rog, numărul, ca să verificăm.

— ...Doi opt nouă șase.

Grinda bău un pahar întreg de apă. Tipul de la bancă, cu o caracteristică politețe dezgustătoare, hotărî că avea să sune el a doua zi din nou, așa că începură să-și ia la revedere. O înfrângere. Își rută următoarele *call*-uri către freelanceri și plecă înainte să se termine cele două ore pe care le petrecea de obicei în plus. Ieșit din clădire, rămase înmărmurit de cât de primitoare era lumea, aerul ei cald în care, în spatele fumului de eșapament, se simțea totuși un parfum divin, compozit, și cât de puțină legătură avea acest aer al serii cu idioțenia a tot ceea ce făcuse el între patru pereți până atunci. Până și în parcarea subterană se putea încă simți acest aer care îl surprinsese pe Grinda, deși aici bineînțeles nu se mai auzeau păsările. Plăti visător la aparatul care altădată îl enerva atât de tare, selectă

DORESC CHITANȚĂ, trase chitanța, o mototoli și o aruncă în coșul plin cu chitanțe mototolite; în clipa aia văzu că în coș era și un fluturaș pătrat, prost tipărit, pe care scria ceva stupid, Plantează și tu! sau poate: Dacă toți am sădi un copac, ehe!, ceva de genul ăsta, iar dedesubt, sec, ca o semnătură: Armata plantatorilor de copaci. Asta îl binedispuse. E nevoie și de idealiști, e nevoie și de ONG-uri din-astea, dracu' să-i ia!

Ridică geamul abia când intră pe autostradă. În fața lui mergea un motociclist care părea un rigid cavaler al apocalipsei, dar nu făcea altceva decât să ducă unui amic o ladă de pește. Deodată se trezi că un Audi albastru intră razant în fața lui, frânează o clipă, iar șoferul îi face semn cu degetul mijlociu și apoi îi arată spre dreapta cu un gest scârbit. Se lămuri și Grinda că mergea cu mașina lui pe banda a doua cu 60 la oră, absorbit de gânduri și de acea veselie, atât de rară la el. Trecu pe banda întâi, fără să se enerveze, ba se trezi chiar că îl admiră pe celălalt, cum îi tăiase fața la milimetru, apăsase frâna doar o fracțiune de secundă, cât să i se aprindă luminile pe spate (adică: abia te miști!), apoi îi făcuse semn cu degetul (te fut!) exact atunci când Grinda, cu atenția trezită de frâna celuilalt, se uita înainte, și anume exact acolo unde îl putea vedea, chiar în centrul spațiului dintre cele două scaune, și apoi cu degetul mare spre banda din dreapta (du-te dracu' pe banda întâi dacă dormi la volan!, în sensul ăsta). Ăsta era un om coordonat, probabil foarte capabil. Tocmai trecea pe lângă pădurea Ivirești, care se întindea neagră pe ambele părți ale drumului.

Sâmbătă, Carmen Ottomanyi îl aștepta pe partea cu mozaicul de la MȚR, unde creștea un oțetar amărât, dar verde, în stația lui 300. Ieșise din mașină și fuma. Chiar așa, de departe, Grinda simți jetul direcționat de căldură care venea de la ea spre el. Ce bine era ca femeia pe care o iubeai să fie deja acolo, numai că ea niciodată nu era deja acolo, ca să-ți prilejuiască această senzație neprețuită că brațele ei sunt întinse și pregătite atunci când tu cazi în acea întâlnire. Să vezi adică părul ei de departe și să te apropii încet-încet, gândindu-te la tot felul de lucruri plăcute. Nu, în loc de asta, ea apărea când tu deja te enervaseși ca un idiot, pentru că la urma urmei ea nu întârziase decât douăzeci și cinci de minute, sau douăzeci de minute. Grinda o luă în brațe, și deodată îl otrăvi îngrijorarea că s-a întâmplat ceva, și de-asta nu numai că nu întârziase, dar ajunsese mai devreme, suficient ca să parcheze și neregulamentar, și departe, și să fumeze o țigară întreagă. Îndreptându-se spre mașină, ea îi făcuse un gest familiar soldatului din față de la Guvern, și Grinda tresări neplăcut, de parcă ar fi devenit unul dintre cei pentru care viața mai are gust doar datorită geloziei. Ca să se pedepsească, o întrebase, penibil, dacă se cunosc de undeva. Carmen, în loc să se supere, spusese imediat că soldatul îi oferise un foc, și zâmbise. Zâmbetul ăla, de bună seamă datorat amintirii unei chestii porcoase pe care soldatul trebuie să i-o fi spus, și pe care ea trebuie s-o fi găsit savuroasă, îl scoase din sărite pe Grinda. Trase aer în piept și se calmă. De unde era să știe, acum mulți ani, când se suiseră amândoi în tren ca să înceapă o viață nouă, că se va îndrăgosti de ea? Că ea se va face așa de frumoasă cu fiecare rid care apărea pe figura ei? Conduse ea până la Ivirești, apoi lăsară mașina în parcarea uriașă, care era aproape goală. Începură să meargă repede prin pădure. Grinda căuta în minte cuvintele potrivite care dintr-odată să facă totul simplu și autentic. De câte ori veniseră aici ca să sporovăiască la monument! Dar acum sporovăiala era un ideal greu de atins. Erau prea multe corzi sensibile, prea mult bagaj. De la o vreme începuseră să apară între ei cuvinte care nu erau cuvinte, care nu erau făcute din același material cu vorbirea, și care îl îngrijorau, erau discuții în care apăreau niște locuri negre, niște cuvinte moarte... Era Nimicul care vine asupra limbii, nu asupra lumii, ca în povestea lui Ende. Să auzi așa ceva era ca atunci când în loc de apa în care întinzi încrezător brațul dai deodată de peretele bazinului. O zi bună îți doresc, îi spusese Carmen Ottomanyi ultima oară când se văzuseră, și el ridicase ochii gata de ceartă, când deodată văzuse că nu fusese nici o intenție de a-l irita, nu era nici o urmă de ironie pe chipul ei, pur și simplu i se păruse firesc să fie de-acum așa de formală cu el. Și atingerea ei era mecanică, devenise o îmbrățișare politică.

O lumină grozavă, ca din retortă, se abătu asupra pădurii când ajunseră la monument. Așa îi zicea lumea, de fapt erau niște lespezi lungi de ciment, fiecare de mai multe tone, abandonate acolo în anii '80, și care nu mai fuseseră ridicate niciodată. Din păcate nu erau singuri, văzură un grup de muncitori cu veste mov și dungi reflectorizante și un inginer într-un costum de in, ca un actor, dar cu cască de protecție pe cap, care se învârtea pe-acolo. Se îndepărtară până găsiră un fag mare, cu scoarța ca o spinare de rechin, și se așezară în frunzele galbene de pe jos.

— Oare au voie să ia chestiile alea de-acolo, n-au valoare istorică? Monumentul cimentului comunist.

— Monumentul cimentului necunoscut.

— Ca să facă o benzinărie în inima pădurii, sau mai rău, vreunul din locurile alea de joacă oribile.

Pe Grinda îl distră înverșunarea ei împotriva locurilor de joacă.

— Și Argiro le detestă, o sperie, îi explică ea.

— N-o sperie deloc, din contră, nu se mai dă dusă, zise el banal, dar deodată moale, dându-și seama că nu e bine ce face. De când îi explică unei mame cineva, oricine ar fi, poate să fie și Dumnezeu, ce e în capul fetei ei?

— Se uită cum vin camioanele cu piese, asta e problema. Nu mă lasă să plec până nu se termină descărcatul, deși o scârbesc lăzile alea cu cabluri și plasticul care miroase până în capătul străzii, și în plus mai întârziem și la școală. Și-apoi într-o zi, când veneam de pe Doctor Burghelea de la ambasadă, a văzut cum făceau șanțuri mici de la un copac la altul și i s-a făcut rău.

Lui Grinda i se făcu inima cât un purice, fără să știe de ce.

— Stai liniştită, astea sunt caraghioslâcuri. Când am fost cu Ari acolo săptămâna trecută era cel mai normal copil din lume. Și nu era nici un camion.

— Păi da, cu tine întotdeauna o ia razna.

Era octombrie, o zi foarte luminoasă, cu umbre lungi şi precise. Grinda îi luă mâna acestei femei pe care o cunoştea de atâta amar de vreme. Amândoi erau încă foarte tineri. Spre surprinderea lui, ea zâmbi. Nenumărate foi colorate, probabil rămase în urma unei petreceri, ziua de naştere a vreunui copil, erau răspândite în jur:

o pasăre pentru *ari itarki*, o pasăre pentru *ari mudri*,
o pasăre pentru *ini iriri*, o pasăre pentru *ilmi parmi*,
o pasăre pentru *iriltehi*, o pasăre pentru *ulahulzi*,
o pasăre pentru *duwantehi*, un miel pentru *tahasi durusi*

o pasăre pentru *kibissi punuhunsi*, o pasăre pentru *gamersi*,
o pasăre pentru *tati duwarni*, o pasăre pentru *serdihi serabihi*,
o pasăre pentru *anishi bindihi*, un miel pentru *zuzumaki*

— *Thank you for calling. This is Romanian interpreter, number 03986.*

— *Please hold while I bring the limited-English speaker on the line.*

— Sunteți împreună cu familia, cu soțul? traduse apoi Grinda.

— Nu, domnu', soțul are interdicție să se apropie de mine, i-a dat de la tribunal cu ordin, cu tot ce trebuie. Sunt eu și copiii ăștia.

— Dați-ne, vă rog, numele copiilor și vârstele lor.

— Ăsta mare care urlă e Pitingo, și s-a născut în 2013, când am plecat din Franța. Lu ăsta micu i zice Paciuli, e născut în februarie, la sfârșitul lui februarie.

— Februarie 2016? întrebă Grinda cu de la sine putere.

— Februarie ălalalt.

Grinda spusese pe litere numele copiilor și vârstele lor.

— *Are you still breastfeeding*? întrebase asistenta.

— Doamnă, dacă-mi dați voie să vă întreb, mai alăptați?

— Da, domnu', cum să nu, alăptez, dă-l dracu'.

Grinda ascultă cu atenție explicația puștoaicei de la capătul celălalt.

— Uitați ce spune doamna, că va trebui să mulgeți un pic de lapte în recipientul acesta. Așa e procedura, pentru că trebuie o dovadă că într-adevăr alăptați, ca să primiți un meniu special cât timp sunteți reținută.

Spre surpriza lui, femeia se arătă extraordinar de suspicioasă față de această cerință, care aparent i se părea o culme a perversiunii. Până la urmă totuși făcuse ce i se cerea. Grinda aproape putu să o audă întrebându-se în gând ce soi de oameni sunt americanii ăștia.

— Doamna doctor vă mai întreabă când ați avut ultima oară relații sexuale, traduse el cu o relaxare suplimentară în voce.

— Acum două zile.

Grinda n-avu cum să nu tragă concluzia că oamenii ăștia care se aflau în carantină așteptându-și rândul la judecător făceau sex mai des decât el. Probabil și asistenta era în aceeași situație.

— Cu un partener stabil?

— Cu soțu', cu bărbată-miu.

Enervarea lui se transformă deodată în veselie. Asistenta nu se arătă în nici un fel mirată că soțul care altminteri avea *restraining order* se înființa totuși cu atâta ușurință pentru futut. Ea probabil punea doar întrebările dintr-un chestionar. Te abați de la chestionar, dai de probleme. La sfârșit, însă, asistenta părăsise pentru un moment convenționalitatea obișnuită și îi mulțumise lui Grinda pentru efortul lui, spunându-i că făcuse o treabă fantastică. Cine sunt eu s-o contrazic, se gândise el închizând. Aufderheide era așezat lângă el, așteptându-l să termine. Fără să-l lase să se dezmeticească, o luă de la capăt cu problemele lui cu Iolanda Igna. Grinda asculta cum omul își înfiera nevasta, făcând doar din când în când comentarii reținute, ambigui. Cum să te grăbești să confirmi aceste critici, când după aia ei nu mai divorțează, și prietenului tău o să-i fie greu să mai dea ochii cu tine după ce ai fost de acord cu el, pe baza datelor prezentate tot de el, că nevastă-sa e nebună. Dar Aufderheide umblase toată ziua de la unul la altul în cele trei etaje ale clădirii OKDBR ca să motiveze lumea pentru că urma să se întoarcă Ceo Georgescu din Irlanda. Acum putea să se relaxeze puțin vorbind despre cât de vinovată era Iolanda de nefericirea lui. Grinda îl privi prefăcându-se plictisit. Ceo Georgescu îi mai trebuia.

— De ce nu vă despărțiți voi?

Aufderheide rămase pe gânduri, parcă surprins de ingeniozitatea soluției lui Grinda.

— Ne iubim foarte mult. Foarte mult.

— Irelevant.

Austriacul se uită la el cu admirație, sau poate era doar suprema lui politețe. Pe ecran apăru un *call*. Grinda își puse iar căștile.

— *...Everything you say will be confidential.*

— *It's Radu, isn't it? Interpreter, do you mind repeating your ID number?*

— *03986.*

Coincidență, era un *call* tot din triaj, dar de la carantină.

— Cum vă simțiți astăzi? traduse Grinda.

— Bună ziua, domnu' Radu! se auzi vocea profundă și plăcută a unui țigan cu care mai vorbise de câteva ori. Vă rog să-i spuneți lu' dom doctor, și să subliniați aceste cuvinte, că mă simt absolut excepțional.

Grinda îi spuse doctorului că pacientul se simțea absolut excepțional, și sublinie acele cuvinte.

— Tuse, febră, expectorații?

— Să moară familia mea dacă am tușit eu vreodată, sau dacă am avut febră, sau dacă am avut altceva.

— *I have never presented with any of these symptoms, cross my heart and hope to die.*

În ciuda protocolului care cerea fidelitate absolută a traducerii, erau situații în care Grinda renunța să mai raporteze toate culorile limbii. De data asta, din amiciție pentru omul care era la aproape 3.000 de kilometri de el, făcuse o excepție, deși într-o variantă mai benignă.

— Ha, ha, ha, râse doctorul.

Grinda așteptă. Știa că urmează tirada țiganului.

— Dom' Radu, cât mă mai ține aici!? Cum să am eu tuberculoză, mă simt extraordinar de în putere! Nici măcar n-am auzit de tuberculoză!

Grinda traduse, neputându-se stăpâni și punând în voce și puțin din disperarea *limited-English speaker*-ului. Ăsta era un doctor căruia îi plăcea să știe cu cine discuta, nu se mulțumea cu numărul interpretului.

— Cum v-a mai spus domnul doctor, pe radiografia pulmonară se văd niște leziuni suspecte. Așa că, pentru a se elimina suspiciunea că aveți TBC, trebuie să mai stați aici câteva săptămâni, până vin rezultatele definitive, reveni Grinda cu același răspuns ca de fiecare dată.

— Am înțeles, răspunse țiganul, fără absolut nici un fel de dezamăgire că eforturile lui nu duseseră nicăieri. Dar am o mare rugăminte la domnu' doctor, îl rog ca pă copiii mei. Să mă pună și pe mine cu cineva în cameră, că înnebunesc singur. Și să grăbească analiza aia de scuipat, că mi-o făceam de pe-o zi pe alta la mine la dispensar, domnu' traducător, ăștia din America sunt vai de capul lor, așa să-i ziceți.

— Înțeleg pe deplin îngrijorarea dvs... traduse el răspunsul doctorului, apoi iar ascultă cu atenție. Analiza de spută nu poate fi grăbită, pentru că e vorba aici de a se realiza o cultură micobacteriană...

Pe ecran apăru un mesaj, austriacul îi scrisese pe interletter.

13:44:01 aaufderheide: *nu vrea să înțeleagă că o iubesc.*

Grinda zâmbi în barbă.

13:44:05 rgrinda: *cum să înțeleagă, când tu ai un accent așa puternic.*

13:44:09 aaufderheide: *VTF!?*

Seara, acasă, simțea o nervozitate ciudată așteptând-o pe Carmen. Se prefăcu o vreme că era din cauză că nu știa cât va întârzia, pentru că venea cu trenul de la o conferință, sau că nu-i va plăcea cum aranjase o cameră numai pentru ea, cu mobilă Cucuteni, o companie de mobilă românească după care lumea era înnebunită, dar bineînțeles nu era asta. Era faptul că urma în mod inevitabil să facă dragoste în seara aia. Periodic apăreau, în felul în care făceau dragoste, niște căderi, ca și cum intimitatea adunată până atunci fusese înșelătoare. Nu era vorba că i se înfățișa brusc ca o necunoscută, că n-o mai regăsea. Din contră, fusese chiar uimit cât de ușor trecuse peste acei ani întregi petrecuți de ea cu alt bărbat; ce mai contează? O regăsea chiar cu asupra de măsură, o recunoștea până și în felul în care se schimbase. Gesturi noi de fapt nu avea, deși multe gesturi vechi erau marcate altfel, și apoi mai era evident părul vopsit, de blondă care s-a săturat să fie blondă, vrea și ea să fie orice altceva, să scape de părul ei și de tot ce venea cu el. Când o revăzuse prima oară după acea nesfârșită absență, se reobișnuise instantaneu cu ea. Nici nu-i trecuse prin cap să folosească amintirile din anii petrecuți cu ea drept proptele pentru această nouă apropiere. Ce era însă sigur era că sexul cu ea nu presupusese niciodată înainte asemenea senzații de destrămare – nu știa cum ar fi trebuit să le numească mai bine. După mai multe ezitări, încercase să-i explice lui Aufderheide ce se întâmpla, simțind în timp ce vorbea că nu-i transmite nimic din realitatea pe care o avea situația asta pentru el. Părerea celuilalt fusese că problema era în metabolismul dorinței lui, adică în defazajul dintre promisiune și împlinirea ei, în faptul că foamea și astâmpărarea ei nu se aflau și niciodată nu se vor afla în același plan ontologic. Grinda dăduse din cap și zisese da, probabil că ai dreptate, fără să-i treacă prin cap să facă mișto de austriac, dar știa că nu e deloc asta și că imensa majoritate a problemelor pe care le discutăm cu prietenii noștri sunt falsificate din chiar secunda în care ne ies vorbele pe gură. Rămânea tot el să găsească o soluție sau o metodă de a pune sub cheie acele căderi. Într-o noapte, de exemplu, în timp ce se futeau cât se poate de simplu și plăcut, Grinda avusese deodată impresia bizară că n-o mai găsește, că a rămas singur, singur în cameră. Ce dorință, ce înstrăinare, nu!, problema era alta, un fel de insubstanțialitate a acelei reprezentări care era corpul, asta era. Asta îl nedumerea și îl țintuia în loc, încât Carmen trebuia să-l trezească întrebându-l în șoaptă ce ai? Vrei să te iau în gură?

Se apucă să caute muzică, și cu ocazia asta văzu că deja se făcuse târziu. Enervat, desfăcu o sticlă de vin, dar asta îi dădu o idee, puse o tigaie pe foc și spălă niște ciuperci. Cântecul nu era vesel absolut deloc, un mort cântând unor morți despre morți. N-o să știm niciodată cât de mult ne-a otrăvit muzica tristă. Dacă nici corpul nu are substanță, atunci ce are? Că doar nu gândurile sau, culmea, simțămintele? Unde e substanța? În deciziile pe care le luăm, mai ales când hotărâm să ne despărțim, atunci când există consecințe gârlă? Dar asta nu era o substanță autentică, era una dobândită prin furt. Când Carmen deschise ușa însă, Grinda o aștepta cu un jazz vesel și niște ciuperci în vin cu oregano și busuioc, marele cuplu comic. Își cercetară fața rapid unul altuia, să vadă care e linia de plecare. Merita încercat. Carmen venea după o zi lungă în pantofi și acum nu voia decât să mănânce ceva.

— Mmm, e bun, fu comentariul ei apropo de ciupercile alea.

— Cum să nu fie bun, când am pus ouă, stafide, pesment, răspunse el într-o doară cu o glumă veche de-a lor. Ea pufni.

— Ce-ai făcut cât am fost plecată.

— Mi-am văzut de treabă și de lene.

La întâlnirea literară cum fusese? Ce să fie, scriitori – traficanți de personalități. Dar pe la OKDBR ce mai era? Nimic, confucianism expirat, de multinațională. Uitându-se la ea cum mănâncă, pe Grinda îl cuprinse totuşi buna dispoziţie. Se putea mânca în acest fel nefilozofic, spre satisfacţia celui ce mânca şi, simţeai asta parcă, şi spre satisfacţia mâncării. Nu era numai o poftă sănătoasă la mijloc, era şi o pauză la fel de sănătoasă, luată de la orice fel de luciditate.

— Ce bem? zise ea, punând furculiţa în farfurie într-un loc anume şi ştergându-se cu şerveţelul, pentru prima şi ultima oară. Grinda se ştergea de câteva ori, o risipă.

— Ce zici de-un ciocan de rachiu?

— Vorbeşti serios? Hai să vedem.

Grinda turnă. Nu le plăcu nici unuia. Nu mai era decât vinul cu care făcuse ciupercile, pe care Carmen, gustându-l, îl declară prea bun ca să fie folosit la gătit. Era în mod evident mulţumită de ce o aştepta acasă. Pălăvrăgiră pe canapea cu paharele înclinându-se în toate direcţiile, Grinda fiind în permanenţă conştient de faptul că această pălăvrăgeală era un indicator recunoscut pe plan internaţional, un indicator al interesului pe care continuau să-l aibă unul pentru altul după atâta timp, interes despre care presa raporta că în alte cupluri dispare rapid, izgonit de certuri şi plictiseală, acelea reprezentând, ce-i drept, o cale poate la fel de legitimă către mântuire. După o vreme, ieşi puţin şi se înfăţişă cu nişte îngheţată, care o dădu gata pe Carmen.

— Toată ziua mi-am dorit exact asta fără să ştiu!

Grinda simţi o mare plăcere, parcă făcuse vreun sacrificiu eroic pentru ea. Se lăsa păcălit cu mare bucurie de aparenţa idilică a acestei scene minore dintre ei.

— Toată ziua sau toată viaţa?

— Mmm... Cum poate fi ceva atât de bun? Unde e telecomanda? Ştii că nu pot să mănânc îngheţată fără să mă uit la televizor, se scuză ea, fără să se oprească din mâncat.

La televizor era vorba ca de obicei despre încălzirea globală. Ştirile despre inundaţiile din Moldova apăreau în cadrul discursului despre încălzirea globală ca şi cum inundaţiile din Moldova ar fi fost un aspect nesemnificativ al ei. Se simţea plăcerea intensă a reporterilor de a fi la fața locului, în miezul putred al lucrurilor, o plăcere pe care o camuflau printr-o gravitate agitată. Camera se mișca și ea, probabil se filma dintr-o barcă. Un câine înota, un copil plutea într-o copaie, o saltea ieșise pe jumate pe-o fereastră, vedeai câte o casă în care apa venea până în dreptul televizorului, iar totul deasupra acelei linii era perfect normal, nefiresc de intact, pe perete o poză înrămată a lui Hagi.

— Săracii oameni, spuse Carmen, oarecum vinovată.

— Nu seamănă cu haosul de la întâlnirile scriitorilor?

— Ție îți arde de glumă când vezi așa ceva? Nu seamănă, pentru că scriitorii au egouri așa umflate, încât plutesc toți, glumi tot ea, se vede că nu se putuse abține.

— Unii produc o proză atât de grea, încât i-ar trage imediat la fund, răspunse el cu o poantă încă mai stânjenitoare decât a ei. Așa era jocul, să ascunzi scârțâielile mari sub scârțâieli mici.

În loc să producă bârfele literare la care se aștepta el, Carmen se întoarse spre el, nu doar cu fața, ci cu tot corpul.

— Nu facem asta suficient de des, spusese ea cu înțelepciune, și mâinile ei părură o clipă că vor vrea să-i intre în păr, dar lucrul nu se întâmplă.

— Ce anume nu facem suficient de des, reluase Grinda stupid, dar cuprins de emoție, uitându-se atent la ea. Cât de odihnitoare era această față a ei. Uneori.

— Asta, să stăm de vorbă.

— Dacă ai rămâne aici peste noapte, am putea vorbi mai pe îndelete. Putem și să ne uităm la televizor.

— Mai ai ceai de rooibos?

— Care era ăsta?

— Ăla care miroase a tutun.

— Nu, nu mai am.

— Păcat. Am visat azi-noapte, zise ea de parcă asta explica de ce voia să bea ceai, că ardeau copacii din fața casei în care locuiam.

— Așa.

— Asta înseamnă că vor muri stăpânii acelei case, zice manualul de vise al lui Artemidorus din Efes.

— Cârcotă și sfădălic. Nu te lua după el.

La televizor era un film vechi. Un elicopter zbura pe deasupra unei păduri. Se vedea fața pilotului, cu căști enorme și un microfon minuscul la gură, uitându-se când în stânga, când în dreapta, ca un șofer ajuns într-o intersecție. Când închiseră televizorul și Grinda se ridică să mai stingă din lumini, crezu că vede pe chipul ei o crispare trecătoare. Se prefăcuse atunci că nu voia decât să pună niște muzică. Și totuși, în ciuda temerilor lui, Carmen plecă abia dimineața, după ce îl îmbrățișă foarte strâns, de parcă erau proaspăt logodiți. Noaptea, tranziția către a face dragoste, nu se știe din ce motiv, nu fusese ușoară. Soluția pe care o găsise Carmen fusese să-i țină un lung discurs critic și extraordinar de simpatic, despre proasta lui poziționare în viață. Grinda ascultase răbdător, observând doar ocazional că remarcilor ei le lipsea aplicabilitatea practică, dar în general reflectând la cât de ciudat era că ea încă simțea nevoia, pentru a putea face dragoste, să-i reamintească mai întâi adevărata dimensiune a inteligenței ei, în caz că o uitase, sau în caz că o credea o persoană simplă, când ea nu era simplă deloc! Cum-necum, discursul își făcuse efectul pe care trebuia să și-l facă, astfel încât Grinda constată că oratoarea, după ce se dezbrăcase, era calină și cooperantă, respectiv frenetică, după caz. Fusese cât pe-aci să simtă și el, la sfârșit, nevoia unui discurs prin care să-și reafirme inteligența după acea spectaculoasă eclipsă cauzată de interferența astrului dogoritor al sexului. O lăsă însă baltă și adormi. Era bine atâta timp cât mai puteau fi împreună.

Toată lumea se uita la monitorul din stație, la care erau alternativ reclame și știri sau reportaje. Căscă ochii o vreme. Primăria din Constanța hotărâse tăierea tuturor plopilor din oraș din cauza numărului sporit de reacții alergice la puful de plop, un caz ajunsese la urgențe. Apoi, fără legătură, era vorba de Jocurile Olimpice de iarnă, la care România nu mai obținuse o medalie din 1968. De fapt în 1968 la Grenoble fusese singura medalie obținută de România vreodată la jocurile de iarnă, luaseră doi tipi bronzul la bob, pare-se. În nordul țării, poliția era pe urmele unui grup de traficanți de droguri, cu legături atât în Ucraina, cât și în Ungaria, autointitulat Armata Plantatorilor. Grinda începu să se plimbe prin stație enervat fără motiv, uneori câte un detaliu îl scotea din minți. De ce trebuia să zici autointitulat, de parcă n-ar fi fost un nume neutru, plantatorilor, exista și o stradă cu numele ăsta prin Balta Albă, ci cine știe ce osana indecentă de care trebuia să te disociezi imediat, nu noi am zis, ăia au zis...

La OKDBR era încă nervos. Un tip de la o bancă americană îi ceru să repete numărul lui de interpret, Grinda îl repetă, după care tipul se ridică să-și ia ceva de scris, Grinda trebui să i-l spună pentru a treia oară. La telefon era o doamnă foarte în vârstă, care ca să nu piardă vremea făcu pe toată lumea să înțeleagă de la primul cuvânt că era foarte plină de ea. Ce voia ea era să-și închidă două conturi și să deschidă alte două, dintr-un motiv pe care el nu-l înțelese până la sfârșit. De obicei încerca să înțeleagă ce se întâmpla, pentru că în felul ăsta evita să traducă explicații confuze cuvânt cu cuvânt. Abia începuse discuția, că această doamnă simți nevoia să-i spună lui Grinda (căruia i se adresă folosind titlul lui întreg, „băiețaș“) să-l ferească Dumnezeu să încerce s-o păcălească, că ea știe perfect engleză și cere traducător la telefon numai pentru că e dreptul ei. Din vocea ei, își dăduse seama că motivul acesta trezea în general admirația celor cu care vorbea. Îl distră o clipă ideea că ar putea să îmbunătățească interfața OKDBR în așa fel încât la fiecare *call* să apară pe ecran nu numai instituția care solicita serviciul, durata estimată a *call*-ului etc., ci și profilul psihologic al clientului. *Caller profile: nasty hag with hollier-than-thou attitude.* Se dovedi repede că, pe cât de încâlcită și ilogică era povestea ei, pe atât de încet la minte era tipul de la bancă. După ce Grinda termină de tradus toată povestea cu cele patru conturi, două de închis și două de deschis, tipul întrebase, deci... dvs. aveți un cont sau două? Grinda îmbunătăți în gând interfața: *Call FROM entitled old bat TO obnoxious dimwit. Click to accept!* Dar cine ar mai fi luat *call*-urile astea? Discuția continuă fără nici un succes, doamna devenind tot mai nervoasă, și agentul, excelent adaptat, devenind tot mai somnoros. Tocmai când să-și iasă din sărite, pe lângă el trecu un coleg de la franceză cu căștile la urechi, care îi făcu semn cu degetul la gât, adică și el vorbea cu vreun nebun. Chestia asta îl ajută pe Grinda, care renunță să pretindă că s-a întrerupt legătura și continuă să traducă. La timp, pentru că doamna tocmai îl reclama somnorosului, spunând că traducătorul folosește intenționat cuvinte pe care ea nu le înțelege, ca să nu poată să verifice ce-a tradus.

Imediat după *call*, se ridică și se duse să-și ia un sendviș de jos. Vânzătoarea, o puștoaică micuță și grăsuță, era o bucurie pentru suflet. Se mișca supereficient, era în două locuri deodată, făcea o glumă, nu repeta aceeași placă, „bine ați venit la COCO-MOCO, cu ce vă putem servi azi" sau așa ceva, ci zicea mereu altceva când ajungeai acolo, și era clar că o făcea pur și simplu pentru că n-ar fi suportat să facă ceva stupid. Iar alții sar în gârlă după o tâmpită care arată bine. Nu, dacă aveai ceva minte în cap, o luai pe fata asta de la sendvișuri și nu te plictiseai niciodată, aveai un partener adevărat toată viața. Întrebarea era evident de ce fata asta nu era senator sau director de institut, în loc să vândă sendvișuri. La coadă se întâlni cu o tipă de la turcă, care-i zise ultima glumă ininteligibilă de pe forumul traducătorilor.

— Ce pastile îți dă doctorul când ești prea nașpa?

— Ce-ți dă? întrebă Grinda.

— Fenasin. Haha! Übel, oder?

— Mmm.

Era o nemțoaică născută din părinți turci, adusă aici de Aufderheide, și care învățase și ceva română (începând alfabetic cu „nașpa"). O adusese de la Bamberg în condiții bizare, cum ar aduce un tătar al lui Ginghis Han o femeie de peste Prut. Aveau un departament destul de tare acum de turcă–germană.

Prognoza era că va deveni și cel mai profitabil al lor în următorii cinci ani. Între timp îi veni rândul și lui Grinda, care intenționat nu se grăbi să scoată vreun cuvânt, ca să audă ce avea să zică vânzătoarea.

— Știam eu că o să vă întoarceți!

Grinda rămase încântat de atâta știință socială; calitatea asta, adică să ai o vorbă bună pentru toată lumea, putea de una singură să te facă doctor, sau preot, sau ceva foarte serios. Putea să te facă și Dumnezeu până la urmă, pentru că era greu de conceput ceva mai folositor decât un Dumnezeu care ar fi avut o vorbă bună pentru toată lumea în permanență, mai degrabă decât nici o vorbă pentru nimeni niciodată.

— Da, m-am întors, zise el, negăsind nimic spiritual și simțindu-se prost că, în loc să-i facă vreun cadou frumos, el acum urma să comande un sendviș. Dar aparent nu era cazul; pe fată răspunsul lui păru că o mulțumește în draci.

— Ia să vedem, cu ce vă alimentez, glumi ea.

Da, se gândi el, uite-așa o femeie, să fie aproape, să împingă cu tine la căruță.

Grinda plimbă degetul încoace și încolo, nehotărât, fără să scoată o vorbă.

— Am înțeles – zise ea imediat – ciabatta cu... unt... cu șuncă, brânză de capră... frunze de salată, roșii... să știți că vă pun roșii cherry... mărar uscat, să fie mai estompată aroma, ulei de măsline... tapenade n-are sens să mai punem acum, se bate cap în cap cu... și-un pic de piper, ascultați-mă pe mine, așa, excelent v-ați gândit.

Luând punga, nu numai că iar nu găsi nimic inteligent de zis, dar până și ce voise să îngâne refuză să iasă din gâtul lui, așa că practic plecă fără să salute. Traducătoarea din turcă aștepta la o masă, și Grinda încercă de probă să-i spună ceva, dar avu impresia, pe care n-o mai avusese niciodată în viață, că are gâtul plin de vată de sticlă, fără nici o urmă de durere. Pentru o clipă, deși fără panică, simți că pământul pe care stătea în picioare într-un mod atât de firesc era în altă parte, era în coardele lui vocale, în ochi, în urechi. Pe cât de acută fu această senzație, pe atât de repede și de complet o uită Grinda de îndată ce, după treizeci de secunde, îi reveni vocea și începu să facă glume tâmpite cu nemțoaica, în timp ce se întorceau sus. Continuă să mănânce și în lift, uitându-se la sendviș în oglinda uriașă. De-abia ajuns în cubiculul lui, apăsă pe buton. Calculase atât de bine, încât abia înghițise ce-avea în gură, că se și auzi cineva la capătul celălalt.

— ...iar în ce privește bolile venerice?

Femeia ezita.

— Ați prefera un traducător femeie? o întrebă asistenta, spre mirarea lui Grinda.

— Nu, mai bine așa cu domnu', se apără ea. Am avut când eram tânără, înainte să încep să lucrez. Am avut sifilis, pe care mi l-a adus nenorocitu' de bărbată-miu, spuse ea cu o ciudă încă vie.

— Deci acum ce lucrați exact?

— Sunt prostituată, cum se zice la noi, răspunse femeia liniștită, cu doar o notă de altceva în voce, dar acel altceva era de o adâncime care îl tulbură o clipă pe Grinda. Nu era însă timp de gândit. După întrebările pe care le punea asistenta, își dădu seama că știa deja foarte bine că femeia era prostituată, de-aia îi și făceau un control sau cine știe ce. Probabil era nevoie ca răspunsul ei să fie acolo, la dosar.

— În ultima lună ați avut vreun contact sexual cu persoane provenind din următoarele țări: India, Nigeria, Zimbabwe, Mozambic, Tanzania, Uganda, Kenya, Zambia, Swaziland, Botswana, Lesotho, Africa de Sud?

— Nu, răspunse femeia, după o clipă de gândire.

— Tratamentul de sifilis a fost complet și urmat de o vindecare totală?

În loc de un „da" mașinal care să închidă subiectul, tânăra răspunse de parcă întrebarea venea de la prietena ei cea mai bună.

— Am întrerupt, domnu'. M-a sunat să dea de mine, dar eu dormeam prin autogară că plecam cu Eurostar în Spania, acolo mi-au mai făcut ei ceva, apoi am venit iar la Londra și n-aveam unde sta, noroc că mi-a dat asistenta socială niște broșuri, zise ea fără pic de ironie. Până la urmă l-am adus și pe prietenul meu aici și l-am înscris pe el la gipi, eu n-am apucat că lucram și ziua, și noaptea.

Grinda scria în computer pe măsură ce femeia vorbea. În primii ani întrerupea sau zicea *May the interpreter remind your patient to speak in short sentences* etc., dar singura soluție practică era să-i lași să zică ce aveau de zis, extrăgea el mesajul apoi.

— Este esențial ca nu doar dumneavoastră, dar și prietenul să vă faceți din nou analizele și, dacă e cazul, tratamentul. El știe că ați contractat sifilis de la primul soț? traduse el.

— Păi tot el este... Am divorțat noi atunci, dar dup-aia a venit iar la mine și l-am luat înapoi. Știți cum e, adăugă ea ca pentru Grinda.

Traversând Piața Victoriei, constată că avea capul mai calendar decât de obicei. Intră într-un atelier de reparații și luă o bere pe care o dădu pe gât. Sărind treptele la metrou, auzi deodată frunzele copacilor foșnind tare undeva deasupra și avu o senzație ciudată, dar chiar atunci primi un mesaj de la Carmen Ottomanyi, din care nu înțelese mare lucru. Îi răspunse cum putu mai bine, dar imediat veni un nou mesaj de la ea, „bine, lasă". Încercă să o sune, dar telefonul ei era acum închis. În drum spre casa ei, Grinda mai bău o bere, dar de data asta nu în picioare, ci așezat ca un om normal. Era o mică terasă pe strada Șamoni. La celelalte mese era puștime și un cuplu în vârstă, care părea complet nelalocul lui, nici măcar nu erau turiști, erau doar oameni care se încăpățânau să creadă că nimic nu s-a schimbat, lucrul cel mai rău pe care îl puteai face, care în același timp era și unul dintre cele mai bune lucruri pe care le puteai face. Grinda se mai uită o dată la telefon, reflex. Era o vreme aproape minunată, din loc în loc mici coloane de praf, aproape elegante. Nu-i venea să creadă că are emoții doar pentru că urma să le viziteze, era stupid. Își luă inima în dinți și se ridică. Tot atunci se ridicară și bătrânii, fără o vorbă. Amândoi aveau ochii roșii. O luă în jos pe lângă Casa Sidon. Carmen și Argiro stăteau într-o casă cu etaj, cu o fațadă neverosimil de îngustă, construită de un tânăr arhitect pe o parcelă de teren dificilă între două imobile vechi de pe Moxa. După ce divorțase de grec, își cumpărase casa asta ca pe un fel de răzbunare. Grinda sună la ușă și apoi descuie ezitând cu cheia lui. Mașina de spălat mergea, și mirosul casei era cumva afectat. Se auziră niște bușituri sus, și apoi fetița coborî într-un suflet, făcând zgomot de parcă era cineva de trei ori mai greu ca ea. Grinda fugi cu ea în cârcă, prin sufrageria lungă, până în grădinița din spate și înapoi, după care o dădu jos și își strânseră mâinile ca șefii de stat.

— Te iubesc mult de...?

— Tot! Tot! strigă fetița. Vrei să-ți arăt căștile mele de ascultat muzică?

— Arată-mi, te rog, făcu Grinda mulțumit.

Fetița porni muzica și își potrivi fiecare cască în dreptul unei nări.

— Se aude foarte bine, spuse ea. Vocea ei suna caraghios.

— Cred, spuse el, râzând.

Apăru și Carmen cu fierul de călcat în mână și o trimise pe Argiro sus să termine de strâns, așa cum îi spusese deja de trei ori.

— Poate să mă ajute Aru să strâng? o auziră de sus, supărată.

— Nu! strigă repede Grinda, ca să prevină nu se știe ce probleme cu Carmen. Termină repede și vino să vezi ce ți-am adus!

Iluzia cea mai persistentă era prezența lor nemijlocită, unul lângă altul, faptul că se puteau uita unul în ochii altuia, ca și cum nu ar fi existat nenumărate văluri între ei. Era explicabil că uneori nu voiai decât să întinzi mâna și să atingi umărul ei, uitând că această mișcare era imposibilă, ca într-o aporie, fiind amânată de nenumărate explicații, ocoluri și rezolvări parțiale. Urmase o seară surprinzător de grea și de lungă, pentru că în nici un moment al ei Grinda nu putuse să-și adune curajul și să se care, dacă nu profitând de o furie temporară, măcar dintr-un simplu calcul de limitare a pagubelor. Uneori descoperea în Carmen Ottomanyi, așa cum o regăsise după divorțul ei, un talent oribil de a se rostogoli lent cu el din ce în ce mai jos pe pantă, ținându-l strâns, dându-i însă mereu de-a lungul întregii coborâri speranța că această coborâre se va opri, că e reversibilă. Tocmai asta te făcea de fapt să nu te zbați, să mergi până la execuție fără să încerci nici o clipă să evadezi. Alteori era bine. Acum, de exemplu, nu era rău. Ea nu vedea nimic suspect în faptul că Grinda și copilul parcă se știau de când lumea. Nu avea nimic împotriva unei vieți trăibile.

— Mulțumesc, zise Grinda luând ceașca. Ce ceai e? adăugă el, întrebându-se dacă vor face dragoste în seara aia.

— Rooibos, evident.

— Dacă avea un singur „o“, chestia asta nu devenea niciodată populară.

— Ți-am pus înăuntru și bucățele de măr caramelizat, ca să...

— Ți-am zis de-atâtea ori că...

— Am adăugat mătase și onix, care...

— Câte un ceai din-ăsta mă face să mă simt mic, inadecvat, faptul că nu pot să cânt ca Bach după ce-l beau mă umilește.

— Păi ce, Bach cânta? Când se bărbierea?

— Da. Și, când era deprimat, își tăia tuburile de la orgă...

— Vai, ce porcărie ai spus. Am pus și petale de albăstrele înăuntru, o picătură de berezin...

— Berezin sau benzină?

— Berezin. Nu face pe deșteptul, zise ea, și asta sună deodată ca dracu', sună vulgar, dar Grinda nici nu tresări. Extract rusesc de scoarță de mesteacăn, de import, de la mama lui, din mestecenii pe care i-au pictat Levitan și Șișkin...

— Haha! Ce răsfăț sinistru! Cum să te bucuri de decadență, când luxul ei te înjosește!

— Nu te înjosește deloc, că berezinul ăsta e foarte ieftin!

— Imposibil, ai zis că e din mesteceni... tocmai ăia pe care i-a pictat Levitan... care Şişkin...

— Ba e posibil, e organic...

Grinda gustă ceaiul. Era ceai de măceşe, fără zahăr, fără nimic. Asta era speranţa, când vorbeau în dodii, veseli, sau când se îmbrăţişau în uşa bucătăriei, apoi speranţa dispărea de unde venise, în ţara ei oribilă, unde nu exista soare, şi ei doi se rostogoleau mai departe în jos. Totuşi Grinda nu se aşteptase la o seară aşa proastă în ansamblu, îşi închipuia pesemne că, într-un fel sau altul, problemele pe care le aveau nu se vor reflecta în nimic din viaţa lor, nu vor ieşi niciodată la suprafaţă. Îl înfuriase de la început că n-o lăsase pe Argiro să stea cu el, să-şi facă balamucul lor de rutină, care îi înveselea pe amândoi aşa tare. Nu, de-abia începuse Grinda să se prefacă în lupul din *no zaieţ pagadi*, chestie care o distra teribil de mult pe fetiţă, că văzu apărând pe faţa femeii o umbră de ură, adică ceea ce făcea Grinda nu era numai nelalocul lui, nu dovedea numai o lipsă de gust, nu dezvăluia doar imaturitatea lui, ci reprezenta o agresiune extremă la adresa lui Carmen Ottomanyi şi a educaţiei pe care ea i-o dădea lui Argiro, cu atâta anevoinţă. Mai furase câteva minute cu ea sus, unde săracul copil făcuse lună, toate jucăriile erau în cutii, fata era spirt, lui Grinda îi veni să-i mănânce braţele alea subţiri, numai pielea şi osul.

— Ţie aşa-ţi place, să stai în picioarele goale? zise el, la întâmplare.

Fetiţa se uită amărâtă la picioarele ei.

— Vrei să te învăţ cum se face un elefant din cartoane, zise ea, cu o lipsă de speranţă care îl năuci pe Grinda. Ce era cu copiii ăştia de înţelegeau totul, de simţeau totul?

— Azi nu se poate, trebuie să pregătesc cu mama o surpriză.

— Ce surpriză? întrebă Argiro, circumspectă.

— O să mergem toţi trei în pădure săptămâna viitoare, inventă el.

— Nu mai vreau să merg în pădure... Uite... Fetiţa îi arăta cu degetul ceva pe fereastră, şi el se apropie.

— Mmmm... Grinda nu ştia la ce să se uite.

— Buturuga! strigă fetiţa. Acum îşi dădu şi el seama că, într-adevăr, vecinii îşi tăiaseră copacul din curte. Buturuga era acolo, ciopârţită, nici măcar tăiată drept. Carmen apăru în uşă, şi amândoi tresăriră. O clipă, se întrebă dacă nu cumva ea avea să se apropie şi aveau să se îmbrăţişeze toţi trei. Făceau asta uneori, dar se întâmpla din ce în ce mai rar. Iar acum nu se întâmplă. Doar fetiţa veni la el înainte ca ei doi să plece şi-şi băgă obrazul cald în urechea lui.

În taxi şoferul nu-i băgă în seamă deloc, avea staţia deschisă, stătuseră amândoi în spate fără să zică nici ei nimic tot drumul. Latină, Dionise Lupu... Scara 2 cu Ana... Strada Spătarului, ultima ţigară... Lui Grinda i se păru că n-a auzit bine, şi tocmai atunci dispecera o pomeni din nou, cu resemnare, pe această Doicu Ana şi ultima ei ţigară. Carmen se sprijini de el, sau i se păruse lui, după o vreme începu să caute ceva în geantă şi se îndepărtă, poate nu fusese nimic, fusese doar operaţiunea speranţa. Ajunseseră la o cârciumă de fiţe, se numea „Tinieblas", undeva prin Cotroceni, afară din drumul lor obişnuit. În locuri publice, de obicei Carmen îi dădea mai multe semne formale de afecţiune, iar Grinda, înţelept, nu-şi punea întrebări. El spera o seară de băut, de băut lent, dar temeinic, însă Carmen comandă o pizza. Cumva această pizza, despre care chelnerul precizase din proprie iniţiativă că era cu blat subţire, creă un cadru fals pentru iubirea lor în acea metamorfoză vesperală specifică, aşa simţi el, dar evident nu se apucă să spună chestia asta. Foarte atent să nu strice cu nimic întâlnirea, îşi însuşi vesel opţiunea ei şi comandă şi el o pizza, cea mai scumpă pe care o văzu în meniu. Mai făcuse de-astea, aduna un întreg capital de reproşuri, care apoi fuzionau într-o amărăciune paralizantă. Nesănătos. În loc să fii flexibil.

—... în bietul *soupirant* se bat două personaje la fel de distructive, îl lămurea ea.

— Aha, aprobă prompt Grinda.

— Până acum ziceai exact pe dos.

— Nici acum nu-ţi dau dreptate. Era doar un semnal fatic.

— Nu vezi că dacă-mi dai dreptate nu e bine, dacă nu-mi dai iar nu e bine?

— Ba văd.

— Vom reveni la asta, zise Carmen, fals didactic, deşi Grinda nu-şi dădu seama dacă se distra sau nu. Se uita la faţa ei, fermecătoare chiar şi când era crispată, şi se întreba ce rol juca această faţă în structura sufletului ei. Se influenţaseră reciproc faţa şi sufletul de-a lungul formării lor? O reflecta una din ele pe cealaltă? Atunci când plecaseră împreună la Câmpulung era totuşi sigur că faţa asta nu contase în alegerea lui. Aceste două personaje, reluă ea, făcând semn amical chelnerului că nu mai au nevoie de nimic altceva, sunt un capitalist sălbatic, convins că cererea şi oferta de sentimente vor regla în mod firesc relaţia, şi comunistul odios care vrea să ia de la ăla care iubeşte mai mult şi să dea la ăla care iubeşte mai puţin.

— Adică eu iubesc mai puţin?

— Vezi, nu mai putem să avem o discuţie banală de idei, pentru că tu vezi peste tot aluzii la tine. Ce înseamnă când cineva nu e în stare să menţină o discuţie la un nivel general şi să gândească abstract?

„Înseamnă că e nefutut?", se gândi Grinda, dar zise cu totul altceva.

Tăcură. La o masă alăturată, o doamnă de la minister zicea, mie n-a început să-mi placă scorţişoara decât după vârsta de 40 de ani...

— Iartă-mă, zise Carmen cu o afecţiune atât de neprefăcută, încât instantaneu îl făcu pe Grinda să simtă că vrea să facă dragoste cu ea. Se uită la ea cu o figură gravă.

— Vreau doar să-ţi spun că sunt nefericită şi, neştiind cum să ţi-o spun, ajung să te insult.

— Insultă-mă cât vrei, numai nu fi nefericită.

— Vezi, nu înţelegi...

Nimeni nu mai spuse nimic, iar tăcerea nu deveni mai frumoasă după aceste scuze.

— De ce au tăiat vecinii liliacul ăla? zise Grinda ca să zică ceva, dar dându-şi seama în clipa în care deschise gura că amănuntul ăsta îl urmărise.

— De unde să ştiu eu? Cică atrăgea furnicile.

Urmă o nouă pauză, în care lui i se păru că aceste furnici, odată invocate, ca ieşite din palma tipului din *Chien andalou*, invadau masa şi întreaga cârciumă.

— Păi de ce zici că eşti nefericită? zise deodată Grinda voios, făcând pe prostul.

Spre mirarea lui, Carmen Ottomanyi răspunse serios:

— Pentru că aşa nu se mai poate.

— Asta ştiu, spuse Grinda la plesneală, mimând o veselie şi mai mare, dar pe dinăuntru întunecându-se fără nici un efort.

— Nu văd la tine nici un fel de... semne că ne îndreptăm undeva, că ai un plan, că există o direcţie în care mergem şi o să ajungem şi noi într-o situaţie mai suportabilă, o situaţie în care să avem... anumite perspective. Uite, mă faci să vorbesc anapoda, strigă ea înciudată.

— Vrei să te iau de nevastă? Te iau de nevastă, zise Grinda, mitocan. Evident, nu înţelegea nimic din complexitatea tribulaţiilor ei, le considera o simplă nevoie de stabilitate.

— Ţi-am spus de atâtea ori că nu mă recăsătoresc. O dată a fost de ajuns. Şi încă grecul era om de treabă.

Chiar aşa de treabă? se întrebă el în sinea sa. Îi mai învineţea câte un ochi, dar, în rest, era bine, vorbeau de mitul lui Er şi alte chestii năstruşnice şi mergeau la mare, tot în Grecia. Deodată tresări înveselit şi-şi explică lui însuşi în gând ca unui idiot: bă, un ochi învineţit îi mai ierţi omului, dar ce nu ierţi este când nu vezi la el nici un fel de... semne că se îndreaptă undeva, că are un plan...

Afară se întunecase, şi Grinda, uitându-se pe fereastră, îşi imagina mirosul de scoarţă de copac al oraşului, când o auzi clar pe Carmen:

— Crezi că nu văd cum încerci să te faci necesar, să mă obişnuieşti cu un trafic regulat de sentimente, şi mai rău, vrei să intri și pe sub pielea lui Argiro, care nu e decât un copil, și pleci exact când se simte mai bine, ca să-i menții dependența?

Lui Grinda i-ar fi plăcut să poată descrie în detaliu, pentru tratatele de istoria științei, capacitatea aceasta a lui Carmen Ottomanyi de a produce din când în când, calm, asemenea ghemuri de acuzații extraordinar de dureroase și vag credibile, agățate de faptele reale ca panglicile într-un tufiș, ceea ce le sporea infernal eficiența pentru că dădeai să răspunzi, să oferi contraargumente, încurcându-te din ce în ce mai mult. În loc să se adâncească însă în amărăciunea acelei scene, Grinda se trezi că se gândea la furnici. Chiar erau ele atrase de liliac? Adică liliacul nu făcea așa, vreun fel de rășină, sau sevă, care i se păreau lui totuna, și care ar fi putut prezenta vreun interes pentru aceste arahnide – Grinda își amintea precis că furnicile nu erau insecte, era o capcană în care căzuseră mulți, dar nu el – sau insectopode sau cum se numeau, și nici nu făcea fructe mari și zemoase care să le înnebunească pe furnici, de fapt el chiar habar n-avea dacă liliacul făcea fructe, la supermarket nu văzuse niciodată. Când ieșiseră în stradă, unde așteptau nu unul, ci mai multe taxiuri, dădu să-i spună asta, dar Carmen, văzându-l că vrea să vorbească, se grăbi să spună că e obosită, că o doare capul, din care Grinda, băiat inteligent, care nu se uitase la filme degeaba, înțelesese ceea ce era de înțeles. Când plecase, Carmen îl atinsese iar, ca să nu plece fără speranță, iar asta îl făcu praf. Ar fi putut rezista altminteri, dacă ar fi renunțat la speranță, dar prezența unei fărâme de speranță îi făcea îndârjirea praf, or îndârjirea era cea care făcea totuși viața suportabilă. Era 11, aștepta ultimul metrou, și nu mai era nimeni în stație, nu se auzea decât zgomotul unui pahar de plastic târât de curent pe jos.

Ajunsese la birou într-o dispoziție neașteptat de bună, de parcă o tinerețe întârziată sau o altă forță mai puțin cunoscută îi ștersese toate problemele cu mâna. Chestia asta dură cinci minute, după care îl apucară dracii, niște draci complicați. Singura soluție era acum să vorbească. Să ajute oamenii să rezolve probleme și să dea de probleme și mai mari. La computerul lui însă se dovedi că era un IT-ist care de cum îl văzu îi spuse, n-a depins de mine, am făcut ceea ce mi s-a zis să fac. Pe Grinda îl apucă un presentiment înfiorător și, într-adevăr, computerul lui trecuse la Windows 13. IT-istul nu așteptă ca Grinda să înceapă să strige la el, ci îi spuse că îl rezolvă el, să aștepte câteva săptămâni până trece interregionalul, la care tot OKDBR-ul trebuia să fie pe Windows 13, parte dintr-un contract paușal care includea și tehnologia *call*-urilor prin *cloud*, și apoi, pe nesimțite, cine vrea o să se poată întoarce la Windows 11. Când apăru austriacul, celălalt tăcu, își luă mănușile și plecă. Grinda avea chef de ceartă, dar îl lăsă să-i paseze calupul obișnuit de certuri domestice pe care i-l servea în fiecare dimineață și, pe măsură ce îl ascultă, se potoli ca prin farmec. Ca să vezi, Iolanda venise la Aufderheide și îi spusese că luase hotărârea să se despartă de amantul ei, de care austriacul habar n-avusese că exista până atunci. O clipă totul se făcuse scrum în jurul lui, apoi își revenise, Grinda își dădu seama cum se întâmpla asta, creierul se agita, începea să pună întrebări stupide, poate ca să nu te lase să te scufunzi. Se așezară amândoi în fața computerului. Dacă tot se despărțise de celălalt, a cărui prezență i-o ascunsese cu mult talent până atunci, cu efortul nenorocit, atât de costisitor, al minciunii, de ce dracu' îi spunea tocmai acum!? Iar Aufderheide, care stătuse toată noaptea să se gândească, găsise răspunsul corect. Deodată se auzi un radio, cineva probabil asculta ceva la căști și le scosese din greșeală, apoi probabil bâjbâise și le băgase la loc, pentru că știrile amuțiră. Răspunsul deci era că despărțirea ei de bărbatul necunoscut o făcea acum să-l disprețuiască enorm pe cel de aici, din casă, poate ca să găsească un vinovat pentru suferința celuilalt și a ei, sau dintr-un fel de loialitate bizară față de omul cu care îl înșelase pe el și pe care acum, chiar dacă prin propria ei decizie, îl lăsa împuținat și înfrânt. Dimineața, stors de puteri, o întrebase dacă așa era, dar Iolanda Igna evident percepuse chestia asta ca pe o mare lipsă de tact, de parcă era cazul ca Aufderheide să se maturizeze și să nu pună întrebări, să evite discret să aducă vorba despre infidelitatea ei, să-și bea cafeaua și să flecărească liniștit, cu o voce bine dozată și plăcută, în vreme ce ea mânca trei sau patru borcănele de piure de fructe și legume pentru sugari. În fond, căsătoria era o instituție experimentală, nu? Nu, evident că nu, era anti-experimentală. Aici, Grinda apăsă pe buton înainte ca celălalt să-l poată opri și se prezentă în microfon în timp ce încă își aranja căștile la urechi, privindu-l pe austriac și ridicând din umeri. Aufderheide se ridică prompt și mulțumit, ca și cum feedbackul inexistent primit de la el l-ar fi împăcat deodată cu situația. Grinda începu să traducă pentru tot felul de oameni serioși, care aveau probleme cu banca, sau reclamații pentru compania de electricitate, sau sentimente la spital, sau nemulțumiri cu închisoarea. Nici măcar unul din telefoane nu era o discuție între doi îndrăgostiți sau măcar prieteni sau măcar oameni care aveau posibilitatea de a face schimburi de căldură, cum atât de bine zice sfânta sau preafericita termodinamică. Aparent pentru asta nu era nevoie de tradus, oamenii erau interesați de conținutul mesajului doar când venea vorba de despăgubiri, de operații, de restanțe, de probe la dosar. Dragostea și prietenia puteau și trebuiau să aibă loc în vag. De-abia îi trecuseră prin cap aceste gânduri goale, că pe ecran apăru un *call* care, în decurs de nici două minute, îl lăsă pe Grinda năucit și îi demonstră că se înșela. Trebuia să traducă rezultatul unei biopsii, pe care doi părinți amărâți o aflau de la un doctor britanic. Copilul nu era de față. Doctorul le spuse părinților că rezultatul nu era sută la sută sigur, că urma o nouă analiză absolut precisă, dar că rezultatul de azi era 95 sau 98% sigur, iar el, doctorul, avea personal deplină încredere în acest rezultat, se dovedi că nu puteau vorbi pe *speaker*, sistemul era stricat, așa că doctorul îi pasă pur și simplu telefonul mamei, și Grinda îi spuse că rezultatul nu era chiar absolut sigur, dar arată că nu este cancer – copilul nu are cancer. Biata mamă zisese „așa?“ cu o voce uscată, încât

Grinda se întrebă dacă îl înțelesese, însă apoi ea strigă deodată tare și subțire: să vă dea Dumnezeu sănătate! cu o sfâșiere care pe el îl încremeni, auzi pocnete și fâșâieli și apoi pe tată luând telefonul, înecat de plâns, zicând și el, cu voce groasă, să vă dea Dumnezeu sănătate! Apoi doctorul luă aparatul și îi spuse „*Right... Umm, that would be all, thank you interpreter*" și închise. Traducătorul companiei OKDBR rămase năucit. Nici măcar nu logă *call*-ul, ca și cum nu voia să apară pe desfășurătorul în baza căruia era plătit. Dar nici nu vru să zăbovească asupra acestui episod, fiind atât de limpede că alte vești proaste, mici și proaste, vor urma în viața acestei familii, corupând treptat acea bucurie și anulând-o. Aici Grinda se înșela, n-avea cum să știe că familia respectivă era de fapt o familie de sfinți moderni, cărora ce le bătea în piept nu era inima, ci un fel de bucurie simplă și monstruoasă. Tehnic, cele două minute ale acestei conversații aduceau unui traducător plătit la minut suma de șaizeci de eurocenți.

— *There is a noticeable delay but other than that I can hear you just fine.*

Grinda își dădu seama din primele cuvinte că ăsta era unul dintre *call*-urile unde era de tras. Imediat ce se prezentă și o prezentă și pe tipa de la bancă, care ținuse să-și dea un ID de opt cifre, omul începu să-și spună păsul și nu se lăsă întrerupt.

— Am trei fete, una am lăsat-o în România, că nu ne-am permis s-o aducem. Aici angajatorul îmi pune banii pe card. Nevastă-mea a început să-mi monotorizeze ea mie activitatea. Am o problemă pe care aș dori să o rezolv urgent dacă se poate. Miercuri pe la șase, săptămâna trecută sau acum vreo două săptămâni, când am vrut să extrag bani de la aparat, am tastat corect codul meu PIN, pe care îl am același, și mi-a zis că este blocat. Deci adică eu să nu am acces la agonomiseala mea? Nu știu dacă mă auziți. O oră incheiată am stat acolo în frig și nu s-a deblocat, noroc că n-a venit nimeni. Apoi am mai încercat o dată, și de data asta a funcționat cardul, am extras banii din aparat, dar cardul a rămas blocat înăuntru. Cred că nevastă-mea mi-a schimbat PIN-ul, codul PIN, explică el, extrem de nedumerit, dar și cu o anumită admirație pentru puterile acestei neveste.

Grinda condensă cumva povestea asta în câteva fraze banale, încât din frumusețea ei nu mai rămase nimic. Așa cum se aștepta, funcționara de la Suntrust ignoră absolut tot ce tradusese el și spuse, *Yeah, to begin with I am going to need his first and last name, 16 digit card number and full mailing address down to the zip code.*

— Stimate domn, v-aș ruga mai întâi... Grinda avu deodată impresia că omul făcuse mișto de el, era la „microfonul ascuns"... Combinația între monotorizare și agonomiseală era dată-n mă-sa. Culmea e că după ce scoase cu cleștele de la acest domn toate informațiile respective (cel puțin ca să-i afle adresa se chinui cinci minute, omul o avea scrisă pe un bilet în portofel, un bilet care se cam uzase) se dovedi că fusese degeaba.

— Din păcate, doamna nu vă poate ajuta, dar vă transferă imediat la serviciul de relații cu clienții!

— Trebuie să mă transfere? Auziți, lăsați că vorbim altă dată.

Și omul închise. Grinda rămase nedumerit pe mai multe planuri și nițel în admirație el însuși. Ar fi vrut să-l contacteze personal pe acest individ interesant, să vadă care era treaba cu el, dacă era ceva de învățat de la el și dacă era beat. Între timp, apăru un *call* medical, de la dentist. Grinda ezită, dar îl luă. Din cine știe ce motiv, dentiștii citeau mereu un lung pomelnic de chestii înainte să se atingă de pacient, poate din cauză că făceau câte o anestezie și inevitabil trebuiau să afirme clar, și în multe feluri, că nu e exclus ca acea anestezie să ducă la deces. Spre mirarea lui, nu auzise niciodată un pacient care, în urma acestor avertismente foarte serioase, să se răzgândească și să zică, în cazul ăsta, mai bine lasă! Am copii! Aș vrea să mor în țară, să fiu îngropat în același pământ ca ai mei! Nu, toți aprobau mecanic, probabil mirându-se că mare e grădina domnului, de ce pierde medicul stomatolog vremea cu prostii. Vocea românului, un șmecheraș tânăr pe care îl ajunsese aripa neagră a ecleziastului, era caraghios de sugestivă, deodată Grinda parcă îl și văzu cu falca umflată, legată cu o batistă.

— În cazuri extrem de rare, traduse el surprins de o nouă elaborare barocă a *disclaimer*-ului, pacientul poate suferi o traumă dacă rămâne conștient în timpul operației, în ciuda unei anestezii corect realizate, așa încât să-și poată aminti durerea și evenimentele din timpul operației...

— Spuneți-i dentistei că dacă mai vorbește mult îi dau un pumn în cap, îl auzi pe român de pe scaun, cu voce scăzută.

— *The patient acknowledges and suggests that the procedure be initiated*, traduse Grinda distrându-se. Era curios totuși cât de des încălca protocolul de interpretare, evitând să traducă exact ceea ce auzea, la persoana întâi. Nu era vorba numai de cazuri în care prefera să nu trebuiască să spună așa, la persoana întâi, „ultimul meu ciclu a fost neobișnuit de abundent". Doctorii înșiși și polițiștii și cei de la bancă păreau că habar n-au ce face un interpret, vorbeau și nu se mai opreau, deși conform protocolului Grinda le spunea din capul locului să vorbească în propoziții scurte și să facă pauze pentru traducere. De fapt, de cele mai multe ori, după ce explica unuia că trebuie să se adreseze direct nevorbitorului de engleză și apoi să aștepte traducerea, celălalt zicea, *Sure, no problem... and now could you tell him to...* Oamenii nu erau proști, aveau probleme pe cap, făceau ce puteau, nici Grinda nu se descurca mai bine.

Era o zi mai colorată la OKDBR. Când veni pauza lui de prânz, Grinda tocmai traducea un lung chestionar. O funcționară de la asistență socială o întreba pe mamă dacă fata ei consumă alcool când e singură acasă. Cum fusese clar de la început, această fată, pe care de altfel o și auzeau orăcăind în fundal, avea un an și trei luni, însă funcționara le explicase că așa e procedura, toată lumea trebuie să răspundă la aceste întrebări. Urmă astfel întrebarea „minora consumă droguri recreaționale", și „minora a fost sau este însărcinată", și „minora are izbucniri de violență inexplicabilă". Peste mări și țări, așa, la telefon, Grinda și mama emigrată în SUA schimbară o privire de solidaritate, căreia îi dădu glas femeia, într-un aparteu pe care el nu-l mai traduse: am scăpat de ai noștri și dăm de-ai lor... Următorul telefon îl duse pe Grinda și mai departe pe sinusoidă.

— Din păcate, nici linia a treia de tratament nu a dat nici un rezultat, vom încerca evident și linia a patra, dar trebuie să vă spun că șansele sunt de-acum extraordinar de mici... Ultimul RMN arată metastaze generalizate, imposibil de controlat. Avem un psiholog aici la spital, cu care puteți vorbi, eu, personal, mă voi ocupa să aveți morfină, și, deși nu se obișnuiește, pentru că știu situația dvs., vă pot asigura accesul la un avocat al nostru, dacă aveți nevoie pentru anumite acte... traduse el de pe notele tastate în timp ce îl lăsase pe celălalt să vorbească neîntrerupt.

— Am înțeles, răspunse omul foarte liniștit. Eu am totuși rezultatele biopsiei de anul trecut, care arată că nu este sigur că am cancer.

— Biopsia din 17 mai anul trecut este irelevantă, am mai vorbit despre asta, pentru că... Un cuvânt îi scăpă lui Grinda, dar descifră în ultima clipă ce era, un cuvânt banal care, încadrat ciudat, păruse extraordinar de nou și de tehnic. Ceea ce este relevant acum este acest RMN foarte recent, care arată progresia bolii în stadiul terminal, spuse doctorul prin Grinda, care intrase în modul robotic, în care își făcea vocea cât mai impersonală cu putință, ca să nu devină un paratrăsnet al emoțiilor aflate în joc și ca să nu ofere nici speranțe, minimalizând prin amabilitate, nici să nu facă lucrurile mai dramatice decât erau, jucându-le. Totuși vocea robotică era ea însăși un mod de a da speranță. Măcar doctorul, de la un spital din Wyoming, nu se grăbea, părea că are tot timpul din lume la dispoziție pentru această discuție.

— Întrebarea mea, zise românul netulburat, este când pot pleca. Sunt pădurar în Yellowstone, și peste două luni îmi începe din nou contractul pe vară și pe toamnă. Apoi în decembrie pot să vin iar la teste și, dacă e cazul, la anul poate mai reduc din perioada contractului, și lucrez mai mult anul următor, ca să compensez.

— E adevărat că în orice perioadă a bolii noi încurajăm pacienții să nu-și abandoneze preocupările, să ducă o viață cât mai aproape de normal cu putință, zise doctorul fără nici un fel de enervare sau nerăbdare. Dar, în situația dvs., recomandarea mea fermă este să nu încercați sub nici o formă să vă continuați lucrul ca pădurar.

— Eu îi mulțumesc doctorului... dar informați-l că biopsia de anul trecut avea un rezultat nedecis, eu cred că... Sunt din Satu Mare, strigă deodată bolnavul. Grinda îngheță la telefon. Traduse mai departe mecanic, dar era urmărit de strigătul „Satu Mare", de deznădejdea din el, o încercare a omului covârșit de a se apăra cu un loc îndepărtat, de a se apăra de moarte cu numele acela rămas de mult fără acoperire în realitate și care era ca o plapumă pe care să ți-o tragi peste cap ca să dispari din ochii malefici ai acestei lumi. În chiar secunda în care închisese, pe ecran se anunță un nou *call*, pe care îl acceptă imediat.

— Spuneți-i lu' doamna că nu știu cine m-a împușcat, a venit de pe o stradă și dup-aia a dispărut tot așa.

— Noi vrem să ne asigurăm, reluase puștoaica de la capătul celălalt – lui Grinda nu i se părea că ar putea avea mai mult de 20 de ani –, că nu există vreun risc de siguranță pentru copii.

— Cum să existe așa ceva, păi au tot ce le trebuie, are tot ce vrea, se corectă țiganca, ceriale, pantofi... I-am dus și la dentist să le scoată dinții care-i durea, dar n-a vrut doctorul, că nu avea traducător.

Lângă el își dădu seama deodată că se așezase austriacul. Ferestrele erau întunecate.

— Bă, zise Aufderheide, eu cât am stat aici pe scaun așteptându-te pe tine să termini de muncit am făcut mai mulți bani ca tine!

suntem pe lac, totu ok, scrise Grinda, în timp ce cu o vâslă întorcea barca.

nu uita de crema de soare, răspunse imediat Carmen.

Argiro deja își întinsese crema de soare pe brațe și pe gât. Ici-colo rămăseseră insulițe de cremă albă la care ea se uita de parcă totul era perfect așa cum era. Grinda, în schimb, trebui să facă un efort uriaș ca să le ignore. În timp ce îi întindea un pic de cremă pe obraji și pe nasul mai mic decât degetul lui, fetița cu ochii închiși zise cu o ciudată sfială, Aru, mie îmi place nasul meu. E un nas foarte bun, zise și el serios.

Odată ajunși în mijlocul lacului, Grinda o întrebă pe Argiro care era planul de bătaie. Ea zise că nu știe. Se uitară la restaurantele de lângă debarcader, unde oamenii stăteau față în față, fără să se vadă de la distanța asta dacă într-adevăr beau sau mâncau sau erau înghețați de o bizară catastrofă.

— Mergem la capătul lumii, întrebă el.

— Bine, zise ea indiferentă, urmărind cu ochii vaporașul care traversa aproape gol.

— Păi treci la vâsle, ce faci?

— Ieei! strigă ea.

Schimbaseră locurile, mergând ca și cum ar fi fost legați la ochi. Fetița se concentra atât de tare să vâslească bine, încât chipul ei deveni dintr-odată aproape supărat. Era atât de neatentă la el, încât Grinda o putea sorbi din ochi fără nici o teamă. Apa era puțin înțepenită. Câte o libelulă se oprea pe marginea bărcii, dezechilibrând-o. Un șarpe de apă scotea capul din apă cu grație preistorică, apoi se dovedea că în mod curios are și o carapace. După o vreme de învârtit în cerc mai trecu și el la vâsle, duse barca până aproape de calea ferată dinspre lacul Băneasa și acolo o lăsă iar pe Argiro să devină căpitan. Fetița făcu un mic zigzag curajos și în cele din urmă ajunseră lângă podețul de metal. Grinda puse mâna pe bara de fier și lipi încet barca de pod.

— Avem zece centimetri prea mult, calculă el, aplecându-se să se uite pe sub pod.

— Unde, Aru? zise fetița.

— Adică barca e prea înaltă ca să putem trece pe dedesubt. Chiar capătul lumii nu e aici, ce credeai tu, lumea continuă.

— Dar unde duce apa? întrebă ea.

Deasupra lor, pe viaductul pentru tren apăru o pisică, a cărei față blănoasă se aplecă spre ei fără expresie.

— Odată scăpați de obstacolul ăsta mai avem în fața noastră vreo 25 de kilometri de navigat... Tot lacul Băneasa, apoi Grivița, Chitila... apoi trecem în lacul Buftea, de-acolo în Flămânzeni.

Grinda începu să se încurce aici, cel puțin Flămânzeni era un nume scos din burtă, nu fusese niciodată pe-acolo, deși totuși parcă auzise de lacul Flămânzi sau așa ceva. Cum fetița nu părea prea impresionată, Grinda plusă nițel, da, odată ce evadăm de aici trebuie să fie cel puțin o sută de kilometri de râuri și lacuri, adăugă el grăbit, fără să fie sigur că realmente s-ar fi putut trece cu barca dintr-un lac într-altul.

— Hai să trecem acum, zise fetița deodată. O să folosim sticla mea de apă. Știi cum?

— Nu înțeleg. Cum să folosim sticla de apă ca să trecem pe sub pod? E imposibil.

Argiro ridică amândouă brațele în sus, apoi le coborî și spuse:

— Umplu sticla cu apă din lac și o pun în barcă și fac asta până când barca se scufundă zece centrimetri și putem trece de pod.

— Ari! Ideea mi se pare absolut extraordinară, spuse Grinda cât putu el de sumbru, apoi căzu pe gânduri. Dar întrebarea e ce facem după ce trecem.

— E foarte simplu! strigă ea. Folosim sticla ca să scoatem apa din barcă, pentru că... pentru că odată ce am ajuns dincolo nu mai contează, zise fetița triumfătoare.

O vreme se uitară amândoi printre barele podului la apa lucitoare din lacul de dincolo de Herăstrău.

— M-am gândit, zise Grinda întorcându-și fața spre ea. N-ar fi mai bine să venim aici încărcați de provizii? Atunci barca va fi suficient de scufundată, și în plus noi vom avea tot ce ne trebuie ca să putem merge o sută de kilometri sau mai mult, explică el, în timp ce fetița îl privea cu ochi mari. Cuvântul „provizii“ o cucerise.

— Și după o sută de kilometri unde ajungem?

— Nu știu... Tot la copaci, zise Grinda, nevrând să promită ceva prea spectaculos.

Vâsliră mult mai încet la întoarcere. O clipă, Grinda se trezi întrebându-se cum ar fi fost să meargă cu fetița în sus pe lacurile Colentinei. Cum să fie, era o naivitate să-ți închipui așa ceva, maică-sa ar fi turbat, și foarte curând lui Argiro i s-ar fi făcut foame și sete și ar fi vrut să facă pipi. Dacă voiai distracție și concedii, nu era nici o problemă, plecai la croați sau la turci, nu făceai chestii improvizate. Manevrând cu ceea ce spera că o să i se pară fetiței o neasemuită dibăcie, Grinda strecură barca sub o salcie aplecată deasupra apei. Stătură acolo, în găoacea aia, povestind, în vreme ce un bâtlan aștepta ca ei să se care. Fetița îi spuse câteva ghicitori învățate la școală, iar Grinda nu reuși s-o descurce pe nici una, trebuind să aștepte soluția ei, întotdeauna caraghioasă. Plecară când el văzu un caras mort plutind la suprafața apei și preferă să îi ascundă lui Argiro acest detaliu al lumii, nefiind sigur dacă i se va părea delicios sau dezgustător. Apoi o lăsă pe ea să treacă la vâsle după ce o obligă să bea jumătate din sticla de apă și îi aranjă șapca deși stătea binișor.

— În Grecia era totul bine? întrebă din senin Grinda.

— Da, zise ea cu o neglijență impenetrabilă.

O cercetă cât putu el de atent, dar apoi o lăsă baltă cu subiectul ăsta. Fetița îi spuse apoi o poezie în care reveneau toate numele țărilor lumii, lăsându-l cu gura căscată. Apoi îl întrebă dacă voia ciocolată. Grinda zise da. Ea scoase niște ciocolată din sacul ei de mic explorator și i-o dădu. El o întrebă dacă vrea și ea o jumătate, și ea îi făcu semn că nu, cu suprem control.

Curând, ochiră o altă salcie, și mai bătrână, și mai pletoasă, care crea un mic habitat secret la marginea lacului, și colonizară spațiul respectiv, pretinzând că era o lume redusă la minim, dar încă întreagă, a cărei unică graniță era acel copac. Odată bifată chestia asta, îi dădu voie fetiței să stea zece minute pe telefon, și ea trimise câteva mesaje. Îi scrise și el lui Carmen:

totul merge bine

n-o ține prea mult în soare, răspunse ea aproape instantaneu. Grinda îi citi mesajul și se întinse perpendicular pe barcă, lăsându-și picioarele să atârne afară. Se asigură însă mai întâi că fetița era de strajă. Ea confirmă. Grinda lăsă să treacă vreo zece minute și începu pregătirile de plecare, înainte să se plictisească fetița. Ca să poată ieși, se întinse după o creangă, vrând să împingă, și dintr-odată simți că i-a dat cineva cu ceva în cap. Apucă să-și retragă mâna, dându-și seama ca prin ceață că se electrocutase, și se uită în jur buimăcit nu numai de durere, dar și de surpriză. Argiro nu observase nimic. Uitându-se mai cu atenție, constată că lângă salcie fusese instalat un fel de stâlp de metal, vopsit în culori de camuflaj, din care ieșea un braț care se întindea printre frunze deasupra apei. Salcia însăși avea trunchiul ștampilat cu ciocanul silvic, cu un triunghi roșu. Brațul de metal era înconjurat cu o sârmă neizolată, fără nici o noimă. Grinda înjură cu jumătate de gură și trebui apoi să facă un mare efort ca să zâmbească și să spună copilului câteva cuvinte oarecare, mai tare decât era cazul, în timp ce ieșea cu capul direct prin frunziș, plin de draci.

Pe lac se potoli însă și curând îi povestea fetei despre aventurile lui de pe când locuia pe strada Sabia de Sticlă, aventuri complet inventate, dar cu mare potențial educativ. Un țânțar îi dădea târcoale fetei, care se dădea în spate ca să se poată uita la el mai bine. Grinda îl zdrobi în palme și țânțarul, într-o perioadă proastă, lăsă în urmă doar un praf negru. Din ce dracu' trăia!? Asta îi aminti de mâncare și scoase din rucsac niște pâine și curmale din Luristan. Fetița mâncă un pic de pâine. Grinda desfăcu o cutie de bere, și acea mișcare foarte simplă făcu barca să se legene puțin. Pe lângă ei trecu vaporașul numit Cernica, apoi Giurgiu. Amândoi se uitară la vaporașe, și lumea de pe vaporașe se uită la ei. În timp ce vâsleau spre mal nu mai spuseră nimic.

Suiră pe pontonul de ciment.

— Uite că s-a pornit şi vântul. Da, se face mai răcoare, îndrugă el.

Pe neașteptate, fetița îl luă în brațe.

— Tot! Tot! o auzi zicând.

PARTEA A DOUA

Într-o duminică, în timp ce conducea pe DN1, lui Grinda îi scăpă o înjurătură la adresa unei reclame de pe marginea drumului și nu auzi această înjurătură. În gât simțea un fel de căldură plăcută. Încercă să mai spună ceva, repetând înjurătura, deși acum enervarea dispăruse, și nimic nu se mișcă în gât. Animalul murise în cușca lui. În loc să încerce din nou, Grinda se lăsă în scaun și începu să miște volanul cu un deget, ca și cum ar fi putut să adoarmă vigilența propriilor coarde vocale, pentru ca apoi să năvălească asupra lor și să le facă să sune. Opri în prima benzinărie și trase mașina astfel încât bușonul de alimentare să fie exact în dreptul pistolului de 98. Se duse rapid să se pișe în timp ce se făcea plinul și se întoarse exact când sărea siguranța de la pistol. După aceste bizare operațiuni propițiatorii, intră în mașină, apucă volanul strâns cu amândouă mâinile, fără să întoarcă cheia în contact, și începu să strige, dar fără să poată scoate nici un sunet. Panica îl cuprinse abia acum, și asta îl făcu să sune stupid la 112. O tipă cu o voce lipsită de orice grabă sau enervare, ba din contră, aparent plină de aluzii sexuale, îl întrebă care este urgența lui. Grinda dădu să vorbească și abia acum își dădu seama că, evident, urgența lui nu putea fi comunicată la telefon.

Luni, la policlinică, doctorul placid care se ocupă de viața noastră îi zise că are o inflamație în gât și că probabil într-o săptămână va fi mai bine. Fu nevoit să înghită explicația asta deşi ar fi vrut să-i spună doctorului că faptul că şi-a pierdut vocea nu înseamnă că mintea lui nu e capabilă să proceseze mai mult decât „inflamaţie în gât". Ajuns acasă cu fiolele şi nebulizatorul, începu să se uite pe net încercând să se lămurească ce se întâmplă, dar după zece minute de cancer renunţă. Până atunci avusese încredere în corpul lui, încredere că îl va scoate din orice încurcătură, de oriunde ar fi fost prizonier sau de oriunde ar fi fost străin. Atacul la voce îl paraliza. Nu era o durere, să strângi din dinţi şi s-o suporţi. Grinda se pregăti să se închidă în casă. În felul ăsta nu trebuia să-l vadă nimeni aşa impotent. Pentru asta, mai întâi se duse întins la Carrefour şi umplu portbagajul cu chestii. Observă pentru prima dată că în supermarket nu erau ferestre. Afară îl lovi din nou mirosul divin al firii, acea marcă unică a lumii într-un anotimp cumsecade, luminos. Aşa cum, când te întâlneai cu cineva, îi strângeai mâna viguros, era firesc ca, atunci când ieşeai din clădire, să iei mirosul lumii şi să-l tragi adânc pe nas cu politeţe şi afecţiune, confirmând că eşti o fiinţă clădită pe nostalgii solide. Chiar la ieşire, ghemuit într-un cărucior pentru cumpărături, stătea liniştit un *homeless* într-un sacou negru pe spatele căruia era scris LOTERIA NAŢIONALĂ. Câteva straturi de flori păreau bine puse, nu era un rasol, chiar fuseseră plantate profesionist şi înfloreau de mama focului. Grinda conduse urmărit de o stare bizară de satisfacţie, pe care o identifică în sfârşit când opriră amândoi la un semafor. Da, era clar că această boală aducea şi ceva bun cu ea. Ce dracu' aducea bun? Nu era ca o gripă care te ţine în pat, dar fără febră prea mare, aşa că poţi să stai să citeşti poveşti şi să te uiţi la comedii fără absolut nici un fel de vinovăţie, era cu totul altceva, şi aşteptând să se facă verde Grinda îşi dădu deodată seama: era speranţa că va putea folosi această circumstanţă pentru a o face pe Carmen Ottomanyi să plece cu el la Câmpulung Moldovenesc, să se mute amândoi din Bucureşti într-un loc cum ar fi Câmpulung Moldovenesc. Dar era boala lui suficient de gravă ca să-i forţeze mâna lui Carmen? Dacă-i revenea vocea în două-trei zile? Poate era suficient măcar ca să facă primii paşi în direcţia dorită, aceşti primi paşi fiind... Aici se făcu verde şi Grinda se mohorî. Încercă să-şi dea seama ce s-a întâmplat, dar era absolut evident. Cum să nu se mohorască dacă ajunsese să fie nevoie de pârghii existenţiale şi strategii de doi bani ca să o convingă să reînceapă să doarmă la el, sau să meargă cu Argiro şi cu el la pădure la Ivireşti. Cântecul avea un final înşelător şi Grinda trebui să lase maşina să alunece încet scoasă din viteză cât era strada de lungă ca să poată parca exact când se termina muzica. Ieşi din maşină şi închise portiera, dar rămase cu mâna pe ea, de parcă i se lipise, şi apoi, în loc să intre în casă, începu să se plimbe pe stradă ca un turist. O doamnă cu un câine lup fără botniţă făcu un gest din care reieşea că îşi va ţine animalul din scurt atunci când vor trece pe lângă el, un gest strict de formă, pentru a cărui continuare nu existase nici o clipă vreo intenţie serioasă. Se opri şi începu să scarpine câinele, care, spre surpriza amândurora, se răsturnă cu roatele în sus, cine ştie ce buton atinsese Grinda.

— Ne-am mai întâlnit, nu? Nu locuiţi aici pe stradă?

Grinda zâmbi şi făcu semn că doamna avea perfectă dreptate, că într-adevăr ca la noi la nimeni.

Era senin. Cerul îl frapă deodată ca o piesă care aparent nu necesita un grad ridicat de prelucrare şi finisare, esenţială totuşi pentru funcţionalitatea ansamblului, ca adică în absenţa acestui banal capac de plastic bila să nu sară din labirint şi să rămâi fără jucărie. Hm. Asta însemna să te plimbi pe strada ta, şi fără voce, adică desculţ, gol, mut. Mintea o lua razna. Un Volvo trecu pe lângă el cu dublul vitezei legale. După câteva secunde, îl auzi în spate scrâşnind înainte să facă dreapta pe bulevard. Acum observă şi el că pomul la care se pişase câinele era marcat cu un punct roşu. Deveni repede clar că toţi pomii pe care îi putea vedea Grinda erau marcaţi în acelaşi fel. Ce dracu' era asta? Le pusese primăria bulina roşie, că adică la următorul cutremur gata, se prăbuşesc? Să ştie veveriţele să nu vină în vizită? Odată ajuns la capătul străzii, începu să se întoarcă pe partea cealaltă, unde, într-adevăr, fiecare castan –

erau castani, deci arbori sau copaci, iar nu pomi – era marcat. Deodată Grinda își aminti că avea chestii care se strică în portbagaj, trebuiau puse la rece. Curios cu câtă putere i se înfățișă acest amănunt. Oare câți oameni muriseră în accidente pentru că pierduseră o secundă în plus, secunda decisivă, ca să facă reflex o chestie care trebuia făcută, care nu se face să nu fie făcută, să închizi apa sau lumina când pleci, să tragi de ușă să vezi dacă e încuiată... Un băiețel tuns chilug apăru ca din pământ în fața lui și zise tare „Sărumâna!“. El tresări și dădu să zică „Să trăiești!“, dar gura se mișcă degeaba, ca o proteză, așa că îl salută militar. Unde stăteau pitiți copiii ăștia din alte timpuri? Cine le făcea semn să se arunce în fața ta și să te strângă de gât cu un pic de trecut? Serios, cine mai spunea în secolul 21 sărumâna unui bărbat tânăr în mijlocul Bucureștiului? Grinda se corectă imediat, numai în mintea lui el era încă tânăr, dar în mintea unui copil el era cu totul altceva, un om bărbos, obosit, supărat, astea la un loc înseamnă, fără nici o îndoială, un om mare, bătrân, nici nu mai era nevoie să știi dacă Grinda avea sau nu în buzunar un cuțit special pentru spart mingi.

Acasă băgă la frigider ceea ce era de băgat la frigider, îi mai dădu un mesaj lui Carmen, apoi dădu drumul la televizor și se uită ore întregi. Știrile, ca și conversațiile pe care le traducea Grinda (pe vremea când traducea, cu o zi în urmă) erau toate proaste. De fapt, cele care nu erau proaste nici nu puteau fi considerate știri și erau comunicate separat, în emisiuni speciale de divertisment. Hala Obor ardea. Muriseră un dirijor, un fundaș și elefantul de la Zoo Băneasa, separat sau poate împreună. Era o invazie de omizi în Iași, și primăria trebuise să taie teii de pe bulevardul Carol I pe partea dintre Copou și stadion. Asta cu omizile îi trezi dintr-odată lui Grinda atenția în mod disproporționat. Se ridică din fotoliu și se apropie de televizor. De când se tăiau copacii din cauza unor omizi? Și de ce doar copacii de pe un anumit sens al bulevardului? Omizile nu reușiseră să traverseze până la teii de pe partea cealaltă?

De fiecare dată când una dintre ele se angaja în traversare, se făcea roșu după doi centimetri? Văzu apoi vreo cinci începuturi de film, toate proaste, dorind minut de minut să stingă ecranul și să se smulgă de-acolo. Apoi sport, fotbalistul ducea mâna la frunte după ce se lovea, să vadă dacă nu cumva curgea sânge, niciodată nu curgea sânge. Grinda se uită cum lumea urla și plângea de bucurie, ridicând cupe. Închise televizorul și în jur era liniștea cu care vocea lui nu putea interacționa, după-amiaza goală. Alte zgomote se înființară să țină locul vocii lui, cuțitul pe hârtia pachetului de unt, zgomotul pe care îl făcea platforma liftului când ieșea cineva. Grinda începu să se plimbe prin fața bibliotecii, uitându-se la cărți și încercând să se calmeze. Cotoarele cărților stăteau și mieunau ușor, ca un cor de copii. Când până la urmă se calmă, năvăli în el toată crisparea de care uitase, legată de voce, de ața aia subțire din gât de care sufletul atârna mort. Se învârti toată ziua prin casă ca-ntr-o cușcă, fierbând și continuă să facă asta și după ce se trezi a doua zi, până când se apucă de băut, deodată împăcat cu insignifianța lui. Seara începu să spele vasele. Sticla de detergent era goală. Încercă să mai stoarcă din ea o picătură de detergent pe burete, dar din dop ieși doar o bulă de săpun, care se umflă și se sparse. Adună sticlele, făcu ordine, porni mașina de spălat și se culcă. Abia după câteva zile primi un semn de la Carmen Ottomanyi, literalmente, adică primi un mesaj cu un semn de întrebare. El nu vrusese să-i scrie nimic, pentru că ceea ce dăduse peste el era proprietatea lui, capitalul lui, și nu voia să renunțe la nimic din aceste privilegii. Acum însă îi trimise un mesaj lipsit de orice demnitate, plângându-se că e bolnav și întrebând-o dacă vine la el. Carmen îi răspunse așa cum se cuvenea, adică îl lăsă să aștepte vreo trei ore și apoi îi scrise că încearcă să treacă pe la el a doua zi. Grinda o întrebă dacă nu poate el să vină la ea în seara asta și trimise mesajul scârbit de slăbiciunea lui, dar această slăbiciune era o flamură care trebuia arborată uneori. Încă zâmbea când Carmen îi răspunse cu două semne de întrebare. Culmea, venise totuși la el. Grinda își dădu seama că îl detestă pentru că o făcuse să vină, dar nu se sinchisi prea tare. Gătise pentru ea chiftele pătrate, știind că o să-i placă. Uitându-se la ele, deodată îi veni în minte cât era de ridicol. *This is your interpreter, number 03986, and I'm trying to chiftele my way into your pants.* Carmen se uită la mâncare fără expresie, încercând adică din greu să n-aibă nici o expresie, pentru că nu voia să-i dea lui Grinda satisfacția de a o vedea surprinsă de acea aluzie numai de ei știută la un trecut destul de îndepărtat, un trecut în care ea nu mai era dispusă să se lase transportată. Grinda pretinse că nu înțelege nimic și mâncă singur chiftelele pătrate în timp ce ea răsucea un pahar cu apă rece.

— Crezi că nu-mi dau seama că îți convine de minune că ți-ai pierdut vocea?

Grinda făcu semn că de-al dracu'.

— De ce nu vorbești?

Grinda făcu semn că ba vorbește.

— Cât o s-o mai ții așa?

Grinda făcu un semn, apoi îl repetă.

— Argiro?

Grinda, încântat că fusese înțeles, dădu tare din cap.

— Ce-i cu ea?

Grinda făcu semn că ce face?

Carmen Ottomanyi îi aduse laptopul și i-l trânti pe masă.

— Poftim, scrie aici.

Grinda scrise ceva, apoi se răzgândi, șterse și începu să scrie din nou, cu Carmen uitându-se peste umărul lui:

„ții minte câns eram la Veurne și am făcyt mămăligă?"

Carmen pufni și zise:

— De când avem tu și eu nostalgii de-astea de taraf care...

Dar Grinda îi făcu semn că nu era normal, adică poate normal era, dar nu era cinstit ca unul să trebuiască să scrie, încet și cu greu, iar altul să poată vorbi, așa cum are chef – în această competiție un om generos renunță la avantajul pe care îl are, și deci Carmen ar face bine să scrie și ea. Carmen dădu ochii peste cap, trase puțin laptopul spre ea și scrise:

„de unde și până unde nostalgiile astea naționaliste?"

Grinda răspunse:

„nu e nimic naționalist aici, decât dacă nația suntem noi, eu și tu, a nation of two, *mai ții minte în Vonnegut?"*

„iar mai ții minte? către ce se îndreaptă chestia asta?"

Grinda dădu să înceapă să scrie, dar apoi avu un moment în care vru să se dea bătut.

„se îndreaptă către ceva ce pentru tine" Era simplu. Ceva ce pentru tine nu mai există.

Carmen încercă să-i dea mâinile la o parte, dar el se opuse.

„nu mă întrerupe, către ceva ce tu..."

Dar aici Carmen reuși să-i dea mâinile la o parte și începu ea să scrie.

„întodteauna ai avut puterea asta nenorocită asupra mea!" Fața ei era ațintită asupra ecranului cu furie, de parcă acel ecran era chiar fața lui Grinda. *„Cu cuvintele tale neangajante, făcute să le înțeleg eu cum vreau, să te scot o victimă când de fapt"*. Grinda asculta zgomotul plăcut pe care îl făceau degetele ei frumoase scriind tâmpenii la tastatură. Se întrebă dacă acum nu era momentul s-o îmbrățișeze din spate, și își răspunse că sigur nu era momentul.

„îmi prae rău", scrise el, apoi șterse tot și scrise *„îmi pare rău"*. Mereu se strecura altceva, o altă voce.

Carmen citi și își întoarse fața. Dacă o durea asta, oare nu însemna că îl iubea încă? Dar acest lucru se preda la școală în România încă de la mijlocul clasei a treia: că suferința nu era niciodată un semn bun, un semn că lucrurile se pot rezolva și vor fi rezolvate. Ea era prezentă din oficiu. Copiilor li se spunea dintotdeauna: ia cu pâine, ia cu suferință. Așa se făcea, și era clar că existau motive serioase pentru asta. Carmen începu să scrie, și Grinda, găsind-o fără apărare, își băgă amândouă mâinile în părul ei.

„Argiro mă tot întreabă de taică-su", scrise Carmen fără să se împotrivească, dar și fără să răspundă în vreun fel.

Oare așa să fie? se întrebă el și rămase pe gânduri.

„Aha. Păi spune-mi. Te bate gândul să vă mutați acolo, vine el aici?"

„Ce treabă mai am eu cu bărbatul de care am divorțat?"

Grinda încercă să-și scoată mâinile, dar de data asta părul ei se opuse. Cât de puțin înțelegea ce se întâmpla în capul ei, acele veselii și mâhniri care aparent nu aveau logică, deși ele desigur aveau o logică, una nebuloasă, nebooleană, neriemanniană și nenewtoniană. Poate Carmen era de fapt cu altul, ca femeia austriacului, și Grinda habar n-avea. Deși cel mai probabil situația era chiar mai nasoală, și anume tristul adevăr era că el însuși era acel „altul". El însuși era tipul intens, dar periferic, cu care cârpești o vizuină prin care suflă vântul. Totuși ideea că ea ar fi putut să vrea să fie din nou cu grecul, cu Koutoulakis, era înnebunitoare. Deși, când stăteai să te gândești, absolut totul era OK, toate aceste decizii aberante pe care oamenii le luau în viața lor personală nu făceau ca nimic să fie mai bun sau mai rău, totul era în continuare vraiște. Dădeai zece ani înainte, tipa era tot cu Marcu de care mereu zicea că se desparte, Matei era tot cu balerina pe care o bătuse sau care îl bătuse pe el, iar Ioan era tot cu Luca. La ce bun ne-am mai plâns prietenilor? La ce bun am promis că ne vom îndrepta viața? Ce prostie, bineînțeles că nu, cel mai bine e să ai o familie în casă, o familie cu copii, care... o familie stabilă, cu copii stabili, care te iubesc și care... Asta e o disperare mult mai sănătoasă! Nu, nu, nu putea să se întoarcă la grec, Grinda simțea că îi omoară pe amândoi. Parcă-l auzea pe Koutoulakis zicându-i, de parcă îi citea rezultatul unei analize, că în România femeile sunt foarte frumoase, dar bărbații – vai de capul lor... Dar de ce să nu se întoarcă la el!? Nu e nimic greu în suferință, cât despre suferința care a trecut, ea nu te mai angajează cu nimic, nu te mai costă nimic. Las-o să plece iar cu el câțiva ani, și apoi...

„ce-ar fi să ne băgăm în pat", scrise el, ca o concluzie a acestor deliberări.

„și ce să facem în pat", scrise Carmen fără să se uite la el.

„îți arăt o metodă nouă de a dormi“

„haha“, scrise ea serioasă. Tot fără nici un zâmbet, adăugă după un moment de gândire și două *smiley faces*. Urmă totuși o lungă ezitare înainte să o ia în sus pe scări. Grinda știa că ezitarea conta mai mult decât faptul că o luase în sus pe scări, și totuși o urmă.

Fusese și singura oară când se văzuseră în perioada bolii lui. Prima noapte din a doua săptămână fusese cea mai rea, dacă până atunci adormise buștean, obosit de propria lui furie poate, acum stătu cu ochii în tavan ore întregi, la început întorcând pe toate fețele gânduri idioate și deprimante, apoi tot felul de chestii fără legătură cu nimic, gânduri de insomnie, oare câte demonstrații pentru teorema lui Pitagora știi, oare cum să construiești o casă în apă, oare cum îl chema pe-ăla cu care făcuse Fundoianu filmul din Argentina, îl chema ceva ciudat, cu z, cu x, cum ar fi Zapata sau Ximenez, Grinda petrecu mult timp căutând numele în cap, această căutare era un paravan eficient pus între el și mintea lui, apoi se gândise mult timp la Carmen, apoi se gândise și mai mult la Švankmajer și la filme vechi și la plăcerea bizară pe care i-o dădeau experimentele lui Isou sau *Traité de bave et d'éternité*, cu insuportabilul ei histrionism și vacuitatea ei. Deodată își dădu seama că tipul care făcuse *Tararira* cu Fundoianu nu avea deloc un nume spaniol, era de fapt un rus, un rus emigrat în Argentina, ceva cum ar fi Gnilobok, sau Gnilozub... Atâtea gânduri avangardiste îl făcură până la urmă pe la 3 noaptea să coboare și să petreacă o oră gătind șnițele și apoi mâncând cinci dintre ele, rărindu-le rândurile. După asta se simți mai bine și putu în sfârșit să se prăbușească într-o depresie monstruoasă, din care se trezi pe la 10 cu numele pe care îl căutase în cap: Miguel Machinandiarena. Nu numai această informație i-o pregătise mintea lui, aparent eliberată de povara de a trebui să se exprime printr-un tub vocal, în loc să-și investească toată energia în producția de gânduri. Mai era acolo și convingerea că, dacă dă drumul la ştiri, nu trec cinci minute şi aude ceva despre copaci tăiaţi. Se duse direct la televizor, cu ochii cârpiţi, şi începu să asculte. Primul lucru pe care îl auzi fu ceva despre un scandal la Volkswagen, iar al doilea, ce-i drept nu despre copaci tăiaţi, era foarte interesant, şi, ca şi ieri, Grinda ciuli urechile şi ochii i se descârpiră instantaneu. Nu-şi amintea să fi fost vreodată atât de stupefiat auzind o ştire la televizor, şi auzise multe prostii. În Bucureşti se organiza o licitaţie pentru un furnizor de copaci de plastic în mărime naturală. Deocamdată era vorba de copaci pentru liziera pădurii de la Ivireşti, dar implicaţia era că vor urma contracte şi mai grase, pentru că proiecte similare erau în derulare în alte părţi. Curând Grinda se prinse că, evident, această licitaţie nu se organiza acum, ci se organizase deja, de licitaţii nu se vorbea niciodată înainte ca jocurile să fie făcute, cum nu se vorbea de moartea cutărui lider sovietic înainte să se ştie exact cine ce preia. Jurnaliştii speculau că firmele din Italia şi din Spania aveau prima şansă, afară de cazul în care nu se băga Israelul, unde industria maselor plastice era, explica cineva, „o pasiune şi un deliciu", sau Germania, care nu era tradiţional bine poziţionată în domeniu, dar putea integra cel mai bine plasticul cu partea de beton şi componentele electrice. Urmară nişte grafice – bine făcute, Grinda trebui să recunoască – în care un model generos randat al unui asemenea copac era prezentat din toate unghiurile. Trunchiul de plastic şi ceramică era ancorat într-un ştuţ care ieşea dintr-un paralelipiped de beton îngropat. Partea îngropată urma să fie paradisul betoanelor făcute cu jumătate din cantitatea necesară de clincher, să-i rămână şi constructorului pentru alte lucrări, parie Grinda cu o iresponsabilă veselie. Partea electrică nu înţelese el prea bine în ce consta, aparent era un fel de alarmă împotriva vandalismului, pare că era vorba şi de nişte luminiţe, pentru naturalism, adică, înţelese el, să nu rămână nimic din copac neimitat, nici măcar luminiţele cu care vânează. În capul lui Grinda, nu se ştie de ce, toate astea erau cumva legate de un nou proiect stupid de Crăciun, deşi era abia septembrie. Îşi mai puse, într-o doară, întrebarea de ce nu erau chinezii favoriţi pentru proiectul ăsta. Nici chinezii nu mai erau ce fuseseră. Acum se ocupau de literatură, de snooker, de prostii. Îşi puse masca nebulizatorului pe faţă, şi maşina începu să bolborosească împăcată cu sine însăşi. Ştirile sportive erau, prin comparaţie, aducătoare de încredere, ca imaginile cu Ceauşescu pe muzică veselă după ce se vorbea de cursa înarmărilor la Telejurnal acum o mie trei sute de ani. Încercă să citească ceva în timp ce antiinflamatorul cel magic îşi săvârşea opera în anonimat.

Abia seara începu să-l roadă din nou chestia cu copacii de plastic. Până la urmă, exasperat, se sui în maşină şi conduse din ce în ce mai nervos până la Ivireşti. Era o vreme să nu laşi nici un câine afară, o ploaie rece. Traficul era totuşi ca dracu', nimeni nu concepea să stea în casă, toată lumea se târa prin lumina chioară, ciudat colorată, blestemând, scoţând şi băgând în viteză şi claxonând în duşmănie. Incredibil era că şi la Ivireşti parcarea principală era plină, de parcă era sâmbătă după-amiază. Oamenii stăteau unul lângă altul sub umbrele şi se uitau cum nişte tipi cu veste roşii pe care scria Astiplast se agitau cu o grămadă de utilaje, mai multe utilaje decât oameni, de obicei era cu totul pe dos. Pe Grinda îl frapă faptul că şi macaraua pe care o foloseau era tot roşie. Cumva nu reuşea să-şi amintească nici o macara care să nu fi fost galbenă. Chiar la marginea pădurii se planta un copac de plastic, beton şi cabluri, foarte bine copiat după fagii din Ivireşti, cu scoarţa lor de fluid îngheţat. Lumea făcea poze ca la urs, copiii mici îşi scoteau telefoanele şi încadrau scena cu grijă. Un mare panou digital fusese instalat chiar la marginea şoselei, cu imaginea lui Pasteque. Grinda se apropie neîncrezător. Ecranul avea şi un meniu interactiv, care chiar răspundea bine când apăsai cu degetul, cu informaţii şi filme din timpul designului la planşetă, interviuri cu artiştii, cu directorul de la Astiplast şi cu o deputată de Ilfov, care citea un text de pe prompter cu o dicţie binişoară. Grinda se întoarse la fagul de plastic şi se uită la el ca prostul, ca o babă la avionul lui Traian Vuia. Frunzele erau foarte convingătoare, aparent erau un fel de mătase de parașută, deși el nu era sigur dacă mătasea asta avea să-și poată păstra un aspect acceptabil după un an de vânt și ploaie. Deodată cineva de lângă el îl întrebă dacă o să țină frunzele alea pe fag și iarna sau ce naiba fac cu ele? Grinda ridică din umeri, nu se gândise la asta, dar o femeie cu un fel de cușmă bizară îi lămuri că frunzele erau retractile, în septembrie-noiembrie dispăreau 2% din frunze pe zi, din locații alese arbitrar, totul era computerizat. E adevărat că nu aveai tranziții de culoare, ăsta era singurul lucru care lipsea deocamdată. Celălalt o întrebă de unde știa detaliile astea, și tipa, oarecum stânjenită, le zise că primise o broșură la metrou la Aviatorilor. Grinda nu-și revenea. Lovitura i-o dădu la plecare un fel de breloc pe care îl văzu la un copil, cu „Pasteque" din metal emailat. Era clar că se băgaseră bani în campania asta, cum dracu' de nu aflase și el? Și cum dracu' la televizor se vorbea de licitația pentru copacii de la Ivirești, iar Astiplast deja îl instala pe primul? Dădu să înjure și i se păru deodată că gâtul lui e plin de cârpe arse, ceva pașnic și scârbos. Printre reclamele de pe drumul național descoperi acum și una în care Pasteque, cu o față blajină și grăsună, se ținea de mână cu alte mascote de pe la campionatele mondiale de fotbal, de parcă ar fi fost și el o mică celebritate, ceea ce Grinda nu putu decât să constate că într-adevăr era, chiar dacă la el nu ajunsese încă această faimă. Acasă îi trimise câteva mesaje lui Carmen, detestându-se pentru asta, și apoi, ca să le bagatelizeze, o întrebase dacă a auzit de Pasteque. Carmen îi răspunse abia noaptea, când el dormea și visa chestii de o putere care îi depășea cu mult rangul pe care îl avea el îndeobște când era treaz. În mesaj îl întreba doar dacă a udat plantele.

După câteva zile termină aerosolii inutili cu dexa, se duse la doctor, de data asta pregătit cu o pagină cu întrebări scoasă la imprimantă. Doctorul își făcu mica lui mascaradă hipocratică, constată că tot tratamentul antiinflamator nu dăduse absolut nici un rezultat, că vocea nu revenise, iar asta păru să îi dea o mare încredere că totul va fi bine, și încă repede. Grinda avu impresia că era o contradicție aici, însă o păstră pentru el, într-un loc deja ticsit cu asemenea impresii. În orice caz, doctorul veni cu niște idei noi de analize și investigații pe care Grinda trebuia să le facă. Era probabil o alergie la praf, atât de comună în ultimele luni, și doctorul pronunță aceste cuvinte cu atâta căldură, de parcă o alergie la praf te făcea să chicotești de plăcere, era ceva atât de simpatic, încât merita ales ca hobby. Urma ca, evident asta nu-i spuse pacientului, dar pacientul știa, dacă nici una din aceste analize nu va sugera care dracu' e problema, să-l trimită frumos pe Grinda la psihiatrie.

În drum spre casă, Grinda se abătu prin Cișmigiu, unde citi ceva, așa ca un om care ar fi avut cât de cât idee despre ce însemna o viață echilibrată. Apoi, după doar câteva minute de uitat la oamenii care treceau agale, totul deveni straniu, ca și cum fiecare ins ieșit la plimbare ar fi fost o supremă întruchipare a fragilității noastre, a incompatibilității noastre cu lumea materială, și, pe ultimul și cel mai neplăcut palier, ceva cretin. Această senzație adolescentină dispăru de altfel dintr-odată. Oamenii redeveniră cetățeni care se plimbau în limitele legii. Grinda văzu pe malul lacului un vagabond care vorbea la mobil cu gesturi largi, făcând pași mari încoace și încolo și pauze în care asculta consternat ce-i spunea omul de la capătul celălalt. Avea o eleganță de *homeless* murdar, cu pălărie și lucruri de calitate, extrem de disparate, inclusiv o valiză cu culori țipătoare pe care le vedeai numai la marfa foarte ieftină sau foarte scumpă. Două fete trecură pe lângă Grinda, și apoi râseră scuturându-și părul, lucru care dintotdeauna te mulțumea și te îngrijora în același timp, având și asupra lui exact același efect dublu. O doamnă distinsă se opri în fața lui, îl salută și se informă foarte politicos dacă mai citește revista. Grinda i-o dădu și femeia îi mulțumi, iar el spuse eu vă mulțumesc. Pe lac erau câteva bărci, din care una mergea cu fundul înainte. Îl mai auzi o dată pe *homeless* râzând cu atâta poftă la telefon, încât aproape îl invidie, după care îl văzu scoțând niște ochelari de soare sparți din ceea ce până atunci tratase ca un telefon mobil și plecând cu ei pe nas.

Acasă încercă să citească ceva, dar rămase curând pe gânduri. Era oricum curios că ăsta era lucrul cel mai bun pe care oamenii îl putuseră inventa din paleolitic încoace, o chestie înțesată de litere, la care te uitai. Puse niște muzică, dar o opri aproape imediat. Exista o ambiție sonoră în muzică pe care o găsi dezgustătoare pentru prima oară în viață. În timp ce mânca, află de pe Facebook că murise Uivărășeanu, și rămase cu mâncarea în gură. Nu se poate! O mie de chestii îi năvăliră în cap, de contraargumente împotriva morții lui, de motive pentru care ea era imposibilă. Nu ultimul din ele, își dădu seama Grinda detestându-se, era că el nu apucase să-i ceară iertare profesorului. Cum era posibil să se strecoare în durerea lui acest reproș pe care i-l făcea lui Uivărășeanu, că-și permisese să moară înainte ca el, Grinda, să fi apucat să facă ceea ce se cădea să facă, punându-l astfel, pe el, Grinda, într-o situație nasoală, mai mult, o situație care nu mai putea fi niciodată remediată! Nu apucase să-i spună niciodată ce baftă enormă fusese pentru el că Uivărășeanu, în loc să fie un tip inaccesibil undeva la o universitate, avusese prea mult chef de scandaluri și prea puțină ambiție profesională, astfel încât își petrecuse anii ăia predând la liceu. Deși până și asta era bineînțeles ceva la fel de egoist, să-i spui omului că te bucuri că numele lui fusese pătat, doar pentru că asta ți-l punea la dispoziție. Un impuls banal, dar fără nimic histrionic în el, îl făcu pe Grinda să desfacă o bere și să se așeze în fotoliu. Miile de fișe pe care le făcuse împreună cu Uivărășeanu! Dar nu era vorba de fișe, ci de... Era vorba de după-amiezele care ar fi fost ucigătoare altminteri și care deveneau inegalabil de plăcute în compania inteligenței pure a acelui individ într-o ureche. Mirosul cărților, căci vine o zi când totul se reduce la asta. Pentru Grinda acest miros apăruse mult prea timpuriu, când era fotbalist și rocker, dar era un miros care lucrase pentru el, care îl stabilizase fără să știe. Oare cât timp îi trebuise să-și dea seama că Uivărășeanu era beat practic tot timpul, fără să existe vreun indiciu că ar fi beat? Îl urâse mult timp pe profesor, fără să-și dea seama decât târziu care era sursa acestei ostilități pe care o simțea simultan cu acel atașament fanatic pe care-l avea pentru el. Explicația era, retrospectiv, foarte simplă, dar îi trebuiseră ani întregi ca s-o poată pună în vorbe: îl ura pentru că profesorul vedea în el o minte excepțională, în vreme ce Grinda știa sigur, sigur-sigur, că nu are acea minte excepțională. Și uite-așa. Fixațiile lui muzicale. Nenumăratele fișe în care Grinda transformase secolul lui Rabelais, Cervantes și Shakespeare ascultând cu el *Ciacona* lui Bach la nesfârșit, pentru șase-șapte instrumente diferite, întâi pentru vioară, apoi pentru pian, apoi pentru chitară, apoi pentru flaut și tot așa, pentru ca apoi să pună în prostie jazz, Arket Fleam și alte chestii bizare. Altminteri, ciudățeniile lui erau foarte circumscrise. Când își pierdea stiloul sau nu găsea un obiect oarecare, făcea bezna în cameră și îl căuta cu o lanternă puternică pe care o avea tot timpul la-ndemână, zicea că altfel poate să aibă obiectul chiar în fața ochilor și tot nu-l vede. Nu erau ciudățenii care implicau pe alții sau care răneau pe alții. Trăia singur. Avusese o căsnicie dezastruoasă din care se născuse un băiețel minunat. Gătea excelent și, spre deosebire de mulți, știa exact ce făcea mâncarea să iasă mai bună sau mai puțin bună. Lui Grinda i se părea atunci că gătitul era o operațiune ridicolă, și când Uivărășeanu îi arăta cum se scoate osul amar de la crap, îl pufnea un râs disprețuitor, crezând mereu că acel dispreț era invizibil pentru profesor. De mâncat nu se omorau cu mâncatul nici unul, nici altul, uneori lucrau opt ore cu bere și atât. Că nu era de fapt deloc gurmand, Grinda își dăduse seama din cantitatea considerabilă de conserve pe care profesorul le avea în casă și pe care le ținea în dulapuri printre haine. De la orele din liceu rămăsese cu impresia că Uivărășeanu era un fel de lingvist extraordinar de competent, dar abia la prima vizită pe care i-o făcuse acolo pe C.F. Robescu, unde avea să rămână și când îl luaseră, aproape contra voinței lui, la universitate, și până la moarte, avusese impresia clară că are acces într-un fel de laborator care până atunci nu numai că îi fusese inaccesibil, dar fusese de neconceput. Nu că Uivărășeanu ar fi desfășurat în fața lui cine știe ce numere de magie intelectuală, departe de asta, ba poate tocmai absența magiei era cea care îl stupefia pe puștiul de-atunci, faptul că un fel de viziune culturală spectaculoasă se putea întrupa din cartilajele unor amănunte aparent banale. Atunci de ce nu puteau face toți, și chiar el, Grinda, acest lucru pentru care aparent nu-ți trebuia decât un pic de răbdare, un pic de insistență? Foarte tehnic, la prima vizită tipul îi povestise despre cum poți investiga ipoteza că Hamlet ar fi cumva inspirat din figura lui Faust. Studiaseră, evident, la aceeași universitate, în Wittenberg, *Faust*, câțiva ani mai devreme. Uivărășeanu descoperise prin documente, pentru anii 1586–1595, doi Rosenkranz și un Gyldenstjerne înscriși la acea universitate, la care, în piesa scrisă pe la 1600, Hamlet tot vrea să se întoarcă. La sfârșitul discuției, Uivărășeanu începuse să se întrebe, mai în glumă, mai în serios, dacă Luther însuși, ale cărui teze apăruseră pe ușa de la Schlosskirche în Wittenberg în 1517, era cu totul străin de ficțiunea Faust-Hamlet. Da, pentru liceanul Grinda toate astea erau o gimnastică interesantă, și nu putea să spună că nu ascultase cu atenție, deși se prefăcuse că lucrurile astea nu-l puteau atinge. Nu te pui cu reacția omului tânăr, ea este misterioasă, adică nu se știa de ce trebuie să te prefaci plin când tu erai gol. La plecare, profesorul își deschisese larg brațele și începuse să-l citeze pe Shakespeare: *Qui peut presser la forêt, commander à l'arbre de détacher sa racine liée à la terre?* Nimic curios în cât de bine își amintea toate astea, așa își amintea Grinda totul. *Ô douces prédictions! ô bonheur! Rébellion, ne lève point la tête jusqu'à ce que la forêt de Birnam se lève; et Macbeth, au faîte de la grandeur, vivra tout le bail de la nature...* Umorul lui Uivărășeanu era atunci complet de neînțeles pentru Grinda, deşi cumva i se impunea ca viabil. Ca un om care avea să ajungă conferenţiar de anglistică, să-l citeze pe Shakespeare în traducere franceză cu toată seriozitatea era ceva ale cărui resorturi Grinda încă nu avea cum să le aprecieze, dar ceva căruia nici măcar el nu putea să-i conteste îndrăzneala. Mai târziu înţelesese că profesorul primise acea catedră pentru că aia şi nu alta fusese disponibilă, deoarece pentru ce făcea el nu exista un post în organigramă şi abia peste mulţi ani aveau să apară asemenea posturi, întregi departamente de fapt, de cladistică, în Anglia şi Suedia. Chiar şi-aşa, Uivărăşeanu acoperea fără probleme acea disciplină în sertarul căreia fusese băgat, dar nu se putea abţine să nu-şi bată joc de situaţie în fel şi chip. În altă zi, cu acelaşi umor macabru, profesorul se întrerupsese dintr-o discuţie despre tăbliţele lui Mursilis ca să-i spună că l-a visat pe taică-su, mort zece ani mai înainte, şi că în vis taică-su îi zicea, ce rece e-n mormânt, fiule... Uivărăşeanu se trezise, pe bună dreptate, îngrozit. Dar de ce? Şi aici îi oferea lui Grinda, cu aceeaşi faţă serioasă, explicaţia acestei groaze – cum putea el, om educat, sofisticat, să viseze asemenea locuri comune!? Iar acum, nu se putu împiedica Grinda să se gândească, era el însuşi în pământ. Curios, o jale fără sfârşit îl cuprinse la gândul acesta banal, de data asta chiar o jale la gândul mormântului, nu la altceva. Casa de pe C.F. Robescu în care locuise profesorul i se înfăţişă deodată ca singurul lucru care mai stătuse între el şi anarhie, între el şi o lume care fugea într-o gaură, ca apa. Încă ceva, ceva ce nu îi fusese clar atunci, dar îi era acum: puteai să-i povesteşti acestui om liniştit problemele tale, el nu încerca să-ţi propună soluţii. Mai târziu, Grinda avea să se sature până peste cap de inşii cărora abia apucai să le spui ce te supără, că îţi şi spuneau paşii care trebuie musai urmaţi, adică aveau indecenţa să-ţi arate că există o rezolvare simplă, hai să zicem dureroasă, dar simplă. Din cauza lor se dădeau oamenii cu capul de pereţi, pentru că se duceau la înţelepţi de-ăştia care nu se putea abţine să nu construiască un plan de salvare pentru ei, planuri în care supăratul nu se putea nici el împiedica să creadă pentru o clipă, dar apoi, când rămânea singur, conştiinţa situaţiei lui de tot rahatul îl lovea de zece ori mai tare, conştiinţa absolutei inepţii a soluţiilor raţionale sau cretine propuse de amicii care, din egoism, îi rezolvau lui problemele. Or, Uivărăşeanu doar asculta, dădea din cap şi înjura gânditor.

Dar de asta avea să se ocupe mai târziu. O singură problemă pe zi – iată secretul productivităţii. Iar pentru azi locul era deja ocupat şi aşa trebuia să rămână. Probabil avea să trebuiască să facă o vizită acolo, una din acele vizite despre care ştii că vor merge prost. Oricum, nu putea să facă nici un bilanţ acum sau să bage viaţa aceea albă, care se încheiase, într-o prismă şi să-i apară clar ce fusese bun, ce fusese rău în acel om şi care fusese fracţia hidrocarburilor. Într-adevăr, reuşi să-şi mute gândurile la altceva, ca şi cum ele ar fi avut o realitate fizică, manevrabilă. Iar mai târziu, când gândurile se întoarseră, ele nu mai erau însoţite de imagini, ci doar de zornăiala goală a morţii şi atât.

A doua zi dimineaţă nu încercă să scoată nici un sunet vreme de mai bine de două ore. Umplu timpul ăsta cu diferite manevre. Între altele, mâncă. Oare exista realmente o artă a omletei? Sau era doar o minciună întreţinută cu grijă încă de la invenţia oului, aşa încât să putem zice că ne mişcăm către un ideal? Căci despre omleta pe care o mânca el nu se putea afirma nimic care să fie şi interesant, şi adevărat în acelaşi timp. Făcu apoi un duş. Faceţi un duş, vă rog! Era o glumă veche a lui cu Carmen Ottomanyi. Un tip se duce la doctor care nu-l pune să tuşească, nu-l pune să-i povestească despre copilărie, îi zice doar atât, dar amabil, faceţi un duş, vă rog, poftiţi aicea în cabina asta, aveţi tot ce vă trebuie. Din comportamentul tău la duş, îi plăcea lui Carmen să zică, un medic se lămurea imediat ce probleme psihice ai. Grinda se apucă să facă ordine, abia trecuse o oră. Ordinea e, contrar a ceea ce se crede îndeobşte, mai uşor de făcut decât dezordinea, ăsta fiind şi motivul popularității ei. Mai ocupă douăzeci de minute și cu asta. Apoi se duse la fereastră și începu să se gândească ce să zică. Exista vreun cuvânt mai potrivit pentru misiunea asta, de testare, de deschidere a sesiunii de vorbit, un cuvânt care aluneca mai ușor, care făcea bine? Grinda se hotărî să înjure, își adună forțele, era ca atunci când te pregătești să împingi, se pregăti să trimită un impuls neuronal cu mișcare saltatorie către coardele vocale, îl trimise dracu' știe cum, că așa se inițiau impulsurile neuronale conform celui mai recent model: dracu' știe cum, deschise gura, dar nu se auzi absolut nimic. Dar Grinda nici măcar nu fu dezamăgit. Pentru că nici dezamăgirea nu era studiată corespunzător, și uneori ea se producea, alteori nu, n-aveai ce să faci, nu puteai decât să speri, să speri că lucrurile vor merge în așa fel încât o anumită logică să se poată întrevedea în ele, și, când nu se întrevedea, te dădeai la fund și așteptai.

Dimineața, când sună telefonul, dădu să spună Da! uitând că nu dispunea de acest tip de muniție, dar se dovedi că nu era nici o problemă, bătrâna duse singură toată conversația, spunându-i că s-a înfundat chiuveta și curge și că îl așteaptă pe la ea s-o repare, dacă are timp, Carmen i-a spus să nu cumva să-l sune, dar nu stă ea s-o asculte pe scarandiva de nepoată-sa, adică certurile și despărțirile lor sunt una, chiuveta e alta, iar ea trebuie să gătească pentru că vin vecinii la ea să facă pariuri. Cine era Grinda să nu înțeleagă asta!? Se îmbrăcă, puse niște scule și niște cânepă într-o geantă și se opri în piață să ia niște garnituri de mai multe feluri și niște robineți, sperând să se potrivească vreunul. Bătrâna îi deschise și fața ei se făcu un soare când îl văzu pe acest băiat care venise să repare chiuveta. Grinda o luă în brațe și o pupă fără să încerce să explice în nici un fel, cu gesturi caraghioase, că are o problemă cu vocea, lucru care se dovedi într-adevăr că ar fi fost complet inutil. Pentru această bunică a neveste-sii, care o și crescuse de altfel de mică, el avusese de la început o mare afecțiune, una din acele afecțiuni care te fac recunoscător celuilalt că îți oferă privilegiul să le simți.

Bătrâna îi înșiră tot felul de opțiuni de cafele, gustări și mâncăruri, alegând, în funcție de vreo sclipire din ochii lui, variantele corecte, iar apoi, în timp ce Grinda se uita mohorât la acea chiuvetă plină de personalitate, care era și înfundată, dar și curgea în același timp, se duse pe balcon și se întoarse cu o cârpă, în caz că Grinda va avea nevoie de ea. El avu. Se dovedi că ea înțelesese să pregătească și niște fasole verde pentru el, la care acum adăuga și niște usturoi, mărturisindu-și deschis neîncrederea în usturoiul care se curăță prea ușor. Acolo, sub chiuvetă, veni de altfel să-l caute pe Grinda mirosul minunat al acestui usturoi, lăsat în tigaie numai un minut, pentru a-i transmite că viața e mai complicată și mai frumoasă decât avea el știre. Iar apoi bătrâna scoase fasolea din cuptor și spuse, despre prietenul ei din copilărie, că a murit la 20 de ani, de tuberculoză, apoi îl întrebă dacă vrea și un ardei gras. El vru. Se așeză la masă abia după ce repară chiuveta, reparație care de altfel nu îi pricinui bătrânei nici o bucurie, atât era de evident că cineva, și anume acest băiat, Grinda – și în nici un caz grecul, Cuțulachis, își sublinie el în minte, cu o vehemență adolescentină –, va veni și va repara ceea ce era în firea lucrurilor să fie reparat. Fasolea verde era bineînțeles excelentă, și el mâncă ascultând-o pe bunica lui Carmen plângându-se de musculițele de oțet care erau prin bucătărie și de care nu reușea să scape, dar explicând apoi foarte calmă că de fapt nici nu vrea să le extermine, pentru că îi place să mai omoare din ele când se plictisește. Grinda avu impresia bizară că usturoiul îi făcea bine la gât. Ca să-i facă și o cafea, bătrâna aprinse din nou un ochi la aragaz și în timp ce scutura chibritul se aplecă puțin asupra aragazului și suflă în mica flacără ca ea să ardă uniform de jur împrejurul arzătorului. Grinda plecă de-acolo fără să fi spus vreo vorbă, fără ca din cauza asta să se fi înregistrat cea mai mică sincopă de comunicare.

După două săptămâni, în gâtul lui Grinda apăru o licărire de voce. Simți chestia asta fără să fi încercat să zică nimic. Simți că vocea se întoarce, cum are un brac convingerea că vulpea e acolo, în vizuină. N-o testă deloc, toată ziua se îndeletnici cu ce putu, iar a doua zi dimineața, la prima rază de soare ieși pe stradă. De-abia făcuse câțiva pași, că un tip care lucra la un panou electric strigă după el. Grinda întoarse capul.

— Fiți amabil! zise celălalt, evident binedispus. În timp ce vorbea își ștergea liniștit mâinile, întâi una, apoi cealaltă, parcă panoul electric era plin de unsoare, dar lui Grinda nu i se păru nimic ciudat aici, din contră, îl invidie pe celălalt pentru faptul că era în situația de a-și șterge mâinile în felul acela.

— Fiți amabil, aveți cumva niște liță?

— Liță? zise Grinda, tare, clar, după atâta amar de vreme. Deci aceasta era vocea, aceasta era viața omului, îmbrățișabilă.

— Exact, zise celălalt, zâmbind, mulțumit că fusese înțeles. Acuma compania a modernizat totul, să știți, adăugă el, arătând în jur, dar încă avem multe blocuri, chiar și blocuri construite în ultimii ani, unde totul e pe liță, siguranțele, mă refer. Scoase niște patroane din buzunar, câte două-trei în fiecare mână: astea s-au ars și n-am cu ce să le înlocuiesc, că n-am nici patroane noi, gata făcute, și nici liță, că nu ne mai dă compania, de când s-a modernizat totul...

Grinda se întoarse și căută niște liță prin casă, oprindu-se o dată ca să râdă. Celălalt îl aștepta în același loc în grădină, cu o mare fericire întipărită pe chip.

— Să vă zic ceva: tot siguranțele astea fuzibile sunt cele mai bune, zise el ca un fel de mulțumiri. Eu acasă la mine n-am pus nici una automată... Grinda îl privea de parcă electricianul tocmai îi iertase toate păcatele.

În două zile vocea lui obișnuită era la loc, nițel luată la rașpel. Cu această jucărie nouă și strălucitoare, fără să-și facă prea multe griji, ca un om normal care nu învață nimic din nenorocirea din care tocmai a scăpat, Grinda se duse la Kogălniceanu, unde se mutase revista. Când îl văzu apărând din senin în redacție, Carmen îl întâmpină cu o expresie extraordinar de bine dozată, care îi trezi imediat lui Grinda admirația, o expresie care nu putea părea decât de o binevoitoare neutralitate pentru toți ceilalți, dar care lui îi spunea clar că e neplăcut surprinsă. Voios și iertător (de parcă asta era problema, dacă putea el s-o ierte sau nu), el o așteptă făcând conversație cu un tip de la corectură pe care nu-l mai văzuse niciodată și care vorbi cu el de parcă erau prieteni de când lumea. Căldura lui nici nu apucă să-l surprindă pe Grinda, care temporar avea impresia că toată lumea trebuie să fie generoasă și recunoscătoare. Toată redacția de altfel, în care oamenii se plictiseau sau aveau dialoguri furioase (de care n-avea de unde să știe că erau de fapt amicale), i se păru un loc viu, protejat, insular. Abia apoi, când se așeză cu Carmen la Longbow, începu să i se pară că fața femeii era puțin cam prea înghețată pentru o zi acceptabilă de toamnă, și în orice caz pentru o întâlnire cu un om care o iubea, indiferent ce valoare ar mai putea avea asta în ziua de azi, când toată lumea te iubește. Aveau pe masă două pahare cu bere, aburite și extraordinar de înalte.

— Ce face Argiro, întrebă el zâmbind. Se văzu că femeia se luptă o clipă să rămână acră, dar nu putu să nu se îmbuneze.

— Scrie o carte cu marțipani... Are și cuprins. Primul capitol începe așa: „După doar cinci minute, marțipanul constată un lucru estrordinar". Apoi urmează direct capitolul doi, zise ea, stăpânindu-se să nu înceapă să râdă în prezența lui. Râse Grinda în schimb. Auzi, *constată*!

Barmanul își aduse pe tejgheaua de lemn din spate o farfurie cu ceva din care începu să mănânce în grabă, în picioare, fără să arunce nici o privire în jur.

— Ești sigur că berea rece...

— Sunt sigur, zise și el cam repede, dar apoi își luă seama. A fost o răceală, explică el, competent. Acum mă simt nemaipomenit de bine.

Carmen îi auzi vocea scârțâind tocmai când el zicea aceste cuvinte, dar nu comentă. Pierdură cinci minute cu o glumă stupidă a lui Grinda, legată de scriitorul cu care Carmen vorbea când apăruse el în redacție. Tipul scrisese o carte care se vindea în draci, se numea *Femeia cu care dorm în pat e dușmanul meu*, chiar se vindea ca pâinea caldă, tot femeile o cumpărau, Grinda nu-și dădea seama de ce. Aceste tachinări ale lui erau exasperante, pentru că îi dovedeau nesiguranța, nesiguranță pe care Carmen de altfel o cultiva, dar ce contează? Vrei un bărbat tare. Cât despre Grinda, parcă el n-ar fi vrut să-și păstreze demnitatea intactă!? Numai că e ușor să joci elegant când conduci cu trei goluri, în vreme ce atunci când ești disperat să egalezi ți se împleticesc picioarele. Uitându-se la ea, lui Grinda îi veni ideea că femeia asta nu se mai poate întoarce la el, ba chiar caută o ocazie să se despartă de el. Ideea i se păru, bineînțeles, caraghioasă. Numai în filme, și niciodată în realitate, aranjezi o ultimă întâlnire cu cineva și îi spui drăgăstos, îmi pare rău că trebuie să-ți dau o veste proastă, dar nu te mai iubesc, iubesc pe altcineva acum, și doresc să ne despărțim, știu că îți pricinuiesc suferință, dorința mea însă e de a fi fericită, și, dat fiind că, a, cu tine nu mai sunt fericită, și că, b, pun fericirea mea, normal, infinit mai presus de suferința ta, înțelegi și tu, dragul meu, că nu mai putem fi împreună.

— Ai văzut ce-au făcut la Ivirești, începu Grinda stângaci, căutând un subiect fără legătură cu nimic, care să-i binedispună pe amândoi. Voiam neapărat să te întreb dacă tu ai auzit de Pasteque, copacul de plastic...

— Bineînțeles că am auzit, e o jucărie pentru copii, Argiro mă tot bate la cap să i-o cumpăr...

— Nu, nu e o jucărie, de fapt nu m-ar mira să fie și o jucărie, zise el, lăsând impresia că habar n-are despre ce vorbește. Ai văzut undeva de vânzare așa ceva?

— N-am văzut, zise Carmen plictisită, încearcă pe jukării punct ro sau pe almansora, de fapt pe almansora m-am uitat zilele trecute, și nu aveau, dar pe jukării sigur e. Avem alte lucruri mai importante de discutat, mai zise ea cu efort, uitându-se la el stânjenită de propriul ei ton oficial, în fine, îl detești pe cel căruia trebuie să-i faci un anunț neplăcut.

— Da, discutăm, cum să nu, discutăm orice e nevoie, zise Grinda bucuros. Mi se pare doar curios că a ajuns să se vorbească la știri despre asta... Nu despre jucărie, despre copacul de plastic de la Ivirești; inițial era vorba doar de o licitație, pentru ca apoi să...

Carmen își aprinse o țigară, aruncându-i o privire furișă, de care își dădu seama că se voia o privire obiectivă, că adică încerca să se uite la el cu ochii unui străin și să vadă, cu cine are de-a face? Cât valorează omul ăsta, dacă nu țin cont de faptul că e legat de mine cu atâtea blestemate de fire, cum sunt legate prin micorize rădăcinile unui copac de rădăcinile altui copac? Dar nu-l văzu acolo decât pe Radu, un bărbat dintr-o bucată – din păcate, nu din bucata care o interesa pe ea acum, cu mintea ei de femeie cu copil, umblată prin lume și prin literatură. Era o față obișnuită, pe care nici vechea lui dragoste pentru ea, nici a ei pentru el nu lăsaseră urme vizibile, cum, pesemne, ar fi trebuit. Dar nu putu să-i spună nimic despre despărțirea lor. Nu pentru că s-ar fi răzgândit, ci pur și simplu pentru că Grinda, deși se lăuda că e disponibil pentru orice discuții dorește ea, deodată începuse să vorbească despre moartea lui Uivărășeanu, despre care ea încă nu aflase nimic. Deodată îi păru îmbătrânit, surprinzător de lovit de veste. Se hotărî deci să amâne. La o adică, poate era mai bine să plece din țară fără să-i spună. Curios, toată discuția o făcu să se simtă bine. Suferința lui Grinda îl aducea mai aproape de ea. Până și barul părea acum mai autentic, decorat mai cu gust.

— Mi-am dat seama că nu-mi aduceam aminte nici o... cum se zice, formulă memorabilă de-a lui, dar n-avea darul ăsta, sau mai probabil se ferea de ele, era unul din oamenii ăia care vorbesc incoerent intenționat, de teamă să nu pară prea didactici.

— E mai bine că nu ți-ai amintit, ai fi fost tu însuți didactic dacă atunci când aflai că omul a murit tu începeai să te gândești la ideile lui principale. Imaginează-ți că studentul preferat al lui Hegel de la Berlin află că Hegel a murit într-un accident și se gândește, hm... teză, antiteză, sinteză...

— Sau că Hegel a murit într-un accident de sinteză. În laborator, adică, adăugă Grinda, stupid, văzând că femeia nu zâmbeşte. Până la urmă n-are nici o importanţă ce-mi venea mie în minte în momentul ăla, când se duc oameni pe care i-ai iubit îţi trec prin cap cele mai bizare chestii.

— Ăsta era un om căruia îi treceau oricum în mod normal prin cap cele mai bizare chestii, zise Carmen. Pe Grinda n-avea de ce să-l deranjeze această critică, care era chiar destul de întemeiată, dar îl deranjă intenţia jignitoare din spatele ei.

— Mda, nu poţi să ai idei sclipitoare, dar să gândeşti tot timpul pe autostradă, mai trebuie s-o tai şi prin câmp. Dar pentru că tu nu l-ai cunoscut personal poate ar fi mai bine să nu-ţi dai cu părerea aşa apăsat, spuse şi el, destul de moale.

— Haha, râse Carmen fără chef de râs, adevărul e că eu am ajuns să-l cunosc mult mai bine doar din ce mi-ai povestit tu, Radu, decât l-ai înţeles tu, care erai, dracu' ştie de ce, nelipsit din casa lui.

— Serios, tu cunoşti mai bine un om pe baza informaţiilor de la un terţ, decât cel care l-a cunoscut personal?

— Pff, acum ai ajuns să te crezi şi terţ!

Grinda zâmbi şi bău din paharul nou de bere.

— Totuşi aşa e, reluă Carmen Ottomanyi, gândeşte-te că e mai uşor să faci un portret după o poză decât direct după model... Şi nu poţi să zici că nu era puţin dus cu pluta, chiar tu mi-ai povestit, când lucraţi în grantul ăla european despre influenţa lui Confucius asupra Coranului, cum declara că femeile n-au ce căuta în filozofie.

Carmen era expertă în a lansa dintr-odată un mănunchi întreg de inexactităţi, şi avea şi capacitatea intelectuală şi histrionică de a face asta cu absolută precizie. Ca de obicei, Grinda vru să înceapă să explice, dar simţi că se bâlbâie şi o lăsă baltă. Uivărăşeanu coordonase un ERC pe Luther, Hamlet şi Faust, nicidecum pe Confucius şi Coran, cum îşi bătea Carmen Ottomanyi joc de ei. Proiectul ăla le plătise chiria cinci ani de zile.

— N-a zis că femeile n-aveau ce căuta în filozofie, zise într-un târziu Grinda, visător, tocmai pentru că explicația asta trebuise s-o mai dea de vreo zece ori, dar chestia rămăsese pentru totdeauna în arsenalul lui de vulnerabilități, pe care Carmen le specula excelent când situația o impunea. Era vorba, din contră, de filozofii bărbați care învăluie toate problemele în zece straturi de limbaj, până la asfixie culturală, o eroare pe care o femeie n-ar face-o niciodată, și deci...

Barmanul le aruncă o privire scurtă, își luă farfuria goală și se întoarse în fața barului, unde imediat îl văzură turnând de la înălțime alcooluri uleioase în pahare de câțiva centimetri. Grinda își dădu seama că, în loc să vorbească despre cel mort, era pe cale să se certe cu Carmen Ottomanyi.

— Îmi aduc aminte cum zicea că ești un om mai bun într-o limbă pe care o vorbești mai prost, spuse Grinda, încercând să lase tristețea să-l spele de mizeria de a se certa pentru fiecare prostie. Era în orice caz remarcabil cum toate subiectele păreau că deveniseră motive de enervare între ei. Totul era un prilej de discordie, de durere. Aici vă doare? Da. Dar când palpez mai jos? Și acolo. Când înghițiți vă ustură? Exact. La călcat? Mă înjunghie. Dar când vă așezați? Și atunci. Urinatul vă provoacă arsuri? Îngrozitoare, doctore.

— Asta chiar așa și e, zise și Carmen, împăciuitoare, mimând bine că ar fi fost plăcut surprinsă de vorba de duh a fostului profesor al fostului ei partener de viață.

Și cam asta fu întâlnirea lor. La sfârșit, Carmen îl întrebase ce mai era în pod, nume codificat pentru OKDBR, iar Grinda îi raportă, tot din împăciuitorism, că se întâlnise cu Ceo Georgescu, întors de la Dublin cu idei mari, aceste idei mari fiind ca ei să facă totul pentru ca OKDBR să devină mai eficientă și mai profitabilă decât oricând. *Stellar growth... holistic approach... social currency.* Omise să-i spună că, de fapt, scopul întâlnirii fusese să-l pună pe Grinda în locul lui Aufderheide și că, și mai precis, Ceo Georgescu voia să deducă din reacția lui Grinda la motivele acestei schimbări dacă Aufderheide trebuia să zboare sau nu. Lucrurile astea sunt foarte importante, mai importante decât orice altceva, pentru că din ele, şi nu din altceva, nu din literatură în orice caz, este făcută viaţa noastră. Acum îi era limpede că, dacă trebuia să aleagă un singur bărbat a cărui influenţă să-i fi schimbat viaţa, nu putea să fi fost decât Uivărăşeanu. Pe vremuri, în anii când lucra cu el, Grinda începuse să-i imite şi mersul puţin legănat. Nu era nimic rău în asta. Asta faci când admiri, iar admiraţia te poate face fericit.

În loc să ia un taxi chiar de-acolo, Grinda şi Carmen merseră o staţie pe jos până la Universitate, dar prin spate, Brezoianu, stânga pe Lipscani. Se opriseră lângă o maşină probabil de curând parcată, din care încă ieşeau valuri de căldură. Acolo el încercă să o îmbrăţişeze şi ea, culmea, îl lăsă. După ce taxiul ei plecă, Grinda merse pe jos până vizavi de tipografie, unde locuia, intenţionând să îngheţe pe drum, dar nereuşind să-şi atingă acest scop.

— *Hello interpreter, please listen in and I will go ahead and ask you to report to me every few minutes on the gist of the conversation, for me to see where this is headed*, zise o voce de o răceală extraordinară. Pe ecran nu veniseră nici un fel de informaţii despre cine solicita traducerea. Hai să vedem ce-o mai fi şi asta, se gândi posomorât. Avea o zi proastă. De când se întorsese la OKDBR, toată lumea părea cu curu-n sus. Computerul rămăsese pe Windows 13, iar când Grinda îl întrebase pe IT-ist care-i treaba, tipul îl privise cu un fel de bizară ură de clasă, de parcă Grinda îi tăiase personal salariul. Turcoaica avea o alergie pe faţă şi nu se uita în ochii nimănui, şi până şi Aufderheide era schimbat, nu mai sufla nici o vorbă despre Iolanda. În cazul lui, schimbarea nu putea însemna decât că le mergea bine. *Call*-urile erau dintre cele mai plictisitoare, alternând cu altele în care oameni cu dureri şi furii surde se luptau cu sistemul în diferite feluri. Deşi lipsise ceva vreme, nimeni nu-i puse nici o întrebare. Vine o vreme când, în loc să te bucure, asta te deranjează.

— Și ieri ce-ați făcut, mami?

— Nimic, am fost în parc.

— Aha, ați fost în parc, foarte bine.

Grinda asculta cu ochii pe instalația de aer condiționat. Oare trebuia să ia notițe? Era în orice caz interesant că cineva punea în fața lui lungi bucăți de conversație, matrice de date sonore, din care unele verbale, și nu considera că era cazul să-i spună lui Grinda ce anume urmărea.

— Uite ce ți-am adus... deschide de-aici... stai că te-ajută mami...

— Ce e?

— Surpriză!

Grinda ascultă hârtiile foșnind.

— Îți place?

— Da!

— Zi tare, că nu știu dacă te-a auzit domnul traducător.

— Da, îmi place, zise copilul. Grinda n-avea să afle niciodată ce lucruri se ascundeau în ezitarea din vocea lui.

— Și voi aici sunteți bine, o auzi Grinda din nou pe femeie, cu vocea deodată plină de disperare, o disperare pe care era clar că o auzea și copilul. Tocmai închidea ochii, când asistenta socială sau ce-o fi fost îi ceru să rezume conversația. Nu-i puse absolut nici o altă întrebare, cum ar fi sperat el, de exemplu dacă cel mic părea să se simtă în largul lui sau în siguranță, cel mic sau cea mică, era curios, dar nu reușea să-și dea seama la telefon dacă era un băiat sau o fetiță.

— Hai să facem acum matematică, uite, patru ori patru egal cât? (Ce mai, îi dădeau o educație multilaterală, asta deveni clar pentru traducător.)

— Patru ori patru...

— Uite aici un creion, auzi Grinda deodată un bărbat. Vedea aceste trei personaje ca într-o poză veche, copilul din Dickens, mama ca Madame Bovary și fantele sportiv și cu burtă.

— Patru ori patru este 12?

Amândoi săriră să-l corecteze. Era mai mult de 12.

— Patru ori patru egal 14...

— Și mai mult, spuse bărbatul, cu satisfacția că el știa acel răspuns, îl avea la degetul mic. Copilul ezita. Femeia se pare că ar mai fi vrut să încerce, dar bărbatul, care deja se abținuse destul, poate temându-se că femeia va spune rezultatul corect înaintea lui, făcând pentru totdeauna imposibil de demonstrat dacă el știuse sau nu acel răspuns, zise tare:

— Șaișpe!

Câteva clipe, Grinda nu mai auzi nimic. Era cu Carmen Ottomanyi în pădure, la Câmpulung. Carmen asculta fiecare prostie pe care o zicea de parcă era o veste bună. Se uita la el tot timpul, cu o blândă și permanentă curiozitate, cu atenție nedezmințită, se lipea de el. Simțea dragostea ei la fel de clar ca pe dogoarea unui foc. Asta era pe vremea când viața era viață, nu moarte. Își reveni la timp, mirat de neașteptatul patetism al acelei reverii.

— Hai, mami, că nu mai avem decât cinci minute.

Copilul nu zise nimic.

— Spune tare, ție îți place acasă cu noi?

— Îmi place.

— Tare.

Grinda avu impresia că femeia își frângea mâinile, cel puțin lui aceste cuvinte îi veniră în cap.

— Mai știi când am fost la râu și am mâncat pe iarbă?

— Da... Mi-aduc aminte...

— Chiar nu mai știi cum am stat acolo pe iarbă?...

— Ba da... Și am avut și mingea albastră! zise copilul, cu un entuziasm pentru care nimic nu îl pregătise pe Grinda. Femeia era în al nouălea cer.

— Da, mami! Mingea albastră! Cât te iubesc de mult eu pe tine! Aveam mingea și ne-am întâlnit cu Domnica și ne-am întors toți cu trenul!

Grinda își dădu seama că disperarea de mai înainte a femeii nu fusese decât exasperare, iar fericirea ei de acum nu era adresată copilului, ci unui scop abstract care rămânea dincolo de conversaţia asta telefonică şi care era acum mai aproape de împlinire. Îşi mai dădu seama şi că judecata lui cinică era parţial cauzată de teama de a nu fi dus de nas, când în realitate era la fel de posibil ca femeia asta să fi fost pe nedrept despărţită de copilul ei şi ca, indiferent de zecile sau sutele sau miile ei de scăderi, suferinţa ei să fie absolut autentică.

— *Interpreter?*

Pe femeia care punea întrebarea asta Grinda o detesta însă şi mai mult. Pentru răceala ei, sau doar pentru că îl obligă să zică una din cele mai plate fraze pe care le zisese vreodată. Esenţialul era oricum limpede: *The child complains that the water is cold.* Dar apoi? *Mention was also made of a blue ball – and a trip back.*

— *Back where?* întrebă asistenta socială sau ce era.

Între timp, după ce mâncase în amintire ceva cu Carmen Ottomanyi la Baliverna, Grinda era, prin căştile lui, într-un spital din Londra unde un bătrân care nu vorbea decât româneşte urma să intre într-o operaţie de triplu bypass. Anestezistul englez îl rugă să-i pună câteva întrebări. Ca în toate *call*-urile britanice, îi mulţumea de fiecare dată când traducea o propoziţie. Se auzeau multe foşnete, erau cel puţin cinci persoane de faţă.

— *Umm, and what about...* Doctorul înşiră cinci-şase boli fără nici o pauză. *Could you ask him whether he's ever had any of that, thank you.*

Apoi, după vocea asta, urma vocea cealaltă. Era deci mai întâi vocea puternică şi clară a omului care dormise noaptea cu femeia lui tânără, care băuse o cafea, care făcuse şaizeci de flotări, care condusese ascultând jazz şi glumise cu colegele de la chirurgie când ajunsese. Era apoi vocea sugrumată a omului neras şi înfricoşat până în măduva oaselor, care nu credea că-şi va mai vedea familia vreodată, care dormise două ore cu un calmant puternic, chircit de frig şi de mirosul de spital. Vocile astea, una peste alta la nesfârşit, erau ţesătura acestei lumi.

— *Now does this nice chap have any questions for me because we are ready to proceed.*

Dar convorbirea continuă încă jumătate de oră. Grinda avu impresia clară, stânjenitoare, că vocea lui liniştită şi vorbele pe care le spunea în limba română erau un fel de apa vieţii pentru celălalt, erau singura chestie care stătea între el şi moarte sau în orice caz acea ameninţare cu decorporalizarea, care îl îngrozea.

— Bine, o ultimă rugăminte aş mai avea, îl auzi până la urmă zicând, după ce epuizase toate întrebările cu care mai putea câştiga timp. Să spuneţi echipei să se gândească la copiii mei şi să mă opereze ca şi cum aş fi parte din familia dumnealor!

Traduse pe îndelete şi femeia, de care nu ştia ce rol medical avea, în orice caz ea preluase conversaţia de la anestezist, nu numai că nu găsi nimic ciudat în această rugăminte, dar găsi şi timp să se arate impresionată. Îi spuse cu mare amabilitate lui Grinda, amabilitate care evident se adresa celuilalt, aflat la ananghie, că vor face tot ce este omeneşte posibil. Pacientul mai avea totuşi o întrebare.

— Dar mâine, când mă trezesc, o să mă simt în continuare puţin adormit, câteva ore, sau mai mult?

Grinda traduse, prefăcându-se că nu mai pusese aceeaşi întrebare, în alte forme, de câteva ori până atunci. Apoi pacientul dori să ştie dacă hainele şi obiectele lui personale vor fi tot în salon, sau vor fi transferate la reanimare. Următoarea întrebare nici nu mai era o întrebare, omul zise doar că îi e foarte frig, şi Grinda ştiu că s-a dat bătut şi va înainta acum în bezna în care înaintaseră toţi strămoşii lui, mii de generaţii, fără excepţie, sperând că se va întoarce de-acolo şi va mai sta măcar o dată aproape de foc şi de oameni şi de muzică.

În loc să plece acasă, îl căută pe austriac, poate pentru că, lucru neobişnuit la el, se simţea în corzi, traducerile îi făcuseră capul calendar, un calendar plin de zile nefaste. Oricum, nu mai auzise nimic de săptămâni întregi de la el. Austriacul se purtă de parcă tocmai în seara aia şi la ora aia stabiliseră ei să se întâlnească. Grinda află că problemele cu Iolanda Igna ajunseseră insuportabile. Şi cum îşi dăduse Aufderheide seama că îl înşela? Auzise maşina ei trăgând seara târziu în faţa casei, dar trecuseră câteva minute şi femeia nu deschidea uşa. Aufderheide dăduse draperia la o parte şi acolo, în maşina parcată, o văzuse înăuntru, cu centura încă pusă, iar faţa ei, în lumina telefonului, era zâmbitoare şi absentă. Şi el, austriacul, când venea de la birou şi parca maşina şi vedea fereastra luminată acolo la etaj, simţea că îl lasă curajul să închidă radioul şi să intre în casă şi să se certe din nou cu ea. Dar ea zăbovea în maşină ca să mai fie cu ăla, cu mesajele lui care o făceau să zâmbească stins, să nu trebuiască să deschidă uşa şi să fie cu Aufderheide. Lui Grinda acest flagrant nu i se păru cine ştie ce, dar nu poţi să-i iei omului plăcerea geloziei lui, care îl făcea să se simtă viu şi care, ca şi ura, dădea dependenţă. Când veni rândul lui, se trezi deodată că spune că murise cineva, murise profesorul lui.

— Îmi pare rău, zise celălalt.

— Da, a murit pe stradă, în faţa casei lui.

— Se întorcea de undeva, sau tocmai pleca?

— Nu ştiu. Ai dreptate, poate că diferenţa asta e esenţială.

Aufderheide căzu pe gânduri.

— Pizda mă-sii de viaţă, zise el. Pe Grinda îl enervă puţin mica satisfacţie lingvistică a străinului care vorbea română aşa bine, dar era clar că erau cuvintele potrivite la momentul potrivit.

De supărare, citi până noaptea târziu. Dostoievski era un psihiatru de mare viitor. Grinda avea mai multe rânduri de opere ale mogulului rus, dar nu putea citi decât din ediţiile româneşti jerpelite de dinainte de '89. Citise *Crimă şi pedeapsă*, cu Uivărăşeanu, şi în franceză, şi în engleză; prima accentua caracterul poliţist, a doua făcea din provincialism un manifest politic. De *Schuld und Sühne* ce să mai vorbim, era o mică odă romantică a unei minţi ruinate şi atât. De data asta, recitind cartea în româneşte, îşi aduse aminte de o teorie ciudată a lui Uivărăşeanu, care era convins că Dostoievski chiar omorâse în tinereţe o bătrână, și își mărturisea crima în diverse pasaje aparent inocente ascunse pe ici, pe colo prin cărțile lui, așa, ca să se pedepsească, fără să aibă curajul de a-și mărturisi crima în gura mare, așa cum cu multă largheţe îl punea pe Raskolnikov s-o facă. Într-o vreme trecuse împreună cu profesorul prin diverse pasaje de-acolo și din *Demonii* care păreau să dea ceva substanță teoriei. Oare ce se întâmplase cu toate hârtiile lui Uivărășeanu, inclusiv nenumăratele fișe făcute de Grinda?

Asta era noaptea. Dimineața avea propria ei povară. Cum începi să-i scrii femeii despre care știi că vrea să plece? Și unde sunt cuvintele neutre când ai nevoie de ele? Cuvinte care să fie totuși calde. Care să nu poată fi luate ca un reproș, așa cum pot fi luate toate cuvintele, dacă în trecutul din spatele lor e suficientă harță. După ce-și făcu singur toată această pregătire teoretică, se trezi că o întreba pe Carmen de la bun început de ce nu mai vrea să facă dragoste cu el. Cuvintele astea pe care le făcuse să apară pe ecranul computerului îl umiliră până-n adâncul sufletului. Dar era și mai umilitor să fii retoric, să trebuiască să găsești introduceri când vorbeai cu femeia care fusese totul pentru tine. Femeia a cărei ură o simțeai acum. Nu era numai ura în care – în mod absolut incredibil, orice s-ar zice – se transformase dragostea aia, se mai vedea în ochii ei și neputința de a se împotrivi urii care o paraliza, pe care poate n-o înțelegea nici ea prea bine, dar ura îi pusese o gheară în gât și n-o mai lăsa să facă decât ceea ce îi cerea ea. Vedea uneori ceva mic, neînsemnat, în ochii lui Carmen, care zicea cumva asta, te urăsc, dar nu înțeleg deloc de ce, și această ură îmi face rău, și nimeni nu mă poate ajuta.

Sâmbătă, ca un om care trăiește singur și își inventează chestii de făcut, se sui în mașină și se duse la Ivirești. Acolo era mereu lume, era un fel de buric temporar al târgului, mereu posta câte cineva pe Instagram poze de-acolo, oameni care nu se mai văzuseră de mult se întâlneau întâmplător, se bea în iarbă, nu era picior de polițist, singurii oficiali erau de la Astiplast, și ăia nu numai că nu erau scorțoși, dar împărțeau chiar ei sticle de apă la jumate și cafele în păhărele minuscule. Cică un inginer de la ei se și căsătorise, peste noapte, cu o reporteriță care numise Ivireștiul, fără nici o acoperire, un Woodstock balcanic. Grinda văzu mai întâi un șir nesfârșit de toalete portabile, ca aduse înaintea unui miting, era imposibil să fie nevoie de atâtea toalete pentru câțiva vizitatori boemi. Era totuși ceva lume și chiar și muzică, se vindea mâncare din corturi improvizate. Apropiindu-se, lui Grinda îi trebui o secundă ca să se lămurească ce se întâmpla, nu se întâmpla nimic, doar că întreaga lizieră dinspre oraș a pădurii era acum alcătuită din hibrizi Astiplast. Mai mult de o sută de copaci fuseseră instalați din ziua în care văzuse prototipul Cacique sau cum îi zicea pentru prima oară, și în spatele lor abia se ghiceau fagii de la Ivirești, iar asta numai dacă te apropiai. Impresia de ansamblu era copleșitoare și doar treptat Grinda reuși să o descompună în detalii. Era clar de pildă că nu se folosise un singur model de copac, exista destulă variație în designul și amplasamentul copacilor de plastic, și anume o variație dependentă de forma originală a pădurii. Acolo unde exista vreun fag mai înalt se amplasase în fața lui un copac Astiplast mai înalt, acolo unde pădurea era mai rară, copacii de plastic erau și ei răriți corespunzător. Grinda se lămuri până la urmă că într-adevăr liziera cea nouă era menită pur și simplu să mimeze liziera veche, pe care o ascundea complet, nu să ofere o replică superioară a ei. Până și culorile componentelor Astiplast erau inteligent desaturate, nimic țipător și entuziast, replicaseră chiar și un anume efect de prăfuit, un fel de *sfumato* de Sefora, se vedea că lucrau cu experți. Grinda se opri să-și ia o bere, trebui să aștepte la o coadă mică, nu reușea să scape de senzația de greață pe care i-o dădea liziera falsă de la Ivirești, în fața lui erau niște tineri la care se uită cu coada ochiului, păreau perfect relaxați, simpatici, cu siguranță nu simțeau greața pe care o simțea el, dar, poate și mai interesant, era clar că nu erau nici mari fani ai proiectului primăriei, Grinda îi auzea vorbind despre femei, despre universitățile din Germania, unde nu există *Studiengebühren*, nici măcar pentru studenții internaționali. Era clar, oamenii veneau aici pentru că era la modă, era o distracție nouă care curând va înceta să existe. Restul nu-i angaja cu nimic, erau prea moderni, în loc de calciu aveau în oase ironie. Cine nu știa că orice proiect de-ăsta se dovedește curând desuet și iarna viitoare cel târziu va arăta atât de rău din cauza zăpezii și ploilor și căldurii, încât tot primăria va trebui să-l dea jos, tot pe banii ei, pe furiș, așa, ca să nu iasă un scandal de corupție prea mare... Corupție de care oamenii erau de altfel atât de sătui, încât simțeau alternativ pentru ea o ucigătoare ură și o blazare rece ca gheața. O tipă căreia îi dusese șezlongul îl rugă să-i facă o poză cu pădurea pe fundal, dar când el o întrebă ce părere are de toată chestia păru luată din oală și nici nu înțelese la ce se referea. Despre ce adică trebuia să ai o părere!? La insistențele lui, îi zise că, dacă lui nu-i place cu panseluțe prin oraș, să vedem și noi o floare, n-are decât. Când primăria nu face, ne enervăm, când face, iar ne enervăm. Grinda se uită după ea nedumerit. Ce treabă aveau panseluțele cu...? Un tip care îi auzise vorbind se uită la el cu un fel de solidaritate, zicându-i, ăștia habar n-au către ce ne îndreptăm, n-ați văzut, era cât pe-aci să vă scoată nostalgic comunist, că nu vreți să avem și noi un oraș european. Schimbă două vorbe cu celălalt, care păru la început un ins rezonabil, însă apoi îngrijorarea lui se dovedi că nu era viscerală ca a lui Grinda, ci mai degrabă conspiraționistă. Între timp, Grinda observă încă ceva, nu era vorba doar de faptul că existau mai multe prototipuri, nu doar unul. De fapt toți copacii Astiplast erau diferiți între ei, alcătuiți din module într-adevăr prefabricate, care însă erau destul de multe ca să poată fi asamblate într-un număr nesfârșit de feluri. Își luă la revedere și o luă întins spre copaci ca să pună mâna pe ei, când deodată un tip de la Astiplast ieși lângă el ca din pământ și îl salută râzând. Grinda observă uimit că și celălalt avea un pahar de plastic cu bere în mână, luat din aceeași rulotă ca și el. Dădu să-l evite, dar celălalt îl apucă atunci brusc și cu putere de braţ, ceea ce îl uimi pe Grinda atât de tare, încât nu se împotrivi câtuşi de puţin. „O zi bună vă doresc", îl auzi pe celălalt la sfârşit, după ce se asigurase că Grinda se lasă păgubaş.

Acasă începu să caute sistematic prin ediţiile online ale ziarelor, să vadă ce se întâmpla. Nu găsi nici un dosar de presă serios făcut. Erau numai ştiri care nu se legau foarte clar, deja cu un an înainte se anunţase proiectul unui lac de agrement în pădurea Ivireşti, chestie care păruse ridicolă tuturor, construcţia unui lac era ceva complet extravagant, apoi apăruse ideea că trupele americane din România vor avea o bază specială la Ivireşti, o nouă aiureală despre care nu se mai auzi nimic apoi, şi tot aşa. Mai era un proiect-pilot de reducere a poluării în Bucureşti în care era implicat în mod secundar şi Astiplast, dar fără nici o vorbă despre copaci, era vorba de nişte filtre speciale care se puteau monta la ferestre, ceea ce era chiar culmea, reducerea poluării nu însemna să-ţi pui o mască mai performantă pe faţă, ce dracu'. Cu câteva săptămâni în urmă Grinda găsi într-adevăr în toate ziarele mari articole despre noii copaci de la Ivireşti, dar se vedea imediat că toate se trăgeau din unul şi acelaşi comunicat de presă, chiar dacă titlurile erau altele şi limba era mai mult sau mai puţin maltratată, de la caz la caz. Urma să aibă loc modernizarea pădurii de la Ivireşti, formula asta era reluată aproape peste tot, ca şi cum ar fi fost perfect logică. Comentariile cititorilor erau în general pozitive, existau bineînţeles nebuni care vedeau peste tot mafia, masonii şi semne apocaliptice, legând copacii de plastic de puii îndopaţi cu hormoni şi de apa otrăvită, dar în general oamenii păreau mai degrabă apatici sau chiar vag binevoitori. Multe comentarii erau evident opera unora plătiţi să stea să le facă, dar relativ rudimentare, adică începeau cu o critică prefăcută, pentru credibilitate, apoi încheiau cu o adeziune entuziastă, reţeta asta sărea în ochi. Două comentarii îi atraseră atenţia lui Grinda. Unul, de pe site-ul *Republicii*, zicea că şi la Braşov a început să se construiască o mică pădure-pilot, vreo douăzeci de copaci electrici pe suprafața fostului parc Ștefan Terian. Căută chestia asta în presa locală, acolo nici urmă de așa ceva, de altfel ar fi gemut Facebook-ul de miștouri, chiar dacă, până la urmă, ce putea fi rău în încercarea de a face o pădure artificială? Cine știe? Poate folosește la ceva. Un alt comentariu, la un articol din *Prosport* (ce legătură avea chestia asta cu sportul?), i se păru mai interesant lui Grinda. Ceva prea concret nu era – cititorul respectiv, zumihin35, zicea că Astiplast avea pe contract și vreo doi pictori care să adauge ultimele tușe la copaci, odată instalați, ca să pară mai naturali. Era ceva care suna adevărat în acest mesaj, poate faptul că, dacă omul ar fi inventat ceva, ar fi fost cu siguranță ceva mai spectaculos, sau mai veninos, nu un detaliu așa anost. Închise computerul cumplit de enervat că pierduse vremea cu prostii, fără ca măcar să fi scăpat de impresia că la Ivirești se întâmpla o porcărie. Mai ales însă, fu copleșit deodată, ca un om care uitase pentru câteva minute că a doua zi se internează în spital, de conștiința faptului că e pe zi ce trece mai departe de Carmen, că lucrurile nu merg bine deloc și că nu poate face nimic să le schimbe. Abia închisese computerul, că primi un mesaj pe telefon de la OKDBR, trebuia să intre urgent pe Revisal să facă niște modificări pe care în mod normal trebuia să le facă angajatorul. O sună apoi de mai multe ori pe Carmen Ottomanyi, care nu răspunse, și, după multe ezitări, îi trimise un mesaj neutru, care avea bineînțeles să fie interpretat drept agresiv.

Duminică dimineața se trezi cu ea la ușă. El se pregătea de vreo oră să iasă să alerge, dar o tot lungise citind presa pe net în fotoliu, îmbrăcat și încălțat. Carmen Ottomanyi, pe de altă parte, era îmbrăcată de biserică, tocuri, fustă scurtă, machiaj impecabil și foc pe nări. Cu lipsa totală de intuiție care îl caracteriza, Grinda începuse să-i povestească despre o posibilă continuare a romanului, cum trăiește Raskolnikov în închisoare și se vede în fiecare săptămână cu Sonia, ani întregi, o continuare pe care să n-o scrii ar însemna să ratezi însăşi substanţa cărţii. Carmen asculta cu faţa ca o ciudată mască, şi Grinda nu se putu împiedica să-i descopere o nouă frumuseţe, frumuseţea pe care i-o va vedea şi proslăvi altul, cel care va veni după el, mai bun, mai chipeş, mai muncitor. Ceea ce nici nu era greu, nici măcar unde venea vorba de muncă, căci Grinda îşi dădea ceva osteneală, dar era foarte departe de a stabili vreun record. Cu falsa ei bunătate, Carmen Ottomanyi nu îl luă peste picior, ci făcu un comentariu din care se înţelese că îl ascultase şi ceea ce zisese el nu era lipsit de orice legătură cu lumea de azi, în care noi altminteri trebuie să trăim şi să fim, orice s-ar spune, pragmatici. Grinda se posomorî adânc în sufletul lui. Poţi începe să-i aduci celui care pleacă argumente ca să rămână, dar el va vedea în fiecare din ele un motiv în plus ca să plece. Şi apoi, cât de greu poate să fie să vezi că nu mai eşti iubit? Foarte greu, bineînţeles. Chiar şi atunci când (cum din fericire sau din nefericire era cazul lui) ai fost iubit la început, şi deci ar trebui să-ţi sară în ochi schimbarea şi lista nesfârşită de parametri care acum au valori al dracului de diferite, chiar şi atunci tu cauţi alte explicaţii. Grinda nu pusese niciodată pe hârtie ce se întâmpla, pentru că hârtia era ceva foarte periculos, dar mai multe categorii de explicaţii îi trecuseră prin minte. Principala explicaţie pe care o găsise era oboseala lui Carmen. Departe de a fi extraordinar de stupidă, această explicaţie părea destul de corectă uneori. Nu e neapărat vina ta. Viaţa se agaţă de tine ca algele într-o elice. Eşti obosit – dar poţi fi binevoitor. Nu îl urăşti pe celălalt pentru că eşti obosit, e doar o împuţinare, nu o duşmănie. În cazul lui, nu asta era explicaţia, oboseala era doar un mediu de cultură, aici avea dreptate Aufderheide, care de fapt preluase ideea de la Iolanda Igna, în faţa inteligenţei căreia se extazia în durerea lui. Oboseala era doar o chestie aşa care... care contribuia la..., dar nu era boala reală care reteza dragostea şi o înlocuia cu acea criminală răceală şi urâciune, cu acea mecanicitate malefică, boala respectivă fiind – oare cumva vreo criză? Poate alt bărbat? Italianul ăla cu care lucra?

Vreo depresie, vreun contact insalubru cu canalizarea din creierul nostru? Te pomeneşti că nici măcar, poate era ceva cu vitaminele, cu numărul exact şi temperamentul globulelor colorate, de forma caiselor uscate, din sângele ei? Stai puţin, poate cumva din cauză că erau amândoi prea individualişti, mereu eu, eu, eu, ce simt eu, ce imagine am eu, ce însemn, cât dau. Asemenea oameni n-aveau cum să ajungă departe, pentru că erau lipsiţi de orice capacitate sau intenţie de a ieşi vreodată în pierdere, pentru că ţineau tot timpul contabilitatea, să fie un troc corect, adică mă sacrific eu cu condiţia să te sacrifici şi tu exact tot atâta. Şi alte bazaconii ale acelei utopii primejdioase care era dragostea democratică şi egalitară, de parcă dragostea nu era prin definiţie *à outrance*, o instituţionalizare a paradoxului, o situaţie în care cu cât dai mai mult, cu atât ai mai mult. Eh, partea asta din urmă se putea transforma şi în principiul cu cât ai mai puţin, cu atât celălalt îţi dă mai puţin. Stai aşa, că toate bune şi frumoase, dar asta deschidea drum pentru multe abuzuri acolo unde unul e cu harul şi celălalt doar cu legalismul. Nu, înapoi la cauzele simple, atât de simple, încât ieşeau complet din radarul lui Grinda, deşi avea revizia la zi. Motivul pentru care Carmen Ottomanyi nu mai putuse întreţine flacăra acelei iubiri trebuie că ţinea de funcţionarea elementară a fiinţei umane muritoare. Era plictiseala biologică, o problemă de concentrare. Bate-mă, omoară-mă, am dat tot ce-am avut de dat. Acum m-am plictisit, acum mă gândesc la alte chestii şi am nevoie de alţi vinovaţi. Dragostea cere concentrare, şi Carmen se săturase să se tot concentreze ca să-l iubească pe Grinda. Putea să fie asta. Nu vei şti niciodată de ce această dragoste a murit în chinuri şi nici celălalt, în ura lui, nu va şti de ce, trebuie reţinut doar că niciodată dragostea nu moare nici pe jumătate din cauza a ce mi-ai făcut tu mie şi ce ţi-am făcut eu ţie, o mare parte din motivele pentru care moare această dragoste nu au nici o legătură cu ceea ce s-a întâmplat, nu au legătură nici cu mine, şi nici cu tine. Iar lucru-ăsta este cel mai trist din lume, pentru că înseamnă că, fie şi dacă prin absurd am găsi Omul Potrivit, nu vom avea niciodată, orice am face, o şansă rezonabilă la o dragoste împlinită. În timp ce Grinda se gândea la toate astea, gura lui făcu o glumă, un reflex vechi, la care n-avea sens să renunţi, chiar dacă lucra împotriva ta. Carmen râse, atingându-şi pentru o clipă lobul urechii cu mâna, apoi redeveni serioasă, pentru că era nevoie de seriozitate.

Află că ea urma să se întoarcă în Grecia de la bunica ei, la telefon. Nu se zicea că, în comparaţie cu căsătoriile din dragoste, moderne, cele aranjate erau mult mai rezistente? Atunci ei doi de ce nu rezistaseră, că doar mai aranjat de-atât nu se putea. Grinda plecă val-vârtej să-i ceară socoteală, să facă ce nu făcuse niciodată, anume o scenă de toată jena. Să-i spui grozăvii, să-i spui că nimeni n-o va iubi ca tine, că tu o ştii de atâţia ani şi alte lucruri despre care, în timp ce le spui, îţi dai seama că nu contează, că altul o va iubi altfel, că ea vrea să plece tocmai pentru că tu o ştii de atâţia ani şi aşa mai departe. Să te cobori totuşi în vulgaritatea aia, să-ţi urli durerea aia pe care, de ce-o auzi, de-aia o simţi mai ascuţită şi mai autentică şi mai simpatică, să simţi mila jegoasă şi binefăcătoare faţă de tine însuţi, mila că ai ajuns atât de jos, deşi în adâncul sufletului, dincolo de complexe, crezuseşi că erai totuşi un om obişnuit, iar nu un ticălos. Iar apoi să te cuprindă durerea adevărată, disperarea oarbă, când îţi dai seama că nu ajungi nicăieri, că omul celălalt, cel care pleacă, are alt plan, are alte calcule şi nu poate fi convins, aşa cum nu poţi să convingi pe cineva să-ţi dea la jumătate de preţ ceva ce altcineva va cumpăra cu preţ întreg, nu există retorică pentru asta, doar bani. Iar în cazul de faţă Grinda nici măcar nu-şi putea da seama ce anume trebuia schimbat, care era moneda forte care ar fi întruchipat o retorică eficientă în situaţia asta, ce nou CV ar fi trebuit să depună la dosar, ce schimbări să promită ferm, pentru ca gheaţa aia să se topească şi de sub stampa japoneză cu două dimensiuni să iasă o femeie reală, cea care i se arătase în alte vremuri plângând, omul din carne şi oase ale cărui braţe, pe vremuri, îl strângeau noaptea în mod reflex la cea mai mică mişcare. Dar era destul de clar. Aşa cum au adus ăştia de pe Lună pietre, să le studieze, să le transforme în cadouri diplomatice sau dracu' ştie ce, aşa aveau şi ei acum între ei, pe masă, o bucăţică de moarte, de moarte adevărată. Era moartea pe care o vezi când dai ortul popii şi niciodată până atunci, da, un *teaser* din această moarte putea fi trăit chiar acum, printr-o admirabilă derogare. Doi oameni care urmează să se despartă se uită unul la altul, unul e jos, altul e sus, unul care nu-nţelege şi altul căruia nu-i pasă. Mintea ta deschide nişte uşi care nu trebuiau deschise şi aruncă pe masă tot ce a ţinut în rezervă, aşa cum ai face dacă ai fi într-o primejdie de moarte, şi pentru o clipă îţi dai seama că ai voie, că eşti obligat să scoţi totul din sac. Să-i aminteşti ce pereche reuşită aţi fost, haha, să-i dai peste faţă cu fosta fericire, ca s-o trezeşti adică, şi obrajii ei să fie uzi de lacrimi. Dar nu fericirea la care s-a mai făcut referire, nu fericirea evidentă, ci fericirea cea mai ascunsă, întrupată în fleacuri, în orele banale ale tinereţii, în felul în care vă îmbrăţişaţi pe bulevardul Aviatorilor, cu maşinile trecând pe lângă voi liniştite prin burniţă, cum aţi vrut să-i daţi o aspirină unei tipe de la ghişeu, răcite cobză şi amărâte, dar numai în cazul în care asta n-a devenit o emblemă pentru voi, un motiv, o chestie scoasă din raclă şi lustruită periodic. Nu, trebuie să foloseşti numai lucruri neatinse, puse bine pentru momentul ameninţării cu moartea, martori modeşti ai unei fericiri mult mai mari decât purtătorii ei. Grinda fu cât pe ce să-i amintească lui Carmen Ottomanyi cutare noapte ratată din stângăcia amândurora, chestie care îi întristase teribil pe amândoi atunci, aşa că îţi venea să-ţi iei câmpii văzând cam ce soluţii propune mintea ta într-un moment de nevoie, când aveai nevoie s-o întorci pe ea de la uşă cu un cuvânt magic. Dar nu contează, doar n-o să-i aminteşti femeii cum vă plimbaţi pe Marele Zid chinezesc, mintea ştie ce face şi a ştiut întotdeauna, singura şansă e să-i aminteşti aşadar acele mici eşecuri în care e prinsă toată tinereţea ta, ca o scoabă făcută de vechii meseriaşi. Grinda nu reuşi să scoată o vorbă, convins că nu asta era cartea care trebuia jucată, să-i amintești aceste momente minunate, din contră, acum era momentul să contraataci, pentru că nimic nu mai conta și trebuia să-i urli în față că îți datorează totul, că fără tine ar fi fost nimeni!, pentru că tu ai corectat toate chestiile pe care ea le făcea atât de frumos și de bine înainte, haha, nu, să nu ne lăsăm atrași de glume, păcătoasa asta de minte n-are pic de ținută, mai ales când ar trebui să aibă. Trebuia poate să-ți iei inima în dinți și să-i spui o enormitate, să inventezi, să zici că voi doi numai unul lângă altul trăiți în adevăr, iată chestia pe care trebuie să i-o amintești în mod brutal, nimic mai puțin, nu mici chestii obiective, ci să te umfli în pene în mod monstruos, ca niciodată, fără nici o măsură, pentru că, dacă ar exista fie și cea mai mică măsură, celălalt n-ar avea cum să nu fie dezgustat de cât de idiot ești și să se regăsească și mai întărit în hotărârea de a pleca de lângă acest ins fără obraz, adică tu. Secretul e să reușești să fii cu totul și cu totul exagerat, atunci ea va avea neapărat un moment de îndoială, se va gândi, hmmm, dacă există fie și numai o foarte mică șansă ca el să aibă dreptate, atunci fac o greșeală de-a dreptul monumentală! Numai că Grinda nu reuși să-și ia suficient avânt ca să atingă acea culme de nesimțire, sau nu avea capacitatea vitală de a face așa ceva, nu avea nici măcar capacitatea vitală să mimeze așa ceva, așa că în fața lui se deschise calea cea mai înfiorătoare dintre toate, care este să te pui în genunchi și să implori. O cale a dezastrului, pentru că era totuși uimitor cât de puțin succes avea acest gest în fața oamenilor, avusese, se pare, cândva în Evul Mediu, dar acum plictisea în cel mai înalt grad, era, pare-se, o dovadă de prost-gust sau ceva asemănător, deși era ceea ce invariabil făceau oamenii în situații disperate, și deci ar fi trebuit să fie luat cumva în serios. Confruntat cu un om în genunchi care te imploră, s-ar fi zis că oricine ar fi trebuit să se oprească o clipă, zicând în sinea sa, acest moment bizar mă face cumva să iau din nou în considerare întreaga situație, pe care am analizat-o de atâtea ori până acum cu exact același rezultat, dar pur și simplu dintr-o dorință de a fi corect în felul în care osândesc la moarte pe altcineva, de a fi sigur că am perfectă dreptate în preferința mea ca acest individ să fie dat la câini, îi voi spune suplicantului acestuia te rog, ridică-te și așază-te până mai reflectez eu un minut, nu-ți face nici o speranță, e mai mult o formalitate, o voi îndeplini însă, între timp trage cu ochii pe fereastră, unde se vede vârful cu două frunze al unei rămurele de gelsomina, sau de musurillo. Prins în această reverie botanică, Grinda nu mai apucă se se pună în genunchi, mintea îi furniza soluții și tot ea le sabota, n-aveai decât să-ți comanzi altă minte și pe-asta s-o reciclezi, iar Carmen, care îi cerceta chipul cu sete, poate așteptând ea însăși șarja lui disperată, așteptând, cine știe, cu speranță, argumentele lui, își stinse luminile și se îndepărtă în bezna care ne obliga să fim oameni separați, cu măruntaie necomunicante, cu copilării incompatibile, cu limbi individuale și cu dorința de a pluti fiecare pe banchiza lui. Nu mă întorc la grec, îi spusese Carmen, uimindu-l, improvizând poate. Se ducea, chipurile, la altul, care era chiar român, stabilit de mult în Grecia. Și ce-ți oferă el, întrebase Grinda, ca un cretin, fără să-și dea seama că ea nu pleca pentru că știa ce-i oferă celălalt, ci pentru că știa ce-i oferea Grinda, știa exact fiecare lucru la care se aștepta de la el, iar despre celălalt nu știa, așa că-și putea închipui orice, și asta era foarte bine, motiv mai mult decât suficient ca să plece.

După vreo jumătate de oră Grinda opri filmul ca să îi mai citească o dată descrierea și să se asigure că era într-adevăr o comedie. O comedie era un film care te făcea să râzi. Era invenția supremă a omenirii – așezi un om obosit, amărât, supărat, enervat într-un fotoliu și timp de o oră și jumătate ai scăpat de grija lui. Dar invenția supremă nu mai funcționa. Începu să schimbe canalele exasperat, dar nicăieri nu era nimic altceva decât știri. Inundații care luau pe toată lumea prin surprindere, dar nu numai cum se spunea asta de obicei, în sensul că autoritățile sunt mereu nepregătite, ci cumva chiar pe bune, pe ecran apăru un inginer hidrolog care, aparent perfect serios, zicea că din cauza încălzirii globale și a „altor factori cumulați“ râurile își schimbă treptat cursul, aceste schimbări putându-se dovedi chiar extraordinar de rapide. Grinda goli sticla de bere, dar rămase cu ea în mână. Vălenii de Munte tocmai devenise primul oraș din România „sută la sută integrat“, înainte se spunea integrat cu natura, acum rămăsese doar integrat, adică pe raza sa, raporta un oficial, nu mai existau decât copaci de plastic, care întruneau standardele regionale GAMESIV. Acești copaci erau oferiți la jumătate de preț de companie, iar statul subvenționa masiv restul, așa încât și-i permiteau toate primăriile. Reporterii opreau oameni pe stradă și-i întrebau ce părere au de noul *look* al orașului. Mulți nu înțelegeau la ce se referea întrebarea, dar câțiva erau entuziaști. Apoi cineva de la minister, cu o față detestabilă într-un birou altminteri minunat decorat, cu niște lambriuri splendide, anunța că modernizarea pădurilor avansează cu pași mari. Se prevedea ca 50 – chiar 75 – de kilometri în afara oricărui oraș, acolo unde încă existau păduri, toate lizierele să constea din copaci moderni de plastic. Efortul financiar era destul de mare, evident, dar speranța nu trebuia pierdută – se negociau împrumuturi externe, combinate cu măsuri de austeritate în țară, și, desigur, acolo unde bugetele locale ar fi fost cu totul depășite, se putea recurge și trebuia să se recurgă pur și simplu la tăierea pădurilor respective. Datorită unor factori cumulați, Grinda închise și se băgă în pat, dar acolo nu făcu altceva decât să scoată laptopul și să stea în continuare pe internet ca un idiot. Unde erau orele pe care le petrecea în tinerețe ascultând muzică în întuneric, ore care de altfel seamănă teribil a depresie, cum s-ar zice azi cu un infamant cuvânt, dar nu erau poate decât o consecință firească a lucidității, sau chiar orele petrecute citind, acea a doua invenție a omenirii, cu care te mulțumeai când nu aveai muzică. Aceste ore scriitorii înșiși le petreceau acum pe Twitter, cu aiureli. Pe *social media* nu era vorba azi despre copaci, dacă nu cumva de asta se lega problema zecilor de mii de conturi blocate despre care unul şi altul trăgeau semnale de alarmă înainte să fie blocaţi şi ei. În schimb văzu câteva clipuri simpatice cu pisici, care îl făcură să râdă fără să vrea. Închise computerul şi se gândi că ceea ce nu-i putea ierta lui Carmen nu era că îl făcea să sufere, ci că îl făcea să n-o mai iubească. Apoi, după o ezitare, deschise din nou computerul.

De la Librăria Humanitas coborî spre Cişmigiu, întorcând pe-o parte şi pe cealaltă câteva acţiuni pe care le-ar fi putut întreprinde pentru a o împiedica pe Carmen să plece, asta în timp ce era dezgustat de sine însuşi că e atât de cârpă. În trecere constată că pe bulevardul Regina Elisabeta nu mai exista nici unul din vechii copaci, din cei adevăraţi, cu trunchi şi crengi din materialul numit lemn, care făceau frunze şi produceau oxigen, acel model tradiţional, cu oarecare vechime, care nu păruse niciodată nimănui până atunci că are nevoie să fie upgradat. Toţi fuseseră tăiaţi, însă, în mod ciudat, aici ei nu fuseseră înlocuiţi cu absolut nimic. Buturugile lor fuseseră lăsate exact aşa. Oamenii aşezaseră pietricele pe ele. În Cişmigiu avea loc o campanie de memorializare a parcului. Primăria hotărâse ca nici un copac să nu fie tăiat, ci toţi copacii să fie efectiv extraşi, în aşa fel încât în urma lor să rămână o groapă impresionantă, iar nu o buturugă. Lângă fiecare groapă era montat un panou cu o fotografie a arborelui înainte de extragere. În acest mod, arborii erau onoraţi, iar populaţia era îndemnată să preţuiască şi să protejeze patrimoniul natural-istoric. Aşa obişnuit cum era cu secolul prostiei, Grinda îşi auzi capul crăpând. În clipa aia, poate atras de faptul că îl auzise înjurând, intră în vorbă cu el un tip despre care la prima privire Grinda crezu că era foarte îngrijit, dar aproape imediat îşi dădu seama că locuia prin parcuri, chiar dacă nu de mult. Era ca şi cum plecase de-acasă bine pregătit pentru o viaţă fără casă şi-şi alesese lucrurile cu mare grijă ca să reziste cât mai mult. La gât avea o eşarfă de mătase, priceput prinsă, pe care Grinda o detestă din prima clipă.

Se trezi curând că îi păsase atât de puțin de conversație, încât povestise prea mult, iar celălalt era deja gata să-i explice ce are de făcut ca să-și pună viața în ordine rapid și ușor.

— Te-a lăsat pentru grec, dar după ce a văzut că nu merge s-a întors la tine, dar, după ce a văzut că nici cu tine nu mai merge, s-a întors la el. Ai văzut cum te-ai lăsat orbit? striga celălalt.

Grinda aprobă. Adevărul e că eșarfa încă îl preocupa. Nu cumva ea era intenționat detestabilă, pentru ca asta să te confiște și să te împiedice să mergi mai departe – în măsură mult mai mare decât dacă ți-ar fi plăcut eșarfa sau dacă ți-ar fi fost indiferentă –, să te împiedice adică să înțelegi că omul dormea prin ganguri.

— Asta nu mai contează acum, se entuziasma celălalt. Contează ce e de făcut! Era clar că, după victoria pe care o repurtase împotriva lui, obligându-l să accepte adevărul despre viața lui, acum era sufocat de propria generozitate, care îl împingea să caute, în timpul lui liber, soluții pentru un străin.

— Ce e de făcut? întrebă Grinda serios.

— În primul rând: chiar vrei o soluție? Chiar dorești să rezolvi problema?

Grinda ezită un pic, dintr-un bizar formalism.

— Da, vreau.

Celălalt se foi, confruntat cu un fel de preaplin.

— Uite ce ai de făcut. În primul rând, trebuie să renunți la orice fel de mândrie.

Cum viața nu avea nici un haz dacă nu acceptai să te implici trup și suflet pentru o premisă banală al cărei adevăr era complet inevaluabil, Grinda se instală mai confortabil în scaun și fu gata să primească revelația.

— OK. Renunț.

— Îi dai telefon mai întâi și îți ceri iertare pentru toată suferința pe care i-ai cauzat-o fără vrerea ta și îi zici că plângi în fiecare zi când te bagi noaptea în pat. Nici o femeie nu rezistă la asta. E instinctul matern. Apoi trebuie să o desparți de grec. Începi să o suni zilnic, o obișnuiești să aștepte telefonul tău, până într-o vineri când n-o mai suni, o zi, două, trei, ca să fiarbă tot weekendul. Ea mai întâi se îngrijorează: poate a dat mașina peste el? Apoi o cuprinde groaza de-a dreptul: nu mă mai iubește! Și atunci îți dă ea telefon, pentru că nu suportă să știe că cineva nu mai suferă după ea. Tu nu răspunzi. Ea te sună din nou și atunci tu răspunzi normal, rece spre normal, alo? Partea asta e foarte importantă.

Tipul se uită la el neliniștit că Grinda va rata tocmai această parte, care era pe cât de importantă, pe atât de dificil de executat, din cauza dozajului fin dintre rece și normal. Grinda îl privi la rândul lui reflectând, resemnat să-l asculte pe celălalt serios, pentru că nu știi niciodată dacă nu cumva dreptatea e de partea nebunului.

— Între timp, îl suni pe grec. Te oferi să-l împrumuți cu bani. El o să zică nu, tu îi zici că nu trebuie să-ți răspundă acum, îl lași să se gândească, și îi propui o dobândă ridicol de mică, apoi, pac, închizi, lași chestia să-și facă efectul treptat. Apoi te sună el, face conversație, tu scazi dobânda și mai mult și îl vezi cum dă din gură mai departe, dar e clar că i-ai frânt voința. A doua zi te prefaci că n-ai înțeles și îi virezi toată suma. Te sună imediat, dar tu ești cu Carmen la telefon, sună ocupat, asta e așa, simbolic, numai tu știi. Când vorbești cu el îți ceri mii de scuze pentru neînțelegere și asta e, îl rogi frumos să-ți vireze banii înapoi, doar să-și oprească o mică parte ca să acopere eventuale comisioane bancare. Partea asta e foarte importantă: eventuale comisioane bancare.

Un grup de nuntași trecu în liniște pe lângă ei, cu mirele și mireasa în frunte. Una dintre femei avea un ochi vânăt, mireasa nu.

— Acum intri pe Facebook – știi ce e Facebook? – și, când vezi că e și ea pe-acolo, mergi direct la sentimentul ei de vinovăție. O înjuri pentru ce ți-a făcut, îi zici că o să-i pară cumplit de rău că te-a pierdut – nimeni nu e foarte sigur că a făcut bine să plece – și imediat ce ea vrea să contraatace îi zici ce minunat a fost cu ea. Ai paralizat-o, stă acolo cu degetele nemișcate la un centimetru de tastatură. Până să se dumirească, i-ai și trimis o poză cu un pui de vidră și închizi computerul cu totul, nu doar Facebook-ul! Lași vidra să-și facă efectul și te întorci la grec. Nu ți-a virat banii înapoi, cică n-a avut timp, dar adevărul e unul singur, a intrat în ei! A intrat în ei! Fiecare zi care trece e în avantajul tău, poate se apucă și de băut și o bate. Tu, în loc să stai degeaba, te duci la magazin. Alegi cea mai mare jucărie, dar, ca să fii sigur, alegi și o jucărie foarte mică. Când băiețelul deschide pachetul pe care poșta îl aduce chiar de ziua lui, mai întâi se bucură de jucăria mare, apoi se enervează pentru că doar atât?, iar apoi se bucură și mai mult de jucăria foarte mică și aia devine preferata lui, nu se mai desparte de ea, la masă se joacă numai cu ea, grecul turbează.

— E fetiță, nu băiețel, apucă Grinda să zică, și apoi tăcu, regretând imediat că dădea discuției un aer firesc, că semna și el procesul-verbal. Dar dacă e bal, bal să fie. Să renunțăm la cumințenia pe care ne-au băgat-o în cap cu forța.

— Și acum te duci peste ei în Grecia, în insule. Suni la ușă și ești complet fără bagaje, nici măcar o geantă.

Pentru că celălalt făcu o pauză, Grinda își luă inima în dinți și întrebă:

— E foarte importantă partea asta?

— Tu ce crezi?

— Eu cred că e importantă, zise Grinda nesigur. Când mă vede așa... adică deja erau mirați că am apărut, dar fără valize e de-a dreptul ciudat, cu mâinile în buzunar... deci sunt și mai mirați, și deci i-am luat prin surprindere și am un avantaj psihologic, încercă Grinda să gândească independent.

— Nu e vorba de avantaje psihologice, zise celălalt dezamăgit de elevul lui, tocmai asta e, acum ești bărbat, înșfaci ce e al tău, o iei pe Carmen deoparte și-i spui, așa, așa cu ce ai pe tine vii cu mine, nu-i dai timp să se dezmeticească, trebuie să fii ca o gorilă, apelezi la instinctul ei masculin, care vrea aventură, vrea libertate. Căci ce este mai frumos decât să fii cu femeia iubită într-o zi ca oricare alta, să-i poți atinge părul, mâinile, fața în lacrimi!

Grinda era năucit. Însă, după ce se despărțiră amical, constată stupefiat că tot ce-i spusese omul parcurilor i se întipărise în cap și lucra. Poate chiar trebuia să se ducă după ei în Xanagoria și să-i spună lui Carmen să... Un băiat alergă după el. Grinda nu se întoarse. Gâfâind, puștiul merse roată în jurul lui de două-trei ori. Era lume abulică pe scaune și maniaci visători care se plimbau. Luă mecanic fluturașul pătrat care i se întindea, dar nu era o reclamă, era un text simplu în doar două culori, întâlnirea la Neumir! și dedesubt: Armata Plantatorilor de Copaci. Puștiul se zgâia la Grinda. Era simpatic.

— Altceva?

— Nimic! strigă celălalt și dispăru. Oricare fusese misiunea lui, era clar că ea nu avea nimic conspirativ. Grinda băgă biletul în buzunar, așa cum făcea cu toți fluturașii. Nu se îndura să-i arunce, lăsa asta pentru mai târziu, ca să aibă timp să cântărească dacă o pizza în Herăstrău sub apă sau un ștrudel gratis la fiecare costum de Pulcinella sau Pantalone cumpărat erau oferte cu-adevărat irezistibile sau nu. Mergând pe lângă gropile unde fuseseră platanii din Cișmigiu, îi veni să se întindă într-una din ele. De ce clachezi într-un anumit moment și nu în oricare din încercările anterioare? Era cea mai simplă problemă de rezistența materialelor.

PARTEA A TREIA

În tren își dădu seama că stătea nemișcat pe scaun de ore întregi, gândindu-se. Cum era posibil așa ceva? Când să iasă să facă câțiva pași împotriva unei plictiseli și a unui disconfort care nu existau, un tip cu un coș deschise ușa compartimentului cu forță, sărbătorește: bere, cafea, ciocolată, croasanți? Privirea lui Grinda era atât de naivă, încât celălalt se întoarse cu toate speranțele la vecinul lui de compartiment, care însă dormea. Fără ezitare, vânzătorul îi puse tipului o mână pe umăr și îl scutură zdravăn, vă dau o cafea? Cât de disperat trebuie să fii ca să trezești un om din somn – o infracțiune gravă, în educația lui Grinda – pentru o posibilă vânzare de 5 lei? Așteptă crispat reacția celuilalt, care însă își trecu repede mâna peste față, frecându-și ochii, și apoi zise absent, da, dă o cafea. Cât de puține știu despre oameni, se gândi el, prostit.

Un tip cu o față severă, purtând un fel de bundă aflată în contradicție cu acea față, se apropie de el pe peron. Era poate dezamăgit că din singurul tren al zilei cobora la Neumir un singur om sătul de copacii din plastic și de gropile-muzeu. În gară nu văzu decât un cuplu tăcut, echipat până-n dinți, parcă veniți direct din traseu. Ieșind, fără să vrea, se uită în jur după ceva, nu știa exact ce, poate un Aro militar vechi, însă se dovedi că aveau să meargă pe jos mai bine de o oră, timp în care fața tipului rămase la fel de severă – nu că ar fi făcut cineva glume –, iar bunda lui rămase la fel de colorată. Grinda nu încercă defel să-l descoasă, dar, chiar și la întrebările simple pe care i le puse, omul răspunse fără nici un chef. Poate nici nu făcea parte din ARPLA, și de altfel se făcu nevăzut după ce îl aduse în fața unei cabane, unde îl preluară două femei simpatice, în vârstă. Dacă ar fi avut cine știe ce așteptări, era imposibil să nu fie dezamăgit. Cabana era OK, dealurile frumoase, stăteai o noapte, poate chiar două, respirai aer curat, apoi plecai. În nici un caz nu puteau fi adăpostiți acolo mai mult de 25-30 de oameni, și detaliul care, poate pe nedrept, îl convinse pe Grinda că nimic serios nu putea fi pus la cale în acel loc fură cele două berze traforate în ușile toaletelor. Cele două doamne care îl înregistrară i se părură de bună-credință, două învățătoare probabil, fără nimic bătrânicios, dar și fără absolut nimic bătăios. Când auziră că Grinda își adusese și cortul, îi spuseră să nu-și facă griji, că i s-a rezervat un pat într-o cameră. Cât se mai învârti el prin cabană și pe-afară, se lămuri că nu erau decât trei-patru oameni înăuntru, toți taciturni, abia se salutară, lucru care i se păru doar foarte puțin ciudat. Pe de-o parte, te așteptai să existe un fel de solidaritate între oamenii care hotărăsc să se dedice în mod radical unui obiectiv neconvențional. Pe de altă parte, era la fel de înțeles că acești oameni nu erau, doar dintr-atâta lucru, gata să invite în spațiul lor privat demonstrații inutile de frățietate. De mult nu mai avusese Grinda o seară în care să nu facă absolut nimic. Nici măcar când o aștepta pe Carmen nu stătea degeaba, ba atunci mai mult ca oricând umplea seara cu toate corvezile posibile, pe care le evitase până atunci, formulare, rufe, reciclat. În cele din urmă își dădu seama că dârdâia de frig pe cerdacul de lemn și, neștiind ce să facă altceva, aprinse lumina. Siluetele dealurilor din jur dispărură pentru o clipă, apoi se întoarseră încet la locul lor. Întrebarea era cum să îngrădești disperarea într-un anumit spațiu din corpul tău, încât ea să nu facă franjuri fiecare nerv și fiecare amintire. Dar asta nu des. Uneori. Noaptea dormi buștean. Îl trezi, culmea, un fel de camionetă kaki, aproape ca un Aro, cu una din portiere vopsită roșu. Li se ceru să-și ia toate bagajele cu ei. Pe Grinda una din cele două doamne îl asigură că gata, fusese radiat din circulație în București. Deci aici se și glumea. Se îngrămădiră toți înăuntru, ceilalți parcă se mai dăduseră pe brazdă, se auziră și râsete, Grinda stătea înțepenit, doar ochii i se mișcară, căutând de unde venea râsul. Tipul de lângă el, un ardelean foarte arătos, se justifică din senin zicând că el nu stă decât o săptămână. Apoi la radio se auzi un cântec, ciudat lucru, în franceză, *la crainte que vous m'oubliiez, arbres de ma jeunesse...* și tot așa: *ma jeunesse pour de vrai...* Cineva își aprinse o țigară și Grinda îi fu recunoscător. Trecură câteva dealuri și camioneta se opri pe unul din ele. Nu era nimic de văzut, o casă ca toate casele, o casă mare, e drept, cu ferestre hexagonale, dar asta era tot. Grinda nu avea de ce să fie dezamăgit, știuse oricum că totul nu avea cum să fie altceva decât un fel de hipstereală trecătoare. În gardul alb era o poartă cam pretențioasă – s-ar fi potrivit cu o curte de două ori mai mare – prin care intrară căutând cu privirea ceva informații despre ce-i aștepta acolo. Nu numai că nu era nimeni, dar, când apăru cineva, fu o bătrânică îngrijorată că mâncarea nu era gata și că mai dura o jumătate de oră. Cineva făcu o glumă, dar bătrâna n-o înțelese și începu să-și frângă mâinile deznădăjduită. Prin curte trecură doi tipi osteniți cu niște găleți și niște puiet de salcâm, care nici nu-i băgară în seamă. Grinda se relaxă de-a binelea și începu să se întrebe cum avea să-și petreacă vacanța aici, căci de altceva nu putea fi vorba. Camera lui avea un geam care nu se putea decât întredeschide sus. Priveliștea era grozavă, dealuri de o arhaică melancolie, în curs de plantare sau cu dumbrăvi noi pe ele, păduri vechi încolo, podgorii abandonate încoace. Afară de al lui, mai erau șase paturi în cameră, toate goale.

Dimineața, cu câțiva excursioniști în haine caraghioase, destul de împleticiți, merseră într-o vale unde urmară un curs de prim ajutor. Grinda, total surprins, nu putu să fie atent nici cât era în avion la însoțitorii de bord care arătau unde sunt ieșirile de urgență. Chestia asta dură cam o oră. Apoi îi puseră să umple nenumărate găleți cu pământ, fără să le ducă de-acolo. Li se spuse să le lase exact unde erau. Oricum, era mai bine decât se aștepta el, care se resemnase să ardă gazul aici câteva zile, după care să treacă totul la pierderi și să se întoarcă în București mai înțelept și eventual chiar mai odihnit. Grabă nu era – era o ocazie să caști ochii la lume, nu știai de unde apărea ceva care să se potrivească la avionul de rufe și bețe la care lucrezi tu ca să evadezi cândva cu el – o metaforă pe care Grinda o preluase dintr-un film văzut în copilărie la un televizor alb-negru, în care efectiv unii așa evadau dintr-un lagăr, parcă. Ajunseseră la prânz cu o mică întârziere și găsiră curtea plină de oameni care mâncau, la care Grinda se uită cu gura căscată. De unde apăruseră ăștia!? Nu se vorbea nici prea tare, nici prea vesel. După masă toată lumea dispăru rapid, în vreo zece camionete pe care Grinda nu le văzuse la venire, urmați de câteva mașini lipsite de orice aer instituțional – o „Regina șoselei", o Ladă și mai veche, câteva SUV-uri, modele care n-aveau nici doi ani vechime, și vreo trei Ford-uri cu coarne de taur atașate în fel și chip, ca la mașinile texanilor, unul de fapt era un Cadillac. Plecaseră și ei într-un grup de cincizeci de oameni, din care doar câțiva nou-veniți, și în câteva ore plantară sute de copaci, unii cu rădăcinile libere, majoritatea balotați în turbă. Găsiseră gropile gata făcute, mocirla pregătită, era clar că alte unități disciplinate își făcuseră tăcut treaba înaintea lor. La masa de seară totul se transformă într-un fel de campus în primele zile ale semestrului. Toată lumea mergea de colo-colo, ținând în mână tăvi din care Grinda nu văzu două la fel și fumând pe rupte, cum el nu s-ar fi așteptat, poate își închipuise că oamenii de aici urmau să fie toți vegetarieni, environmentaliști și așa mai departe. Salută pe unul și pe altul și i se răspunse. Când își luă el însuși mâncarea de la bucătărie, încercă să-i dea, ca să n-o arunce, prăjitura lui unei tipe, care însă se uită la el ca la felul paișpe, dădu să-i explice ceva, dar se lăsă păgubașă. Iată deci că erau și chestii care nu funcționau. Grinda își trase un scaun și începu să înfulece, simțindu-se în permanență observat de prăjitura de pe tavă, care i se părea din ce în ce mai meschină. Erau numai bărbați la masă. La masa de alături erau numai femei. Asta nu era bine. Dădu să se prezinte tipului de lângă el, cu o mustață pe oală, dar tipul îi răspunse, spre surprinderea lui, în poloneză. O gașcă de tineri terminau de aranjat sculele în rasteluri, și Grinda constată că era vorba de mii de cazmale și lopeți. Pe o ușă văzu însemnul bizar „contabilitate", chestie care îl nedumeri. La bucătărie i se arătă unde să-și spele vasele. Bucătăreasa, o femeie vajnică și inacceptabil de frumoasă, cu niște mâini de pianistă, avea trei-patru ajutoare care se mișcau al naibii de eficient, lucru pe care el totuși nu fu dispus să îl accepte, presupunând că trebuie să fi fost vorba mai degrabă de oameni care doar știu să lase impresia că se mișcă eficient și atât. Alți doi inși aduceau niște lăzi cu cartofi, vorbind între ei, și pe unul din acești tipi, unul Pavel, Grinda îl întrebă, după o ezitare, cine era șeful aici, la Neumir. Omul îl privi ca picat din lună. Grinda îl lăsă în plata domnului, tot ce era de înțeles urma să fie înțeles oricum. Lipsi de la raportări, de care oricum nu se lămurise unde aveau loc, și era clar că nu are cu ce contribui la ele, și intră în casă frânt. Camera era între timp plină ochi de bagaje. În fiecare pat era cineva, ba un lungan cu barbă, ba un ins îndesat și crâncen, doi dintre ei dormind cu fața în sus, cu bocancii în picioare. Lângă perete stăteau niște baloți în folie protectoare de plastic albastru. Ca în filmele de război, discuția se întrerupse ca prin farmec când intră el, și Grinda, stânjenit, mormăi un salut. Nu mirosea însă urât, și poate de-asta renunță la ideea de a mai face un duș. Cearșaful îi aminti ceva, dar nu mai apucă să-și dea seama ce, că adormi. Iar acest somn era cea mai mare găselniță care se putea închipui.

Nu trecuse o lună de la sosirea lui, și Grinda făcu un salt de cunoaștere. Era deja tobă de informații și de instrucțiuni, se obișnuise cu rutina de la Neumir, știa pe nume vreo treizeci de oameni personal și cunoștea toată mitologia ARPLA pe care o ştiau ei. Aflase şi cine era şeful, dar, dezamăgitor, nu putuse să-l întâlnească pe acest Moroi, deşi era limpede că tipul nu era nici vreun lider charismatic, nici vreun mistic, nici vreun hipiot, ci un tip care se ocupa de logistică şi atât, sau poate nu doar atât, că nimeni nu devine şef dintr-atâta lucru. Deocamdată Grinda îşi continua munca în colonie, atent la faptul că avea degetul mare puţin scrântit şi propunându-şi cu maximă seriozitate să fie atent să nu agraveze situaţia acestui deget. Trebuia să fii în cea mai bună formă fizică, altminteri erai în pericol să fii la cheremul emoţiilor tale. E adevărat că abordarea asta nu era în regulă, ca atunci când juca tenis şi-şi zicea mereu, hai, fă acum un efort în acest moment-cheie, dă mai mult, cum dracu' să dai tot timpul mai mult!? Ce conta era să poţi rămâne cât mai mult, să anulezi aici ceea ce nu se mai putea anula în oraşe, adică împărăţia copacilor de plastic, care se întinsese nu numai asupra spaţiului lui personal, ci şi asupra timpului vieţii lui cu Carmen. Erau pe deal şi plantau salcâmi şi fagi, fiecare cu rădăcina cu pământ cu tot frumos înfăşurată în plastic, pe care scria câte ceva cu roşu, în poloneză. De la o vreme, puietul nu mai venea din Maramureş, Grinda auzise ceva despre asta. Se auzeau de ici-colo cântece răzleţe, românii cântau mai mult, şi mai ales cei veniţi din vechea colonie, de la Arcane. Saltul de cunoaştere la care el nu se aştepta câtuşi de puţin începu cu o lovitură de pulan. Toată descinderea dură ridicol de puţin, poate nici zece minute. Grinda nu-şi dădu seama cine erau. Nu erau poliţişti, ci un fel de antitero, dar în uniforme destul de vesele, deschise la culoare. Îi bătură fără vorbe, deşi printre bătăuşi era totuşi unul, unul singur, care zbiera la ei. Aproape toată lumea încasă cu destul stoicism, după ceva fugă şi împotrivire, afară de câţiva maniaci, din care se dovedi că erau câţiva la Neumir, atât de radicali, încât îl înspăimântau, care se luptară cu furie, unul dintre ei băgă cuţitul într-una din uniformele vesele. După plecarea dubelor, Grinda şi doi ursuzi îl apucară pe acest coleg al lor maniac care fusese împuşcat, îl puseră pe o targă şi îl trimiseră cu maşina la spital, deşi era mort. Seara, aparent fără noimă, cina fu anulată, deşi până la urmă oamenii se găsiră unul pe altul prin bucătărie, făcându-şi sendvişuri şi omlete unii altora. Bucătăreasa era şi ea printre ei, într-o geacă de blugi, mâncând nepăsătoare nişte pâine cu unt şi salam, şi Grinda admiră că nu se deranjase să-şi pună vreo frunzuliţă de cilantro sau altă prostie calofilă. Dacă el ar fi fost în locul poliţiştilor, se trezi gândindu-se, ar fi dat foc la ceva materiale, ar fi distrus uneltele, ar fi tăiat electricitatea. Pe fereastră auzi pe cineva cântând, era ceva bizar, dar blând, în cehă sau poate poloneză, *Drzewa nie przenoszą się z miejsca na miejsce*... auzi Grinda cuvintele luate de vânt. Afară erau două focuri făcute, dar curând se aprinseră altele, din uscături judicios alese. Era bine să fii înconjurat de acel mormăit, făcut de flăcări şi de oameni. Abia după ce băuse nişte vişinată de la o tipă foarte sportivă, mult mai în vârstă ca el, îmbrăcată în echipament de firmă, de la Ptarmigan, Grinda îşi dădu seama că în curtea casei şi în jurul casei erau de fapt cel puţin două-trei sute de oameni, şi îşi zise în gândul lui, eu nu plec la Bucureşti, mai stau, se uită după tipa cu vişinata, care însă dispăruse. Se alătură altui grup şi începu să asculte şi să respire lângă ei acel aer plin de prezenţă, plin de indicii umane. Oamenii nu vorbeau de munca lor, păreau cetăţeni cât se poate de obişnuiţi, unii mai slabi, alţii mai graşi, schimbând vorbe în dodii, sau poveşti oarecare din copilărie sau din liceu. La un alt foc auzi un tip care făcea un fel de dare de seamă, se aşeză liniştit să asculte şi el, ceilalţi se uitară parcă ciudat, dar nimeni nu zise nici pâs, tipul îşi făcu damblaua, prezentă ce avea de prezentat, un fel de situaţie, se plantaseră atâţia şi atâţia copaci, şi apoi se potoli, Grinda nu ascultase prea atent, mânca nişte pâine cu brânză, era, ca de obicei, vorba de salcâmi, dar şi de fagi, se plantaseră mii de copaci, ba chiar zeci de mii, şi, deşi nu reţinuse exact cât, Grinda îşi dădu totuşi seama că ceva parcă nu era în regulă, faptul că omul nu păruse mândru spunând cifrele astea, dar era cât se poate de normal, pe de-o parte pentru că probabil îşi dădea seama prea bine că doar nu el singur plantase acei copaci, și pe de altă parte trebuie să fi fost stânjenit de faptul că trebuia să țină acel discurs uscat, de întreprindere, deci normal că nu urma să se audă în vocea lui cine știe ce emoție. Sau poate Grinda interpretase totul greșit, și nu era decât faptul că auzise ceva despre „geofizică", ceva care i se păruse poate puțin nelalocul lui, și atunci toate celelalte cuvinte se așezaseră aiurea în mintea lui. Aplecându-se cam mult înspre tipul de lângă el, Grinda îl întrebă, luându-se pe el însuși prin surprindere, dacă tipul care vorbise era Moroi. Omul se uitase la el zâmbind și zisese, ce anume? Grinda întrebase din nou dacă ăsta era chiar șefu', Moroi?, dar celălalt îi răspunse, cu un ușor accent străin, și fără buna dispoziție de la început, că glumele astea nu țin la el. Vinul își făcea treaba liniștit, cu sârguința unui bun prieten, și el se lăsă deocamdată învăluit de eșarfele în care venea acea ghilotină. Era, bineînțeles, ceva preistoric în focurile care ardeau, cum dracu' să fie altfel, pentru că focul n-a avut nici un chef să evolueze și cântă cam același cântecel dintotdeauna, iar fețele bărbaților și ale femeilor nu exprimau nimic altceva decât exprimaseră dintotdeauna, și anume: habar n-am ce se-ntâmplă, nu știu cine m-a vârât în acest corp, nu înțeleg de ce mă simt grozav, îmi place să mănânc friptură și îndrăznesc să spun că am o preferință extraordinară pentru a face dragoste la momentul potrivit, și mai ales cu un om pe care îl iubesc, pentru că atunci totul este nemaipomenit de diferit, și mai ales noaptea. Câte unul își mai schimba poziția picioarelor când amorțea. Deodată, un tip năuc, care i se păru din prima clipă extraordinar de simpatic lui Grinda, apăru în fața lui și îl întrebă, cu calda îndreptățire a celor băuți, dacă i se pare normal ce au făcut din echipa aia, faptul că mai întâi au vândut toți jucătorii și acum tot ei se miră că a retrogradat. Păi cum să nu retrogradeze, dacă tu i-ai vândut pe toți care știau să dea în minge, ai vrut profit nu mâine sau peste un an, ci azi, acum, își răspunse tot el, și păru că, odată cu asta, satisfăcut de interacțiunea lui cu necunoscutul Grinda, avea să-i pună capăt și să se întoarcă în bezna din care venise și să mai bea o cană de vin și să mănânce ceva și tot așa. Grinda însă dintr-odată avu un mare chef să nu-i dea drumul să plece acelui om simpatic, a cărui față era rotofeie și dârză, așa cum o față poate totuși să fie, deși nu ne-am aștepta. Trebuia să continue cumva discuția, să-i azvârle celuilalt un os de ros, dar urgent, deci spuse la întâmplare lăsați că e mai bine așa pentru echipa națională, că în felu-acesta... iar celălalt începu într-adevăr imediat să-și apere punctul de vedere și să-l contrazică extrem de politicos pe Grinda, care surâdea în sinea sa, admirând organizarea aceasta a universului, care oferea fiecăruia șansa de a se mântui în găoacea lui, în simplitatea enormă a propriei biologii de-o clipă.

De pe dealul unde se ducea duminica se vedeau în toate direcțiile terenurile nesfârșite împădurite de colonia de la Neumir, și asta îți mergea la suflet. Grinda începu să deschidă conserva de pateu. De ce nu luau conserve cu inele, costau nimica toată mai mult, dar nu mai băgai cuțitul în metal. Când doi oameni se despart după mult timp împreună, aia n-ar trebui să se numească despărțire, ar trebui un cuvânt special pentru ea. Nu e adevărat că eschimoșii au sute de cuvinte pentru „zăpadă“ și arabii sute pentru „cămilă“, dar, dacă ar fi așa, atunci noi ar trebui să avem 200 de cuvinte diferite pentru „despărțire“, marfa principală produsă de societatea noastră polilateral dezvoltată, despărțire când iubeai încă sau când nu mai iubeai, despărțire din cauza altuia sau alteia, despărțire când n-ai copii, sau ai un copil, sau doi, despărțire după cinci întâlniri sau după cinci ani, despărțire de comun acord sau pentru că a început boala, sau falimentul, și celălalt – logic – n-a mai avut încotro și a trebuit să se care, pentru că el voia ceva mișto. Cu grijă, Grinda dădu capacul pe spate, uitându-se dezaprobator la gura conservei, ca de rechin, neîngrijită și periculoasă. Citise undeva cum cineva avusese un prieten care se tăiase într-un asemenea capac și făcuse septicemie. Despărțirea este, în primul rând, o ființă ursuză, care nu vorbește cu tine, care nu-ți spune pentru ce motive a venit ea pe lume, intervenind între tine şi Carmen Ottomanyi. Despărţirea apărea la fel de absurdă ca războaiele în manualele de istorie dintotdeauna. Două ţări mari, cu oameni luminaţi care scriau, cântau, pictau şi reparau chiuvete, luau într-o bună zi hotărârea să-şi trimită la măcel toţi bărbaţii care pot purta arma, să lase femeile şi copiii şi bătrânii să trăiască o viaţă de foame şi de disperare din Cauzele Războiului. La fel şi cu Cauzele Despărţirii. Nimic din cauzele astea din manual nu ţine. Dacă eu şi tu ne aşezăm la masă, şi în ochii noştri este dragostea, în ochii tăi clari, în braţele tale care de-atâtea ori mi-au înconjurat fără minciună trupul, cum am putea noi să convenim să ne despărţim? De altfel, în oarecare măsură, când foloseai inelul, nu mai rămânea pateu în colţul ăla, sub capac, la care nu prea aveai acces. Dar e drept că marginea rămasă după ce scoteai elegant capacul părea extrem de tăioasă, adică la nevoie te puteai foarte bine tăia în ea şi face septicemie sau o septicemie uşoară. Să ne despărţim adică de ce, pentru că se amestecă socrii, ai tăi sau ai mei, în conjuncţie cu faptul că locuim prea sus, sau prea jos, la etajul şapte, la care se adaugă oribilul meu hobby, patinajul, şi insuportabilul tău obicei de a nu frige friptura îndeajuns, şi asta în condiţiile în care euro a crescut, sau a scăzut? Sau pentru că nu ne mai iubim? Ne mai iubim sau nu? Spune tu mai întâi. Şi nu-mi zice că nu aşa se pune problema, că înnebunesc. Grinda muşcă din pâinea proaspătă cu poftă, pateul îi plăcea mult. Oare cum aveau ăştia aici pâine proaspătă, aveau, cum să n-aibă, erau foarte dedicaţi, un om se ocupa special de asta, se umflau pâinile încet de la trei noaptea. Deci ceea ce conta era să mai faci şi pe prostul cu viaţa ta, să nu mai laşi cupa excavatorului să intre în măruntaiele tale, adică să te protejezi de emoţiile astea care..., dacă tot v-aţi despărţit, la ce bun să mai..., dar atenţie, cercetătorii descoperiseră că nu era bine nici s-o uiţi pe respectiva, cu care împărtiseşi atâţia ani din viaţa ta de adult, că, dacă o uitai, făcea creierul ca toţi dracii pe termen lung, începeai să dai în cap pe stradă pare-se şi nu ştia nimeni de ce, în vreme ce, dacă n-o uitai, dacă acceptai această despărțire, așa cum arătau studiile, era infinit mai bine, adică măcar se știa de ce dai în cap pe stradă! Nu te mai lua așa în serios, asta era dintotdeauna înțelepciunea naturii, pe care Grinda nu era prost s-o accepte fără să îi facă un control serios de calitate, să vadă dacă se ridică la înălțimea înțelepciunii care se făcea la oraș. Și, în urma controlului pe care îl efectuă, Grinda începu atunci să plângă pe deal. Singur în iarbă, ca un idiot, plângea din câteva motive care pesemne apăruseră împreună mai sincronizat și mai în focus ca niciodată, printre cele din plan îndepărtat aflându-se atât înțelegerea plenară a faptului că era un vierme, cât și recunoașterea frumuseții irevocabile a acestei lumi și presimțirea absurdei anulări, ce va să vie curând, a copilăriei și iubirii și viețuirii noastre. Nu, toate astea nu puteau fi prezente în același timp în lacrimi a căror compoziție chimică era atât de banală, trebuie să fi fost doar oboseala. Cel mult mila de tine însuți, mila de un individ care totuși nu ți-e câtuși de puțin simpatic, o milă venită doar din faptul că vezi toate poverile inventate pe care acest individ se încăpățânează să le ducă. În fața lui, suprafața dealului era în plin proces, fiecare pixel dezghiocându-se în permanență într-o reafirmare a potențialului entropic avut cândva în tinerețea lui de pixel. Această claritate a lumii fusese dintotdeauna dușmanul liniștii, hrănindu-te forțat cu emoții care se băteau cap în cap. Dacă mâna ta cea dreaptă te face să păcătuiești, tai-o, zicea Biblia, dar asta e nimic, căci mâna ta are limite în a păcătui, textul trebuia să fie: dacă ochiul tău te face să păcătuiești, scoate-l, dar evanghelistul n-avusese curaj să meargă până acolo, pentru că el însuși cunoștea spinarea dealului, claritatea ei monstruoasă, cunoștea congregația churriguerească a firelor de iarbă și cât de mult ne plac toate acestea, mai mult ca orice. Când plecă, Grinda se întrebă dacă plânsul de unul singur nu era cumva o lipsă de tact, dat fiind că plânsul apăruse în evoluția ființei umane datorită marilor sale beneficii sociale, și în nici un caz pentru că făcea singurătatea mai agreabilă.

Viața lui cu Carmen Ottomanyi începuse foarte abrupt la sfârșitul clasei a unșpea. În ziua în care se hotărâse să plece din oraș, se dusese s-o caute pe tipa înaltă de la haș, una Fahrida (ta-su era din Iran), care își zicea însă Frida. Pleca din oraș pentru că avea convingerea că dacă pleci limitările tale vor rămâne în urmă, o convingere absurdă, însă pe care, dacă nu ajungi niciodată s-o ai, ești demn de milă. O găsise pe această Frida cu o gașcă de fete, în spatele clădirii, fumând și râzând. Se fuma încă pe-atunci, chiar și în licee de snobi ca Suber-ul, sau mai ales acolo. Era un liceu surprinzător de slab din punctul de vedere al profesorilor, cu câteva excepții, dar cumva printre elevi erau cele mai bune creiere tinere din țară, și de fapt în campaniile de promovare a liceului se folosea chestia asta aproape fără rușine, mai că nu ziceau pe față, profesorii noștri sunt vai de capul lor, dar, dacă vă dați copilul la noi, va avea drept colegi prim-miniștrii de mai târziu. Era un liceu-club. I se dăduse numele cuiva de pe la Uniunea Europeană, dar în bună măsură era o întreprindere comercială. Era un fel de loc la clasa întâi unde nimic nu e diferit față de clasa a doua, doar prețul biletului, care e de zece ori mai mare fără nici un motiv, în așa fel încât dacă te duci acolo știi sigur că vei fi printre bogătani. Radu Grinda și profesorul lui de engleză, un dipsoman căruia îi dăduse Dumnezeu toate darurile cu amândouă mâinile, orbește, așa, erau exact pe dos, adică Uivărășeanu avea o minte cât toată cancelaria la un loc, iar Grinda nu numai că nu avea nici o calitate excepțională, dar ai lui n-aveau nici a zecea parte din banii colegilor lui. Așadar Radu dăduse de Frida între terenurile de tenis din spate, unde fetele, distrugător de frumoase și ațâțătoare, fumau și scrumau în cutiile cu mingi. Se dusese întins la ea. Îl văzuseră din vreme și avuseseră timp să se hihiiască la nesfârșit până ajunsese el acolo și îi spusese că el pleacă în seara aia din București, se mută în Câmpulung și, dacă vrea, poate să vină cu el să locuiască acolo. Fetele făcuseră ochi mari, Frida zisese foarte repede: „Sugi pula!“ și toate explodaseră literalmente de râs, drenând în râsul ăla uriaș de multă angoasă şi energie sexuală. Se uitase liniştit la ea şi dăduse să plece, când o tipă de la XI A, o blondă cu o geacă de piele, zisese „Vin eu". Aia era Carmen Ottomanyi. Fridei şi celorlalte le îngheţase râsul pe buze şi, deşi începuseră să o înghiontească şi să-i zică „du-te dracu', fată, ai înnebunit", aşa cum se obliga să vorbească puştimea supradotată, tipa se uita ţintă la el fără un zâmbet pe buze, iar Grinda, după ce se gândi şi el o secundă, zisese „Bine". În după-amiaza aia într-adevăr plecaseră la Câmpulung Moldovenesc. Drumul cu trenul fusese cel mai confortabil drum lung din viaţa lui. Acolo dăduseră o raită prin împrejurimi, complet zăpăciţi, şi apoi Carmen îi spusese că are nevoie să cumpere câteva chestii. Grinda intră şi el într-un supermarket şi cumpără nişte material de sendvişuri. Se dovedi apoi că fiecare din ei luase şi câte două periuţe de dinţi. Găsiseră o pensiune la marginea pădurii, Baliverna se chema, ţinută de doi bătrâni, probabil altcineva alesese numele pensiunii pentru ei. Mâncaseră ceva şi stătuseră niţel de vorbă, după care căzuseră frânţi, poate mai mult de emoţii decât de oboseală, sau poate nu. A doua zi dimineaţă, Grinda plecase să caute de muncă. Carmen se dusese să vadă dacă s-ar putea înscrie la liceu acolo din septembrie. Acolo dădu, printr-un accident istoric, de o secretară care era pâinea lui Dumnezeu şi mai că nu o adoptă în ziua aia. Lui Carmen îi păru rău că trebuia s-o mintă spunându-i că s-a mutat aici cu soţul ei, dar acum nu mai era loc de dat înapoi, şi-apoi ce altceva făcuse dacă nu asta? Grinda nu avu acelaşi noroc, dădu de tot felul de inşi mai degrabă urâcioşi, dar oricum era clar că erau destule lucruri de făcut, atâta timp cât nu aveai pretenţii, bineînţeles. De altfel, nu trecură nici două săptămâni şi se angajă la o firmă de construcţii. Nimic stabil, dar cineva de-acolo îi spuse că au proiect după proiect. Grinda îşi propuse să nu-l uite niciodată pe omul care îi spusese atunci cuvintele alea încurajatoare. În seara aia luară o sticlă de vin şi merseră pe deal, amândoi stăpânindu-şi destul de bine nervozitatea şi teama că s-au aruncat în gol, atât de bine încât fiecare dintre ei se regăsi perfect încurajat în opţiunea lui văzându-l pe celălalt atât de stabil. Nu numai că dormiră în paturi separate în vechea casă cu acoperiș de draniță, dar nici nu se atinseră altfel decât foarte funcțional, de pildă se luaseră de braț când trecuseră strada, de parcă asta contribuia cumva la o traversare de o eficiență sau bună-cuviință superioare. Dimineața se treziră cu tatăl fetei bătând la ușa camerei. Amândoi speraseră că o să treacă zile bune, ehe, câteva săptămâni, până să aibă loc confruntarea, dar subestimaseră cât de repede se panicaseră părinții ei și cât de impresionantă era capacitatea lor de a trage sfori. Se văzu imediat că, în spatele furiei pe care trebuia s-o afișeze, bărbatul era în primul rând ușurat că fiică-sa e întreagă și, în plus, măsurându-l pe Grinda, ajunse imediat la concluzia că nu avea deloc capacitatea de a deturna în vreun fel sau altul viața fetei. Aici însă se înșela profund. Scena fermă pe care dorea și trebuia s-o facă, în calitate de părinte, fu de la bun început compromisă de faptul că toată situația avea un mare potențial de stânjeneală, de care, mai rău, erau conștienți toți trei. Fiică-sa într-un tricou și atât, cu un bărbat care era cât se poate de clar că o considera femeie în toată firea! Grinda îi ceru să aștepte afară câteva minute, iar celălalt se trezi că îl ascultă. Când reveni, reușise, slavă Domnului, să se umple de draci acolo pe hol, și pe bună dreptate, doar fata lui, liceancă, fugise de acasă, așa că le trânti un discurs despre datorie, despre sperietură, despre inconștiență. Până să apuce Grinda să deschidă gura să răspundă, o auzi pe Carmen care luase lucrurile pe cont propriu și îl întrerupsese pe taică-su țipând cu o voce extraordinar de înaltă și de clară, pe care n-ar fi bănuit-o în veci adăpostită în ființa asta gracilă, „Sunt însărcinată cu el!". Lui taică-su i se înmuiaseră genunchii, și de-atunci, până la plecarea lui cu coada între picioare, nu mai avu nici o clipă vreun ascendent asupra lor. Grinda îi făcuse chiar un sendviș și i-l dăduse pentru drum, înfășurat în hârtie igienică, pentru că nu aveau șervețele. De îndată ce rămaseră singuri, fata își ceruse scuze pentru invenția ei, el însă nici nu vru s-audă de scuze, fusese o mișcare diplomatică excelentă, încercă să facă o glumă, dar se încurcă tot mai tare, ce voia să zică era că foarte bine, va veni curând o vreme și pentru copii, dar o lăsă baltă, ea râse ca și cum ar fi înțeles perfect, când râdea făcea un gest curios, își atingea lobul urechii cu mâna. Constată că se uita acum la ea cu o atenție înzecită. Fata avea ochi căprui, vii ca în portretul Brigidei Spinola-Doria. Se dovedi că primul test fusese floare la ureche. Când sosise mama lui Carmen, lucrurile merseseră altfel. Ea o dăduse afară pe Carmen, ca să discute cu Grinda între patru ochi. Era curios că erau în stare să plece de capul lor în lumea largă, și totuși să păstreze și acel respect atavic pentru adulți, pentru acești rechini ratați și meschini, încât Carmen chiar să iasă din cameră fără să zică nici pâs, iar el să asculte liniștit cum cucoana îi spune Cum îți zice, băiețaș? Radu? Ia spune, Radule, îmi dau părinții tăi banii pe care i-am cheltuit trei ani cu Carmen la liceul „Jean Subercaseaux"? Se auziră până și ghilimelele acestea de-o parte și de alta a numelui liceului, deși era neclar care era rostul lor. Grinda o asculta cu interes, adică din interes pentru fiica ei. Avea să descopere abia mai târziu că orice neînsemnată asemănare dintre femeia pe care o iubești și părinții ei e, în felul ei simpatic, stânjenitoare ca dracu'. Deocamdată toți oamenii ăștia erau niște străini pentru el, și era bine așa. Femeia îl amenințase în diverse feluri, incompatibile de altfel, că îl dă pe mâna poliției, că îl obligă să o ia de nevastă pe fii-sa – și atunci viața lui va fi distrusă, îi explicase, aparent perfect serioasă – și că trimite bătăușii să-i rupă picioarele, apoi, fără să aștepte ca vreuna dintre amenințări să-și facă efectul, tânărul abia apucase să și le noteze în gând pentru mai târziu, trecuse la rugăminți, la oferte... Dar acum Carmen intră în cameră, cu o cafea pentru Grinda, luată de jos. În timp ce o ascultau, se luară în brațe. Femeia le strigă că ea nu era pămpălăul de bărbat-su, cu ea n-avea să le meargă, că fata mergea cu ea la ginecologie chiar în clipa aia. S-o bat? o întrebase el încet pe Carmen, iar ea îi zâmbise și-i făcuse semn că nu. Mama mai vorbi o vreme, dar apoi fiica o întrerupse arătându-i ceva, și deodată în capul lui Grinda se făcu lumină și pricepu de ce Carmen Ottomanyi trebuise să treacă val-vârtej pe-acasă înainte de a pleca, arătând că învățase ceva de la orele de literatură română de secol nouășpe, cu scrisorile lor pierdute care puteau schimba, dacă era nevoie, deciziile oamenilor. După ce scăpaseră de ea, Carmen și el merseseră prin pădure. Amândoi se uitau în jur ca Dürer la rinocer, era ca și cum nu și-ar fi dat seama până atunci că în pădure sunt atât de mulți copaci, că le place să crească unul lângă altul. Era ca și cum descoperiseră o planetă acoperită de copaci calzi care se clătinau, unde nu exista nimic altceva decât timp pentru a fi împreună, gâze transportând soarele și pământ care uruia la mare adâncime. Peste mulți ani, când își dădu seama de însemnătatea acestei zile în viața lui, Grinda înțelese și de ce revelația asta cuprinsese de pe-atunci în ea și prăbușirea, pentru că orice revelație presupune o perioadă înaintea ei în care ai fost orb, adică o crimă ce trebuie acum ispășită. Atunci nu fusese decât bucuria de a fi cu Carmen Ottomanyi, și de a o întreba dacă totul e OK, dacă vrea să mai rămână, și de a o auzi răspunzând simplu da. Nu rămăseseră acolo, dar rămăseseră împreună. Grinda știuse întotdeauna că fata era mai deșteaptă ca el și nu-și bătuse capul prea mult să afle motivațiile pentru care venise cu el, sau cât de gratuit fusese gestul ei. Lua ca atare ambiția dezastruoasă a lui Carmen de a-l ține pe el spălat și călcat, poate asta fusese forma ei de revoltă la 17 ani, o revoltă inversă față de cea a colegilor ei de generație, care căutau excesul și frivolitatea, și violența, și Tokyo, și Amsterdam, și Tierra del Fuego. Ea se dusese după unul care nu îi promitea decât o monogamie banală, fără acte, în fundul țării, loc de altfel prea frumos pentru ei, cum se dovedise. Pe Grinda nu-l interesa dacă și ăsta era sau nu de fapt un exces similar, într-o minte prea sofisticată, plină de literatură, cum era a lui Carmen pe-atunci. Cert era că ea nu avea să-i reproșeze nici măcar un sfert de chestie în toți anii ăia, și nu fusese simplu, el își luase bacalaureatul un an după ea, într-un cuvânt șmotru permanent, greutăți și probleme, chiar dacă fuseseră ani buni, asta retrospectiv, bineînțeles, ca în cazul tuturor anilor buni. Atâta că faptul că făcuseră ceva radical, deci ceva simplu, nu însemna că și ei erau simpli, nici din fire și nici din, în fine, din istorie. În interiorul acelei revelații de probă, ei rămâneau inși entropici. Dar fuseseră niște ani de solidaritate, un fel de armată, ce-i drept, în care nu ratau nici un concert, nici măcar în cârciumile unde cântau amatori. Nimic nu putea acum, când se gândea la asta, să-l împiedice să se bucure de această amintire, pentru că, indiferent ce se întâmplase mai târziu, fata asta era singura care îl sprijinise să creadă că se putea trăi nebunește, indiferent de consecințe, mai exact indiferent de consecințele inventate de alții.

Se despărțiseră bineînțeles abia când depășiseră toate acele probleme, acel șmotru, când ajunseseră să se cunoască și să se îngăduie și când apăruseră în sfârșit și pentru ei premise să înflorească. Dar motorul care te pune pe orbită este cel care până la urmă te face să cazi din cer. Adam cel statuar are deja în el un Cristos bolnav de ergotism. Carmen terminase facultatea, Grinda tocmai devenise asistentul lui Uivărășeanu care lucra într-un proiect european magnific, și acum, când în sfârșit își puteau plăti toate facturile și exilul se terminase, se rupsese căruța și se despărțiseră pentru ani întregi. De ce? Deoarece Carmen știa ce face și-și continua revolta cu mijloace pe care el nu le putea înțelege. Într-o zi Carmen ieșise mândră din duș și venise la el în halatul ei de baie, cu fața ei de după duș, o față de parcă ieșise de fapt dintr-o discuție la cel mai înalt nivel, îi trecuse mâinile prin păr și îi spusese cu mare dragoste că trebuie să se despartă câțiva ani și că îi mulțumește pentru că a condus-o în tărâmul pe care-l căuta. Grinda se uita la ea tâmpit. Că femeia asta frumoasă și rece voia din senin să se despartă de el era ceva ce la o adică era dispus să priceapă, dar că era nevoie de o despărțire temporară, de câțiva ani, era o șmecherie prea abisală pentru mintea lui. În mod cu totul atipic pentru el, ilustrând perfect ideea de pierdere temporară a facultăților mintale, sparse o farfurie în bucătărie, zbierând că el nu acceptă drăcoveniile astea literare, experimentele ei. Dându-şi însă seama că lui Carmen îi făcea plăcere reacţia lui, se potolise. Poate că ea dusese toată ideea gestului gratuit mai departe decât şi-ar fi închipuit el că e posibil sau profitabil. Dar Grinda preferă să-şi spună că ea voia nu un alt bărbat, ci doar o întoarcere în anii liceului, acolo unde el acum nu o mai putea însoţi, pentru că nu ştia cum să se mai desprindă din logica acestei singurătăţi care se chema maturitate. N-o condamnă aşadar niciodată, deşi un altul mai inteligent ar fi făcut-o. Pentru el, Carmen cea care venise cu el atunci când avea de ales între el şi lume nu avea să se poată întoarce niciodată împotriva lui, chiar dacă acum pentru ea venise vremea să aleagă lumea.

Despărţirea de câţiva ani durase de fapt zece ani, pentru că viaţa nu se teme de cifre rotunde. Logic, abia ajunsă în Grecia, Carmen se cuplase cu Koutoulakis şi turnaseră din prima zi un copil, deoarece copilul, se ştia din toate manualele de artă militară, era arma cea mai bună de distrus punţile, de ars podurile ca să nu te mai poţi întoarce. Şi iată că o despărţire care durează zece ani nici nu mai e o despărţire, e pur şi simplu o altă formă de relief care devine o geografie firească. Numai pentru Grinda nu devenise firească, iar când o reîntâlnise, se pomeni că în sinea lui o revendica cu aceeaşi urgenţă pe care o simţise cu zece ani în urmă. Absolut inacceptabil să nu le purtăm nici o pică acestor indivizi care consideră că, dacă se întorc în viaţa noastră şi îşi arată gropiţele din obraji, noi, gata, o să le dăm noul nostru număr de telefon. Dar Carmen nu avea gropiţe în obraji. Era o zi foarte vântoasă, ziua asta a revederii, şi ea îşi întorcea tot timpul faţa după vânt, făcându-l pe Grinda să nu aibă habar dacă era fie şi pe sfert atât de emoţionată ca el. Iată, lângă tine merge instanţa acestui om, un suflet ca al tău, care a împrumutat un înveliş din mici corali şi cerneală. Este un suflet care a trudit alături de tine pe planeta dispărută a trecutului vostru. Iar curiozitatea ta supremă este să ştii dacă acest trecut comun mai există în ea – e o informaţie care nu ţi-ar folosi la nimic, şi totuşi tu vrei să ştii, nu există om care să nu vrea să știe. Se opriseră în fața unei clădiri chiar lângă Institutul Francez, grădinița de unde își lua copilul, care se dovedi o fetiță blondă ca ea, Argiro. Această fetiță știu imediat că Grinda avea un rol important de jucat în viața ei, cine știe ce semne vedea ea, ceva ce spune multe, dar invizibil pentru ochiul bărbatului, care de altfel se dovedi, ridicol, că nici nu avea un număr nou de telefon, era tot cel de-atunci. Carmen Ottomanyi nu avea decât să se suie, cum ar veni, la volanul vechii mașini pe care el o păstrase, ca prostul, în stare perfectă de funcționare. Ea se întinsese să-l pupe rapid pe obraz, fără fasoane, ca și cum nimic nu era neclar, ca și cum se puteau lipsi de orice șovăială încărcată sexual, singurul lucru care ar fi putut să înnobileze puțin banalitatea acelei reveniri de destin. Ne îndrăgostim de puterea celuilalt, dar ce dureros e să-l vezi puternic atunci când ai vrea să-l vezi vulnerabil. Petrecuse o seară mizerabilă, blestemându-și reacția prea rapidă, loialitatea aia mârșavă care-și scotea colții. Cum altfel, când îl vezi pe celălalt îmbătrânit. Da, asta se chema distanța dintre 23 și 33 de ani, îmbătrânire, riduri, linii schimbate, infinit mai vrednice de dragoste acum. Dar problemele astea nu erau ale tinereții. Și oamenii de 80 de ani își trimiteau scrisori zicând ori eu, ori el, trebuie să alegi, sau coborau încet până la supermarket să ia o bucată de brânză mai bună pentru că venea ea în vizită. În cazul lui, întrebarea era cât timp vei continua să ierți în numele unei vechi solidarități. Simplu, o să ierți întotdeauna. Pentru că solidaritatea aia nu e niciodată temporară, ea nu poate fi retrasă. Așa că, îndreptându-se spre ea câteva zile mai târziu, Grinda se resemnase să fie cel care asigură continuitatea. Când însă intră în mica ei curte, o găsi pierită, nici vorbă de atitudinea sfidătoare de mai înainte, era un om intimidat, iată un semn de bună-creștere, avea deci cu cine lucra la continuitatea respectivă. Cel mai mult lucrase până la urmă fetița, Argiro, spre disperarea propriei mame, care vedea în acest ajutor o pacoste. Dar, una peste alta, văzu că femeia semnaliza „trecut", ceva din chipul ei anunța că se poate folosi o parolă a trecutului comun pentru a deschide tot ce fusese închis. Şi, din fericire, Grinda avea întotdeauna acel trecut la el.

După ce atâta timp sperase să-l întâlnească pe Moroi, pe Grinda îl aşteptau două dezamăgiri. Prima era să constate că biroul acestui tip era chiar în campusul de la Neumir, deci ar fi putut bine mersi să-l vadă din întâmplare intrând sau ieşind de-acolo în orice zi, nemaivorbind că putea să-l fi aşteptat acolo intenţionat şi să-i zică domnule Moroi, voiam să văd cine a conceput grandiosul plan de la Neumir, cine ţine firele astea în mână, şi aş dori să vorbim puţin, dacă aveţi vreme, în fine, nişte cuvinte asemănătoare, politicoase, fără servilism, aşa, bărbăteşte. A doua dezamăgire era că îl cunoştea deja pe Moroi, era chiar tipul taciturn care îl luase de la gară. De îndată ce intrase şi se uitase repede în jur, Grinda ştiu că ceva nu era în regulă, fără să-şi poată da seama, nici atunci, nici mai târziu, care era problema. Moroi, evident, nu mai avea bunda aia, ci era într-un tricou albastru, ceea ce era oarecum neaşteptat, dar nici pe departe nu putea fi considerat o problemă. Tot neaşteptat, dar de asemenea nu îndeajuns de neliniştitor, era faptul că Moroi nu era pe scaun la birou, ci stătea în picioare în mijlocul camerei, aparent punând tocmai atunci o carte la loc într-o mică bibliotecă. La fel şi cele vreo treizeci de mandarine de pe biroul lui, de care mai târziu află că erau schimbate zilnic cu altele proaspete, fără ca Moroi să mănânce vreuna – dar ce importanţă are asta, nu e o perversiune să ai fructe pe birou. La fel şi faptul că Moroi nu avea nimic dezgustător, spre deosebire de majoritatea celor care ajungeau şefi, directori, preşedinţi şi care deveneau lucioşi ca o pereche de pantaloni ieftini – dar nici cuceritor, sau măcar prietenos, nu se putea spune că era. Grinda puse deoparte această impresie de nesincronizare, de culori care depăşeau contururile şi, fără să se întrebe dacă n-ar fi fost mai potrivit să-l lase pe celălalt să vorbească, îi spuse foarte hotărât că era bucuros că îl cunoştea în sfârşit, că admira ce făcea la Neumir şi că ar fi vrut să îi pună câteva întrebări, înțelegând prea bine că, dacă fiecare ins din colonie ar fi pretins să petreacă dimineața cu el ca să primească lămuriri, s-ar fi ales praful de Armata plantatorilor, de aceea el avea să treacă direct la subiect și...

— Vorbești ca o găină fără cap, zise Moroi.

— Ăăă, *fuck you*? zise și Grinda, surprins.

Urmă o tăcere în care se uitară unul la altul. Reacția lui Grinda nu avusese nimic de-a face cu curajul, ci doar cu dreptatea. Apoi celălalt oferi un fel de jumătate de pufnet de râs, care cu maximă indulgență ar fi putut fi considerat o ofertă de anulare a acelui început, adică fusese vorba, chipurile, de o formă de camaraderie ostășească, de o glumă în vremuri de stres, sau dracu' știe ce, ofertă pe care Grinda o acceptă.

— Deci, spuneți-mi și mie, de ce se taie copacii din orașe? întrebă el, reușind destul de bine să mimeze că recuperase veselia de la început. Era o vreme pentru *fuck you* și o vreme pentru a face pe prostul, iar toate astea purtau numele de interacțiune socială. Moroi, gânditor, luă o mandarină și o strânse în pumn, făcând toată zeama să curgă pe jos, picătură cu picătură.

— Toată lumea crede că știe de ce, doar pentru că intră din când în când pe paginile grupurilor de rezistență urbană și citește că Astiplastul, ca și indienii care i-au cumpărat, erau de fapt companii ale guvernului, care puteau să primească în felul ăsta toate contractele din cel mai mare program de investiții de după '89.

— Deci măcar toate astea nu sunt adevărate, zise Grinda ușurat. Camera, observă el deodată, avea un parchet de lemn de o calitate și un gust excepționale.

— Bineînțeles că sunt adevărate, dar nu sunt adevăratul motiv pentru care se umplu orașele din România și o zonă de siguranță de 20 km în jurul lor cu copaci electrici. Fără copaci, lumea e mai deprimată, ceea ce înseamnă că, pe de-o parte, când aude de politică schimbă canalul, pe de alta cumpără mai multe prostii ca oricând. Asta vrei să vezi într-o țară pe care o călărești, abulie politică și consumatorism.

Grinda tresări dându-și seama că, din clipa în care celălalt pomenise de politică, el însuși schimbase canalul. Mai știi, poate avea ceva dreptate!

— Și noi ce șanse avem să schimbăm ceva, plantând copaci în mijlocul pustiei și pe dealuri? întrebă Grinda, cu o veselie stupidă care, atunci când o mima bine, îi permitea să spună cam orice dorea. Mai bine să ne ducem peste ei în orașe, să sabotăm copacii electrici.

— Închisoare pe viață pentru vandalism urban, cită Moroi.

— Atunci să luăm oamenii din orașe și să-i aducem aici, spuse Grinda, de parcă era pe deplin conștient că lucrul nu era fezabil.

— Oamenii ăia au credite la bancă și pentru lingura cu care mănâncă.

Moroi mai alese o mandarină și o stoarse în pumn gânditor, făcând-o să picure în exact aceeași baltă de pe jos. Grinda plecă spunându-și, aproape ridicol sau cu totul ridicol, pe-ăsta trebuie să-l țin sub observație, de parcă el, Grinda, avea puterea să-i verifice mișcările celuilalt și să-i atragă atenția dacă făcea ceva lipsit de bună-cuviință, și nu invers.

Un an de la venirea lui în colonie, în timp ce planta un molid brumăriu de mai mare dragul, își scrânti de-a binelea degetul mare. Îl tot ferea de vreo două săptămâni, simțindu-l dureros și sperând că scapă, dar nu scăpase. Își mai făcu el de lucru, dar era clar că trebuia să se întoarcă și să-și înfășoare degetul și mâna într-o fașă înainte de a continua. Problema părea ridicolă, la articulația falangei cu metacarpianul, un punct adică, dar dacă nu te puteai baza pe punctul ăla, adio. Cobora deja dealul când auzi pe cineva alergând după el și se întoarse. Un omuleț nițel panicat avea ceva să-i comunice. Grinda se opri și apoi așteptă ca celălalt să-și tragă răsuflarea. Era unul, Tutuc, pe care îl vedea mereu cu plastice, ba cu bidoane goale, ba cu folii, de-astea.

— Ce se întâmplă, de ce plecați? zise celălalt îngrijorat că s-a întâmplat ceva cu Grinda, nu cumva să fi apărut vreo problemă personală.

— Mă întorc imediat, răspunse el zâmbind, trebuie să iau ceva din cameră. Dădea să plece când îl auzi pe celălalt, gâfâind încă:

— Nu se poate acum, mai sunt două ore până la pauză.

— Vin în douăzeci de minute, repetă el cu naivitate, trebuie să iau o fașă, un pansament gipsat, ceva să-mi prind degetul care l-am scrântit, spuse el, agramat din jovialitate.

— Vă duceți la pauză, zise celălalt.

Deodată, Grinda se enervă. Tipul se înfipsese acum în fața lui, cu alte cuvinte se interpusese între el și destinația lui, de parcă ar fi dirijat înapoi o oaie.

— În regulă, atunci astăzi îmi iau liber cu totul, sunt voluntar aici, zise el și înaintă ferm spre celălalt, care, în clipa în care Grinda trecu de el, îl lovi în cap cu patul unui pistol.

Se trezi în exact același loc, în iarba de pe coasta dealului, și primul lucru pe care îl făcu fu să-și miște nițel degetul, să vadă în ce stare era, era cam în aceeași stare. Nu mai era nimeni în jur și stătu așa câteva minute bune, să se dezmeticească. În drum spre casa cu ferestre hexagonale începu totuși să audă frânturi de cântece. Apoi chiar le desluși, nu era nimic legat de copaci de data asta. *Most friendship is feigning, most loving mere folly*, auzea Grinda, muzica lui Arne. Ascultase acest cântec pentru prima oară la Uivărășeanu, pentru care poate ce conta era doar faptul că versurile erau din Shakespeare și nimic altceva. În orice caz, nu era nici o îndoială că exista un cor improvizat la Neumir, lucru la care nu s-ar fi așteptat, dar care acum părea să aibă o anumită logică. Merse direct în cameră să ia un prosop, apoi la baie, unde se spălă pe cap. Avea un cucui dureros, cum nu s-ar fi așteptat să capete spre-amiaza vieții lui muritoare. Grinda își dădu seama că nu purta nici un fel de pică cretinului care îl lovise, din contră, își zise că era ceva admirabil în acest angajament. Ca să faci treabă, mai ales în condiții grele, trebuie dată milităria jos din pod. Până la urmă, era vina lui că insistase să plece. Faptul că ești voluntar nu înseamnă că vii și faci ce vrei, nu – înseamnă că accepți să lucrezi în condițiile în care lucrează toată lumea și vei fi tratat întocmai ca și ceilalți. Își bandajă mâna ca să poată spune că a luat măsuri și, în compensație, își lăsă cucuiul așa cum era, mai ales că din când în când îi plăcea să pună mâna pe el, pentru a saluta acea extensie topografică a vechiului lui corp. Tocmai din cauză că în mintea lui totul se aranjase foarte bine, îl surprinse când fu anunțat că Moroi vrea să-l vadă. Asta cu văzutul nu era în regulă; Moroi putea și el să iasă din birou și să discute cu el ce era de discutat la masă sau pe deal sau stând amândoi pe bude cu pantalonii în vine. Până și la OKDBR dialogul cu austriacul era mai relaxat. Odată intrat în biroul lui Moroi, Grinda se relaxă din nou, pentru că fața celuilalt îi inspira vrând-nevrând o tonă de simpatie. Se vedea că aveai de-a face cu un om inteligent, încercat de viață, care ținea în mâini o complicată aventură. Câtă responsabilitate avea acela! Tu doar îți vedeai de treaba ta zi de zi, el trebuia să se gândească la destinul unei întregi colectivități, el avea o posomorâtă și perversă umanitate, ca șefii de mari întreprinderi, și te lua în considerare ca individ, dar nu putea face mare lucru pentru tine, și totuși tu apreciai asta, plecai mai mulțumit. Bun, se hlizi Grinda în sinea sa, hai să vedem ce urmează. Ce dracu', nu era personaj literar să fie consecvent, putea să-i placă de Moroi la început și să-l deteste apoi. Ce urmă fu că Grinda făcu, spre sinistrul său amuzament, două zile de pușcărie într-un fel de magazie pe care nici n-o observase până atunci. Patul era exact la fel cu cel în care dormise, mâncarea la fel cu cea pe care o mâncase, pedeapsa consta, evident, doar într-o simbolică privare de libertate, adică nu simbolică, ci efectivă. Moroi avusese grijă să-i comunice decizia într-un mod simpatic și bărbătesc. Oarecum ciudată era precizarea că poziția lui era fermă: copacii NU au fost făcuți în chipul și asemănarea lui Dumnezeu. Cei care răspândeau vorba asta primejduiau înseși idealurile revoluției, îi spusese el râzând. Adică exista un curent care încerca să confiște ceva din popularitatea rezistenței în numele unei hipstereli animiste, și el înțelegea să rămână trup și suflet pe traiectoria unei rebeliuni pro-democratice, fără fundamentalisme naturiste gen Joseph Beuys la Bolognano sau la Kassel în anii '80. Întrebarea dacă Moroi înțelesese realmente arta lui Beuys nu îl chinui pe Grinda, care nici el nu înțelesese arta lui Beuys. Ce era clar era că viața lui Grinda se schimbase nițel, corporatist nu fusese el niciodată, totuși lucra într-o clădire de birouri, vânzându-și singurătatea, care așa de proastă calitate cum era făcea mai mult decât ce primea în cont în schimbul ei. Confortabil în magazia lui, pe prizonierul Grinda îl cuprinse mulțumirea relativității, care spune că, oricum o dai, e cam tot aia. Noaptea fu totuși bizară, ca și cum era singur în pădure, doar că închis într-o chițimie în care puteau foarte bine să-i rămână oasele dacă cineva nu avea să mai vină să-i deschidă lacătul.

Un lucru curios se întâmplă scurtă vreme după ce terminase cele două zile de detenție. Primiseră un lot amestecat – fagi, goruni și molizi de undeva de pe lângă Katowice –, un mix de pădure, cum îi ziceau ei. Un LKW nemțesc în culori vesele adusese copacii până în apropiere, dar nu până la Neumir. Grinda împreună cu alți câțiva petrecură o vreme acolo, la poalele muntelui, până tot puietul fu transportat cu mașinile. De ce tirul nu putuse intra până la Neumir, așa cum venise celălalt LKW cu mâncare și provizii de tot felul, nu era deloc clar. Ce conta era că primiseră, ca de obicei, fără bani, material forestier pentru trei săptămâni. În prima zi în care făcea gropi, își dădu degetul mare peste cap de văzu stele verzi. Se lăsase pe vine de parcă fusese lovit între picioare, și durerea dispăru brusc. Însă chiar în clipa aia cineva din spate îl lovi în cap cu sete. Grinda căzu lat. Când își reveni, era seară, o seară bine mirositoare. Ca și data trecută, nu văzu pe nimeni în jur, toată lumea plecase. Spre deosebire de data trecută însă, îi trebui o jumătate de oră să se poată ridica de jos, și, când se ridică, ameți. Mai stătu o jumătate de oră în iarbă. Cum să nu fii amețit când corpul tău trăiește într-un timp liniar, iar mintea ta trăiește într-un timp punctual? Era totuși bine acolo, în pădure, erai înconjurat corespunzător. Când se ridică în sfârșit și făcu câțiva pași, auzi zgomot. În spatele lui apăruse grăsuliul, care se uita la el cu ochi morți. Grinda vru să sară la el, când văzu că avea în mână într-adevăr un pistol, mai mare decât credea el că ar trebui să fie un pistol, și nu era nici negru, cum văzuse el prin filme, din contră, era verde închis. Tutuc nu zise nimic, doar merse tot drumul în spatele lui, ca și cum s-ar fi asigurat că Grinda nu avea s-o ia la goană de nebun. Când ajunseră, lumea era în jurul focurilor, era una din cele două sau trei zile din lună în care se făcea foc. Dealul foia de lume, trebuie să fi fost mii de oameni, dar el se târî la baie și se spălă, tot sub ochii lui Tutuc. De-afară se auzea un cântec sârbesc sau cehesc, *Máš chut' majoránky*, Grinda nu putea deosebi ușor limbile astea. Iar apoi se întrebă ce avea de făcut acum, trebuia să se răzbune personal pe el, sau doar să-l pârască, adică să-l denunțe? Sau poate era timpul să se întoarcă în București?

Luna care urmă fu cea mai bizară din întreaga viață a lui Grinda. Începu să-și ducă viața cu ochi la ceafă și să doarmă cu mâna pe bâtă. În același timp, îl căuta pe grăsuliu peste tot, gata să-i cadă în spate. Cu fiecare zi ce trecea, îi creștea și ura, o simțea devenind o fixație, îndepărtându-se de motivele ei, osificându-se. Într-o zi află de cineva care putea să-i spună unde anume dormea Tutuc și îi plăti 200 de dolari ca să afle că dormea în baraca numărul cutare, patul numărul cutare. Într-o noapte, pe la trei, Grinda intră cu bâta în baraca aia; la capătul holului îl desluși însă pe Tutuc în picioare, așteptând deja, răsuflând greu. A doua zi, în timp ce făcea duș cu pompa israeliană de mare economie, auzi pe cineva cățărându-se pe acoperiș. Ieși afară dezbrăcat și se lipi de tencuiala albă și fierbinte de pe peretele de chirpici, dar chiar atunci omul nevăzut sări pe partea cealaltă și se depărtă în grabă. Într-o sâmbătă, după muncă, îl văzu într-un pluton care cobora dealul la câteva sute de metri mai încolo și începu să-și croiască drum spre el, dar și Tutuc își schimbă direcția, deși fără să se uite o clipă spre el. Mâncând apoi, singur la o masă, cu spatele la perete, îl văzu în capătul opus al sălii uitându-se țintă la el. Grinda își termină liniștit ciorba, apoi țâșni deodată spre celălalt, care însă, cu o neașteptată agilitate, deja închidea ușa după el. O vreme nu se mai putu apropia de Tutuc, până într-o zi când, dimineața, în clipa în care se apleca să-și lege șireturile, simți o mare greutate în spinare și își auzi gâtul pârâind în strânsoarea celuilalt, care îl apucase într-un fel ciudat, ca un copil neîndemânatic, dar atât de puternic, încât Grinda începu să se învinețească. Cei din cameră plecară rând pe rând fără să se sinchisească de această scenă mai neobișnuită, iar Grinda simți că mai avea doar câteva secunde în care putea să facă ceva, altfel era sfârșitul. Dar, chiar și atunci, în loc să se gândească la ceva concret ce ar fi putut face, nu făcu decât să-și spună că era totuși curios acel miros puternic de rozmarin al grăsuliului, un miros cu totul neașteptat, fără nimic odios, fără nimic demonic în el, deși era mirosul unei morți cum nu se poate mai nelalocul ei, dacă nu cumva asta se putea spune despre orice fel de moarte, indiferent cum și când ar fi venit. Grinda nu făcu deci nimic, dar nici celălalt nu merse până la capăt, îl lăsă doar să cadă moale în pat și plecă. Deși cu o întârziere de câteva ore, Grinda veni totuși la plantat în ziua aia și-și făcu treaba fără să mai stea cu ochii în patru urmărind fiecare mișcare din jurul lui, lucru parțial logic, parțial nu. Pe de-o parte puteai să simți că Tutuc își îndeplinise deja obiectivele pe ziua aia – dacă ar fi vrut să-l omoare, l-ar fi omorât în dimineața aia. Pe de alta, nu avea un manual de instrucțiuni al grăsuliului, o hartă a minții lui întortocheate. Era o zi binecuvântată, nu se putea să nu-ți vină asta în minte pentru că așa era, cu un miros dumnezeiesc, în care simțeai tot pământul, toată apa și toate plantele lumii, și cu un cer tot așa, cât toată stamba dintr-o prăvălie, și cu păsăret ales pe sprânceană. În starea asta absentă își petrecu câteva zile, iar când conștiința îi reveni, Grinda era la cazma, făcea gropi pentru goruni. Conștiința lui îl îndemnă să sape una din ele cu un metru mai adâncă decât ar fi fost nevoie, ceea ce și făcu, obținând o frumusețe de groapă îngrijit lucrată, expunând măruntaiele atât de liniștite ale pământului, la fel de străine și de prietenești cum îi erau și propriile lui măruntaie. Seara mâncă foarte împăcat cu el însuși, cum nu-și mai amintea să fi fost de multă vreme, iar dimineața când plecă pe deal luă cu el și cinci metri de sfoară. Fără ca vreo clipă să-și dea seama de unde răsărise celălalt în spatele lui, Grinda se trezi că cineva îi înfige cu sete o cazma ascuțită în picior și urlă de durere, apoi din fericire durerea scăzu în intensitate, devenind ceva nici prea-prea, nici foarte-foarte. Tutuc își luase brațul de pelerine de ploaie din folie de plastic și plecase cu ele în treaba lui. Grinda nu putea și nici nu voia să se ia după el. În seara aia avea să-l omoare pe Tutuc și să-l bage, firesc, în groapa pe care i-o pregătise și totul avea să se termine fără prea multă tevatură. Grinda ajunse ultimul la casa coloniei, traversând pas cu pas marea zonă de corturi, cu piciorul plin de sânge, deși fașa improvizată rezistase. Nimeni nu îi dădu sau ceru ceva. Nu mai conta, mai era doar o oră și jumătate de lumină, și apoi Tutuc avea să dea ortu' popii. Numai că lucrurile merseră altfel. De-abia ajuns în colonie, află că Moroi vrea să-l vadă în biroul lui. El se făcu că n-aude și se duse să se spele și să-și schimbe bandajul. De data asta nu mai era nevoie de o improvizație grăbită și Grinda se surprinse pe sine cu dibăcia și temeinicia cu care își bandajă piciorul, din care în prezent lipsea degetul mic. Chiar în fața băii îl aștepta Moroi, zâmbind blajin. Însoțindu-l pe Grinda cu multă solicitudine, Moroi dorea să-l rețină doar două minute, cu o interesantă veste, că Tutuc își zburase creierii! Ce păcat! El, Moroi, crezuse că ar fi bine să-i dea lui mai întâi această veste, și că așa merge viața, totul se compensează, iar lui, Moroi, să nu simtă că-i datorează nimic, pur și simplu așa s-au aranjat lucrurile fără să trebuiască să mai intervină cineva, Grinda să stea liniștit și să dea pe gât un pahar de votcă cu frunză de fag. Nu era nici o pierdere, Tutuc venea din colonia de la Comana și avea mințile deja nițel rătăcite, dă-l în veneția mă-sii. Nimic din această sinistră sporovăială nu era însă de natură să-l liniștească pe Grinda. Ce îl alerta cel mai tare nici nu era subiectul atât de macabru al conversației și implicațiile lui, cât faptul că celălalt, pe care îl știa taciturn, se putea dovedi atât de onctuos. Dar era clar că se putea îngrijora liniștit de felul în care celălalt îl lăsa să înțeleagă cum stau de fapt lucrurile, că adică acum îi era dator vândut lui Moroi, care aranjase să fie rezolvat cazul Tutuc ca să-l protejeze pe Grinda, de la care evident acum sau mai târziu urma să fie cerut ceva în schimb. Ultima chestie la care s-ar fi așteptat Grinda în armata plantatorilor era ca ea să aibă o organizare de tip mafiot. Dacă te gândeai, lucrul era doar aparent paradoxal. Cum altfel ai fi putut pune la treabă niște idealiști? Cel care luptă pentru păpădii probabil nu are același pragmatism cu cel care luptă pentru petrol. Deci chiar dacă mișcarea ARPLA nu presupunea decât un fel de luptă foarte pasivă, care abandonase orașele pe mâna puterii ca să compenseze acolo unde poate nici nu mai conta, tot era nevoie de o mână forte. Sau poate abia dacă gândeai așa însemna că ți-ai pierdut speranța.

A doua zi era duminică. La ora la care de obicei plecau la muncă, Grinda se duse șchiopătând pe un deal cu niște beri și se întinse acolo ca un boier de viță veche. Din păcate, piciorul nu avea știință de această misterioasă genealogie a lui Grinda și îl durea ca dracu'. Curând, cineva începu să suie dealul, Grinda îl recunoscu, auzise la el un cântec, ceva cu „păduri ce ar putea să fie, și niciodată nu vor fi". Omul nu intră în vorbă cu el, se așeză însă la mică distanță de el. Grinda se uită de câteva ori la el, neînțelegând de ce din toate locurile unde s-ar fi putut duce se așezase tocmai lângă el, că doar tot dealul era gol. Alți câțiva apărură curând, cu bucătăreasa printre ei, și se așezară cam la aceeași distanță de Grinda, care le făcu semn cu mâna, făcându-le fețele să se lumineze. Într-o jumătate de oră, aproape cincizeci de oameni, din care pe unii îi știa doar după figură, se așezaseră în jurul lui Grinda, dar fără să-l bată la cap cu vorbe de încurajare, oferindu-i doar prezența lor. În clipa în care el se ridică și începu să coboare, toți ceilalți se sculară și ei, fără grabă, mergând cu el foarte încet până înapoi în tabără.

Când colonia închisese o zonă la poalele unui deal, Grinda se dusese să-i ceară lămuriri lui Moroi. I se năzărise dintr-odată că ar fi căzut peste ei o atmosferă secretoasă, de act medical interzis, care îl dezgusta. Mai exact spus, poate, căuta ceartă. Dar Moroi fu cât se poate de deschis, întâmpinându-l ca pe un frate, încât pentru o clipă îl făcu pe Grinda să-i pară rău că îl considerase un tip viclean. Pe drum, îi reamintise că singura specie mai fistichie pe care o plantaseră era catalpa, iar copacii nu prinseseră. Explicația părea să sară în ochi – arborele nu era acasă la el, vremea nu era suficient de caldă. Dar ei nu fuseseră plantați amestecați cu fagul și molidul, ci într-un pâlc separat, și oare n-ar trebui să ne întrebăm dacă nu cumva problema era solul în acea zonă? Grinda n-avea nici un chef de silogismele celuilalt, și îl urmă în acea vizită oficială la locul faptei, hotărât să-i caute nod în papură orice-ar fi. Era o ceață funestă, care făcea să strălucească vârfurile aracilor din podgoria părăsită. În interiorul zonei împrejmuite se săpaseră cinci sau șase gropi mari, dreptunghiulare, în jurul cărora se învârteau în liniște câțiva tipi în costume și câțiva în salopete. Grinda se apropie de una dintre gropi, privi reticent înăuntru și văzu poate lucrul cel mai frumos pe care îl văzuse vreodată. Înăuntru stătea întins un uriaș butuc multicolor de copac pietrificat, cu scoarța stacojie, cu vine oliv traversând o carne brumată. În fiecare spărtură se vedeau inflorescențe de acuarelă, unde cuprul și cobaltul și cromul înlocuiseră cu blândețe miezul fiecărei celule acum zeci de milioane de ani. Grinda se întoarse singur în colonie cu sentimentul că suntem în siguranță de ambele părți ale lumii, că orice s-ar întâmpla ne aflăm în continuitate cu ceilalți. Extraordinara impresie pe care i-o făcuseră copacii pietrificați lăsă totuși treptat loc neîncrederii. Felul în care Moroi îi explicase că are nevoie de bani, ca să finanțeze armata plantatorilor, și că putea vinde trunchiuri de copaci fosili muzeelor din străinătate, felul în care arăta cu vârful pixului înspre harta geofizică din laptopul lui îi amintea de cineva care exploatează pământuri rare la o mină africană, nu de cineva care conduce unul din punctele de rezistență împotriva anulării definitive a copacilor.

Seara, în timp ce ieșea grăbit pentru că întârziase câteva minute la masă, auzi urlete. Nimeni nu mânca, toți erau acolo adunați pe un tăpșan, mai mulți ca niciodată, aproape o mie de oameni. E drept că stăteau împărțiți în mici grupuri, ceea ce era curios. Un tip era bătut. Grinda începu să se uite fără să pună întrebări, dintr-o ciudată precauție. Își dădu seama curând că omul era pedepsit. Nimeni nu murmura și nici cel bătut nu se împotrivea acestei pedepse. Bătaia era aplicată științific, cu pauze între lovituri, aparent cu o oarecare omenie, dacă nu cumva cel bătut era încă mai terorizat de prezența acelor pauze. Lumea nu se uita ca la urs, ci tot așa, cu pauze, mai arunca o privire, se mai uita în jur. În orice caz, numărul de lovituri prescris trebuia respectat pentru că cel pedepsit fu lovit în continuare și după ce nu se mai mișca și nu mai scotea nici un sunet, probabil leșinase. Apoi tot cei care-l bătuseră îl transportară la punctul de prim ajutor. Lumea se împrăștie, și unul chiar fu auzit începând să cânte. O vreme cântecul acela sună puțin nebunesc, dar curând alții i se alăturară, și, tot cântând, oamenii începură să meargă în treaba lor. Grinda își dădu seama cât de multe lucruri îi scăpau încă, mai multe decât credea când își spunea mecanic că îi scapă lucruri.

Într-o zi, în timp ce cobora dealul, îi sunase telefonul după o perioadă de tăcere absolută, și, când văzu numele de pe ecran, Grinda se opri din mers.

— Da, răspunse el stoic, făcând semn celorlalți să meargă mai departe, că vine și el imediat ce rezolvă cu...

— Aru! Ce faci?

— Fetiță! strigă și Grinda, nespus de ușurat că nu era Carmen și în același timp încântat s-o audă pe Argiro. Nu-l mai sunase de aproape trei săptămâni.

— Te sun de pe telefonul lui mama, îl informă ea.

— Foarte bine! Dar și mai bine ar fi să-ți ia și ție un telefon de pe care să poți să suni pe cine vrei.

— Mama zice că nu e bine pentru copii să folosească telefoane mobile.

— Da. Și nici părinții nu e bine să-i folosească pe copii, mormăi Grinda și regretă imediat.

— Azi la școală prietena mea a venit cu o țestoasă, explică ea.

— O țestoasă!? Și v-a fost frică de ea?

— Nu! I-am colorat carapacea cu cariocile. Cum să-mi fie frică de ea, râse fetița.

— Când eram eu la școală, Ari, cineva a adus o țestoasă care a înghițit capul unui coleg, își aminti Grinda.

De partea cealaltă urmă o pauză destul de lungă în care se auzi cum o pungă era întoarsă pe-o parte și pe alta și apoi desfăcută. Apoi o auzi pe copilă crănțănind câteva chipsuri.

— Să știi că mama mi-a spus să te sun, ca apărându-se de vreo acuzație nespusă a lui Grinda cum că l-ar fi sunat din proprie inițiativă. Grinda zâmbi.

— Sunteți bine... acasă și..., se încurcă el.

— Da! Am văzut la televizor cel mai frumos serial DIN LUME! Cu niște roboți care apărau ordinea în pădure și se împrieteneau cu căprioare, și erau căprioare adevărate în film, să știi!

— Și roboții nu erau adevărați?

— Sigur că nu! N-aveau cum! strigă fetița. Nu există roboți, șopti ea deodată.

— Tata ce face? spuse Grinda grăbit.

— Bine.

— Și noi aici suntem bine. Avem mult de lucru, facem o dumbravă, iar azi...

— Aru, dar ce se întâmplă dacă nimeni n-ar mai vorbi cu mine? spuse ea visătoare.

— Niciodată n-o să se întâmple asta.

— Dar animalele nu vorbesc!

— E adevărat că nu vorbesc, spuse Grinda căutând un răspuns. Dar pot să-ți ia hainele de pe sârma de întins rufe și să le arunce în fântână.

— Asta ar putea o pisică, dar un arici nu ar putea.

— E adevărat și asta, admise el. Sârma de rufe îi amintise, în mod ridicol, de Carmen, de un fel de viață de solidaritate.

— Vezi? Am știut eu de ce vreau să te sun.

— Sună-mă oricând poți, bâigui el.

În drum spre casă, simți că din pământ ieșea frig vechi de milioane de ani.

Descinderea avu loc exact la sfârșitul unei zile de muncă, când erau sleiți de soare și de efort. Nu erau, ca înainte, antitero în uniforme vesele, ci mercenari cenușii, plini de draci. E adevărat că nici de data asta nu li se dădu foc casei și nici nu li se confiscară materialele, de altfel mercenarii nu sosiseră în camionete, ci în ceea ce păreau niște mașini private, având în comun doar câteva dungi portocalii pe capotă, cu o aparență totuși extrem de improvizată. De bătut, băteau însă temeinic. Câțiva dintre ei, cel puțin așa înțelese Grinda de la unul și de la altul, fură recunoscuți de vechi lucrători din coloniile de la Arcane și de la Comana ca fiind foști colegi de-ai lor care acum lucrau pentru guvern. Spre sinistra lui surpriză însă, se dovedi că în colonie existau câteva pistoale cu care câțiva mercenari fură împușcați. Unii lucrători din colonie săriseră să le dea primul ajutor. Grinda, mort de frică de-a lungul întregului episod, se trezi că încerca, urmând indicațiile calme ale unei colege, o tipă cu aparență absolut neaventuroasă, de contabilă, că încearcă să-i facă masaj cardiac unuia dintre mercenari, pe care îl trăseseră lângă zidul casei. Mâinile îi tremurau. La fiecare compresie, sternul cobora totuşi câţiva centimetri, ca o scândură într-o mlaştină. În total, aproape nimic din materialele importante nu li se distruse, deşi mercenarii spărseseră multe ferestre, şi evident materialul uman încasă din plin. Puţin mai târziu, Grinda se trezi fugind peste deal ca să-şi scape pielea. De partea cealaltă a dealului îl găsi pe Moroi întins în iarbă, şi o clipă avu impresia că acesta urmărea norii pe cer. Cum Grinda era destul de panicat, Moroi păru că se contaminează şi el de acea panică şi, de voie, de nevoie, începu să se ţină după Grinda care plănuia să-şi piardă urma în vechile podgorii. Se dovedi curând că teama lui era justificată, pentru că o maşină se luase după ei, şi o vreme de la distanţă putu fi urmărită această cursă lentă, relativ caraghioasă, chiar dacă dramatică pentru unii dintre cei implicaţi. Curând din maşină coborâră trei inşi foarte atletici, o plăcere să te uiţi la ei, care îi ajunseră fără mare efort şi îl bătură doar pe Grinda de-l lăsară lat, conştient însă şi fără mari dureri, pe moment în orice caz. Agresorii se cărară rapid, având şi alte treburi. După o vreme, îşi adună puterile şi făcu nişte mişcări dezarticulate, de marionetă, şi se poziţionă în aşa fel încât să poată deschide ochii, ambii în curs de umflare. Moroi nu plecase şi, zâmbitor şi intact, îl întrebă dacă are nevoie de ceva. Grinda căută, reflex, o glumă care ar fi putut fi făcută în situaţia respectivă, salvând-o în magnifica, dar mizerabila manieră în care o glumă poate salva o asemenea situaţie, dar nimic nu-i veni în minte. Aşa că zise o răutate:

— Te fut în gură.

— Dar ce crezi, răspunse celălalt, fără să se supere câtuşi de puţin, lăsându-se pe vine ca Grinda să-l audă mai bine, că fără mine ar fi tolerat ăştia o colonie aici?

Nici o jumătate de oră mai târziu, Grinda se suia în prima maşină pe care o găsise cu cheile în contact, unul din Fordurile cu coarne. Nu numai că nu se ascunsese ca un hoţ, ci se dusese în cameră, îşi scosese tricoul încet, icnind, pusese unul curat şi apoi îşi luase toate lucrurile din cameră şi mersese cu ele în parcare. Nimeni nu-l băgase în seamă. Toată lumea își lingea rănile. Unii râdeau, poate făceau haz de necaz. Condusese până aproape de gara Neumir și leșinase la volan abia când intrase pe drumul care mergea paralel cu calea ferată, reușind, într-o ultimă secvență de halucinație, să oprească mașina chiar în mijlocul șoselei pustii.

— „Așa glăsuiește Soarele Mursilis..." Ce mai e și asta?

Uivărășeanu ridicase capul surprins și apoi dăduse să se ridice de la masă.

— Nimic, răspunsese până la urmă. Grinda nu înțelese de ce era deodată lehămisit.

— „Călătoream spre vechiul Kunnu", continuase liceanul Grinda în acea după-amiază, cu mulți ani în urmă, în care vorbiseră despre acea tăbliță cu regele hitit care-și pierduse vocea. „Călătoream spre vechiul Kunnu", spusese atunci, căutând repede ceva de zis, sperând să-l stârnească pe profesor. Asta o fi vreo proză deocheată a lui Alecsandri, adăugase, cu o suficiență căutată. Soarele Mursilis... Îmi sună cunoscut totuși... De unde? Asbach Uralt? Bashevis Singer? Philippe Eléphant?

— Toți să te fure, să te împingă...

— Ha, ha.

— Oprește tu ăla că mă enervează.

Grinda se sculă și închise filtrul de cafea care începuse să bolborosească. În stradă caldarâmul începuse să se zbicească, apa părea violet.

— Dar vedeți, că era mare rege, nici mai mult, nici mai puțin. Nu-i mai încape pământul, comentă el, ca să-l lumineze și pe Uivărășeanu. Apoi răsfoi caietul până spre sfârșit și înapoi. Rămâne întrebarea dacă un mare rege poate să „glăsuiască" sau aici e o exagerare.

— Mda, asta ar presupune o voce învoltă, ca gâtul lui Nefertiti. Ar fi trebuit tradus altfel.

— „Așa orăcăie..."

— Ha, ha. Nu chiar. Mursilis era băiat bun, coresponda cu aheii, ca să fie bine local și regional și universal.

Camera de lucru a profesorului trebuia pesemne să fie ca o cazemată. Pereții erau căptușiți cu cărți, cel mai bun material izolant din lume, folosit adesea și pentru vehiculele de reintrare în atmosferă. Nu era niciodată frig. Pe birou erau toate maldărele de hârtii necesare prin lege pentru a crea atmosfera de cărturărie. În dezacord cu aceste semne de senioritate se afla o măsuță de lângă fereastră, plină de alcooluri tari în sticle nonșalante, cu două rachete de tenis în spate.

— Dar ce căuta el la Kunnu, dom' profesor? Nu e ceva suspect aici?

— Poate se întâlnea cu alt Rege Soare, că e plină lumea de ei...

— Să discute ca între bărbați. Despre fazele Lunii, dom' profesor!

Uivărășeanu era singurul care le cerea studenților să-l tutuiască. Bineînțeles, nimeni nu-l tutuise vreodată, afară de o beizadea de la XII A, de se lăsase în clasă o tăcere de gheață. Intimitatea reală detesta formele exterioare ale intimității. Grinda era pe deplin conștient că i se deschisese o ușă uriașă, prin acceptarea lui în laboratorul lui Uivărășeanu, și încă mai obsedat de faptul că poziția lui era dubioasă, o poziție de inferioritate, în care el era cățelul care se dădea cu roatele-n sus în fața dulăului, sau cel puțin așa se autoflagela el în drum spre casa aia, pe care o iubea atâta pe-atunci.

Uivărășeanu îl privise ca și cum uitase complet despre ce discutau. Părea bătrân. Trebuia să fie bătrân, pentru că Grinda era un tânăr gâlgâind de viață, cu minte și simțuri carnivore. Profesorul nu avea nici 50 de ani, o vârstă pe care Grinda, pe măsură ce treceau anii, avea s-o considere, printr-un mecanism nu chiar așa de inexplicabil, tot mai tinerească.

— „Călătoream spre vechiul Kunnu când a izbucnit furtuna. Atunci zeul furtunii se puse a tuna îngrozitor. Și-mi fu frică.

Vorbele mi se închirciră în gâtlej și ieșeau doar cu mare cazna", citi Grinda.

— Excelent, excelent!

— De unde e? Sună a Ghilgameș.

— Păi ai zis la început, e tăblița lui Mursilis. Hitiți.

— Aici mai sunt date câteva traduceri, ia să vedem. *Et alors, le dieu de l'orage se mit à tonner violemment. Aussi j'eus peur et dans ma bouche la voix diminua. La voix ne me monta plus que faiblement,* și așa mai departe. *Da brach ein Unwetter los, ferner donnerte der Wettergott schrecklich. Und ich erschrak,* așa, ia să vedem, *da wurde mir das Wort im Munde drin wenig, und das Wort ging mir etwas stockend herauf... a storm came up. On top of this, the storm-god repeatedly thundered frightfully so that I became afraid,* hai că nu sună rău, *speech became small in my mouth and came out of me only sparingly...*

— Sunt ani de când mi-am pus în cap să scriu ceva despre cum și-a pierdut Mursilis vocea. Aveam traducerile astea trei, Lebrun, Götze/Pedersen și Beckman, lângă textul hitit, pe care mi l-a explicat cineva la un seminar în Franța, ăia sunt unși cu toate alifiile, când vine vorba de hitiți până și nemții se duc la Paris, nu că n-ar avea și alte motive.

— Dar nici una din traduceri nu se compară cu asta românească: „Și-mi fu frică. Vorbele mi se închirciseră în gâtlej și ieșeau doar cu mare cazna". Asta se cheamă forță!

— Da, are ceva din viziunile apocaliptice veterotestamentare, gen Ezechiel și Daniel, pe lângă care Ioan e mic copil. Dar te întrebi dacă nu cumva e o șmecherie a traducătorului, care face orice text dintr-o limbă moartă poate mai ceremonial decât e cazul.

— Deci ar putea exista și o versiune hitită care zice „Mi se muiară picioarele și-mi pierdui vocea, nu mai putui zice nimic".

— Ha, ha. Nu, probabil nu. Mursilis și cancelaria lui erau oameni fini, știau că ești mai puternic și mai credibil dacă arhaizezi.

— Or, nu poți să arhaizezi decât într-o cultură care are adâncime. Dacă ești nou, ești condamnat.

— Ești condamnat să cauți alte surse de vigoare.

— Și, ca traducător, și alte surse de venit.

Uivărășeanu nu lucra niciodată doar cu originalul. Zicea că asta ar fi extrem de riscant, că trebuie să fii întotdeauna în prezența Sfintei Treimi: Engleză, Franceză, Germană. Avea un corp de bibliotecă în care fiecare volum în original, de la Alcifron la Șklovski, era însoțit de traducerile lui. La ele se adăuga traducerea românească acolo unde exista, ca un sfânt care intervine abia când nu mai e nevoie, cu un mic miracol simpatic. Cu ce îmbogățeau traducerile originalul, Grinda nu prea înțelesese. Uivărășeanu părea să vrea o cultură a vaselor comunicante, unde totul se ridica la același nivel în toate limbile, unde absolut totul putea fi echivalat, în felul acesta fiecare viață urcând, ca o iederă, pe întreaga înălțime a propriilor ei ruine. Mai spunea că pentru vorbitorul nativ limba e un tobogan pe care-și dă drumul când vorbește, dar limba învățată e un zid pe care se cațără. Era un mic Walter Benjamin de cartier, de fapt, ar fi fost mai mare decât Walter Benjamin dacă – cine știe dacă ce.

— Și mai departe?

— „Cu trecerea anilor, am uitat toată întâmplarea asta, când iată că ea începu să mi se arate în vis fără contenire."

— Poezie curată. Mursilis știa chestii.

— Nu te pui cu visele. Te trezești ruinat o dată, de două, de trei ori și dup-aia faci orice.

— Eu îmi mai pun unul, ție parcă nu ți-aș oferi, e mai bine așa, se scuza profesorul, turnându-și ceva. Grinda pricepu că el urma să pretindă că nici nu a auzit aceste cuvinte.

— Dar dacă am merge noi direct la textul hitit, îndrăzni ucenicul.

— Păi sunt juxtele acolo în caiet. Ceva dreptate ai. Nu mă refer la faptul că sursa e sfântă, asta o știe toată lumea. Sursa şi Dumnezeu. Ăsta e bun de motto al unei mici republici. De-aia se fac mereu rugăciuni pentru sănătatea şi bunăstarea sursei istorice... Lucrurile se întâmplă aşa, cu cât ştii mai puţine, cu atât descoperi mai multe. Asta e frumuseţea diletantismului. Câţi ani de hitită ar trebui să fac, ca să pot să corectez traducerea lui Lebrun, mai ales când văd că e bine corelată cu a lui Goetze?

— Vreo 40, zise şi Grinda, neştiind exact ce număr era mai bine să zică el, unul mare sau unul mic.

— În cladistică nu ne putem permite o asemenea investiţie, zise Uivărăşeanu, cu o faţă comică.

Lui Grinda i se păru că *nimic* nu merita o asemenea investiţie.

— Aşa, deci episodul Kunnu îl bântuia pe Mursilis... Şi asta deşi noi habar n-avem unde era orăşelul cu numele pomenit aici, Kunnu. Cică „*non autrement connu*", citi el sec din aparatul critic. Ce să faci? Vina cui e că toate astea se petrec acum 3.300 de ani.

— Sper cel puţin că nu sunt 3.333 de ani. Nu mai ţin minte.

— Iar în visul lui revenea această doamnă, *non autrement connue*...

— A, nu, absolut deloc. Mursilis era om serios. E afazia şi atât.

— Doamna Afazia. Am trecut de la Alecsandri la Topârceanu, sau poate Minulescu, sau Foarţă. Sau Afuzalia.

— Aşa. Profesorul trase vechiul caiet spre el, unde CTH486, tăbliţa lui Mursilis numerotată conform catalogului hitit al lui Laroche, era analizată cuvânt cu cuvânt. *Lorsque les années vinrent à s'écouler* sau chiar încă mai puternic, *als aber die Jahre kamen und hintereinander vergingen*, sau aşa ca să confirmăm toate stereotipurile despre engleza rudimentară, *when, years later*... Şi acum ceea ce trebuia să se întâmple se întâmplă: „Într-unul din aceste vise mă atinse mâna zeului şi gura mi se strâmbă". O altă traducere posibilă: „...şi darul vorbirii îmi fu luat cu totul". Da. Cu cât o întâmplare e mai importantă, cu atât ea poate fi citită mai diferit, ca să nu mai înţelegi nimic, zise Uivărăşeanu, aranjând inutil racordajul de la rachetă.

— Cum o dăm, nu e bine pentru Mursi al nostru. Să fii rege și să nu poți să vorbești, asta da impotență. El atunci ia măsuri, consultă un oracol ca să vadă care dracu' e treaba, iar oracolul zice nu eu, nu e jurisdicția mea, uite, întreabă oracolul zeului furtunii din orașul Manuzziya. De ce Manuzziya, nu știm, ce e sigur e că dintr-un motiv.

— Iar aici e toată drama ridicolă a mâncătorilor de pâine din lumea sublunară. Îți cade un copac peste picioare și tu apoi stai și întorci situația pe toate fețele: ce-a avut copacul cu mine? De ce tocmai peste picioare? Cum a fost posibil să cadă? Te încăpățânezi adică să cauți soluția plecând de la elementele problemei.

— Ceea ce... nu sună deloc irațional, se încumetă Grinda să propună. Profesorul nu scoase nici o vorbă, răsucind paharul în mână, cu un aer vag aprobator.

— Când era Orlina mică..., începu el, și povesti ceva.

— Iar zeul furtunii Teșub din Manuzziya i-a spus lui Mursilis – ce era să-i spună? că nu e nimic de făcut? – să trimită un bou-substitut, să-l frigă în foc, și să frigă și niște păsări, spuse apoi Radu liceanul, cras, ignorând absolut tot ce zisese celălalt despre fetița lui.

Grinda nu se putea abține să nu întindă uneori coarda, poate ca să testeze limitele simpatiei pe care i-o purta profesorul, nu cumva ea să fie exagerată, sau ca să se convingă că rămâne vertical în umanizarea primejdioasă a acelei relații, care făcea adesea armăsarul gerontofob din el să se crispeze. Nu știa că nu înțelegea aproape nimic din ce era în mintea lui Uivărășeanu, nu avea instrumente să-și dea seama cât de diferite erau ligile psihologice în care jucau. Circumspecția lui față de această relație era poate fundamental corectă, dar ea se născuse greșit. Nimic din presupunerile lui nu era întemeiat – în Uivărășeanu nu exista nici un pic de homosexualitate „britanică“, nici nu se putea spune ceea ce se spune prea des, că până la urmă studenții sunt infinit mai importanți pentru profesori decât profesorii pentru studenți, nu era nici un mecanism evident de compensare sau de compulsivitate în faptul că îl adusese pe Grinda să învețe și că îi deschisese casa și mintea lui ca pe o grădină.

— Asta cu boul-substitut e ca-n bancul ăla de pe vremea comuniștilor. Cică Bulă găsește trei cărți de credit într-o budă la aeroport... Îl știi?

— Îl știu, răspunse Grinda zâmbind. „Unde e boul ăla care pilotează avionul?"

— „Unde e boul ăla care pilotează avionul?" Ha, ha.

— Aici în caiet zice că, după ce mâna zeului i-a strâmbat gura, regele a trebuit să ofere un bou *puhugari*, vicarial... așa, să vedem... termenul *puhugari*, cuvânt hurit, înseamnă „schimb"... un derivat în – *ugar* – din rădăcina *puh*- luată din akkadianul *puhu*, nu știu ce... se întâlnește ca apoziție la *GUD*, „bovin", sau *SILA*, „miel"... desemnează animalul-substitut folosit în ritualurile de transfer al răului...

— Asta e ca în bancul ăla cu...

— Dom' profesor, mă iertați că vă întrerup, dar am o idee!

Uivărășeanu începu să râdă. Când râdea, fața i se schimba mult, mai mult decât i se părea acceptabil lui Grinda, nu era deloc un râs urât, dar schimbarea de expresie era bruscă, nimic din râs nu era anticipat de fața de dinainte și nimic din râs nu zăbovea pe acea față odată râsul dus la bun sfârșit.

— Pe tine ideile-astea o să te bage-n belea, zise apoi Uivărășeanu, banal, dar cu simpatie.

— Nimic, niciodată nu ar trebui tradus!

— Adică CTH486 n-ar trebui tradusă?

Uivărășeanu folosea frecvent un fel de rezistență a omului uimit, simplu, pentru a-l ajuta pe celălalt să se precizeze. Un fel de variantă camaraderească a maieuticii, credea el.

— Nici asta și nimic nu ar trebui mutat din pământul lui în alt pământ. E un servilism ucigaș.

— E supraviețuire, spusese celălalt, cu gândul aparent în altă parte.

Pe Grinda, răspunsul obtuz nu-l motivă de data asta. Traduci, adică muți în alt pământ, unde se poate crește. Discuția nu lâncezi totuși. Amândoi, deși păreau că stau la mare, la plajă, aveau reflexele destul de ascuțite. De multe ori la Neumir și la stația meteo Grinda își amintise aceste discuții banale cu impresia că erau paradisul. Cum era posibil așa ceva? N-ar fi trebuit paradisul să fie o fericire intensă și hrănitoare, și în nici un caz doar o după-amiază agreabilă? O fi trebuit, dar în lipsa unei asemenea fericiri, în amintirea lui paradisul era asta, această geodă fără nimic prea prețios în ea, poate doar un simbol al protecției. Era adăpostit. De altfel, o după-amiază agreabilă era ceva ce cu anii prețuiește din ce în ce mai mult. Iar fericirea venea întotdeauna cu reziduuri, fericirea îți rupea spatele. Nu, de o mie de ori mai bine paginile unei cărți, de o mie de ori mai bine prietenul cu fața lui limpede, bucuros că te vede. De o mie de ori mai bine trecutul, decât viitorul. De asemenea, nu ai de ce să deschizi vorba despre faptul că vechiul caiet al profesorului din care citești e scris cu atâta grijă, pagina stângă cu creionul, pagina dreaptă întotdeauna cu stiloul, chiar dacă o începi la mijlocul frazei, atâta lucru nu te face să fii într-o ureche.

— Dar stai, că oracolul a mai precizat că boul trebuie oferit în templul din orașul Comana, în fine, așa adaptează francezii Kummanni... vreo 200 de kilometri de Hattușa.

— Păi nu oferi boul te miri unde!

— Neapărat în Kummanni din Kizzuwatna, Kummanni cea sfântă, dragă zeului furtunii Teșub unde... unde...

— Stai, așa zice, „a mai precizat oracolul“? Așa ca la telejurnal?

— Nu, am zis eu așa. Sunt repetiții în text, și am simplificat.

— Dar nu știi că în repetițiile alea e viața și puterea textului oriental, cum e puterea zmeului balcanic într-un ou de gușter? N-ai simplificat, ai amputat.

— Am amputat, să trăiți, zise Grinda râzând, simțindu-se nițel penibil. Toată povestea e clar că pleacă de la ceva ce Mursilis a gândit el însuşi. I-o mai fi corectat-o un ministru, un popă, dar vine din jurnalul lui amărât de rege. Aşa. Au împodobit deci taurul, probabil ghirlande, coarne aurite, mă gândesc, adică zic ce mi-ar da mie prin minte dacă aş fi în situaţia... iar înainte să-l trimită spre Comana sau Kummanni, regele a mai făcut două chestii – şi-a aşezat mâna pe el şi apoi i-a făcut o plecăciune. Purcese boul cel hitit.

— Aşezatul mâinii transformă ofranda în tine însuţi, iar plecăciunea e adresată zeului care gestionează această identificare, punctă Uivărăşeanu, căscând. Când era foarte atent, căsca.

— Chiar asta să fi fost? Nu ritualizează de fapt distanţa între acum şi atunci absolut tot ce făceau ei? Eu cred că e de preferat interpretarea mai simplă – mângâi capul animalului cu un gest de prietenie şi te înclini în semn de respect pentru soarta lui de animal de sacrificiu.

— O fi mai simplă, numai că aici discuţi un ritual, unde fiecare gest este codificat. Religia, ca şi filozofia, nu există fără un aparat de prescripţii, sunt atât de obsedate de jurisprudenţă, încât prin comparaţie dreptul e mic copil. De la Tigerspan ai mai auzit ceva?

— Au zis că au primit CV-ul şi mă contactează ei. Se făcea seară. Pe stradă se auzi o maşină parcând. Copacii de pe toată strada miroseau din toate puterile, frunze, flori, scoarţă. Nu frumuseţea mirosului era ciudată pe strada aia, ci deplinătatea acelei prezenţe.

— Încă n-am apucat să duc maşina la reparat, începu Uivărăşeanu nostalgic. Nu ştiu ce dracu' am că nu mă mai înţeleg cu maşina mea. N-am mai condus de mult fără să-mi fie teamă că în clipa în care schimb banda o să aud fiare hârjâite.

— De la stres, dom' profesor, zise Grinda, firesc.

— Probabil! răspunse celălalt, şi mai visător.

Grinda se foi. Uneori îi venea să lase totul baltă şi să fugă. Era deodată ceva penibil în toată scena. Sau doar i se părea lui? Ce dracu' era aşa penibil? Tinereţea lui era, care făcea ca totul să fie crispat, frumos şi crispat.

Bău jumătate din paharul lui cu apă, care era singura chestie de băut pe care o căpăta în timpul vizitei, afară de provizia nesfârșită de dulciuri și sărățele. Încercă să se învioreze, dar fără vreun rezultat palpabil. O luară de la capăt.

— Iar acum începe partea care face oamenii fericiți: partea lacunară, anunță Radu.

— Dă-mi un text lacunar, și răstorn pământul!

— Ha, ha! La început mai e cum mai e, e suficient de limpede că, în ziua în care au trimis boul împodobit, Soarele s-a purificat, cu alte cuvinte, regele a făcut o baie. Apoi însă ar fi mai multe traduceri posibile pentru ce se întâmplase în noaptea de dinainte: fie fusese cu o femeie, fie nu fusese cu o femeie, fie avusese un vis erotic.

— Diferența e uneori greu de făcut și în realitate.

— Ha, ha, ha. Apoi, fie că în vis, fie că în realitate, în funcție de traducere, dis-de-dimineață la baie și-a mai pus o dată mâna pe boul-substitut. Iar după ce boul vicarial a pornit la drum, Soarele s-a mai purificat prin baie timp de șapte zile. Și aici e aici. Pentru că iată ce a mai ars apoi pentru împăcarea zeilor: o pasăre pentru *ari itarki*, o pasăre pentru *ari mudri*, o pasăre pentru *ini iriri*, o pasăre pentru *ilmi parmi*, o pasăre pentru *iriltehi*, o pasăre pentru *ulahulzi*, o pasăre pentru *duwantehi*, un miel pentru *tahasi durusi*; o pasăre pentru *kibissi punuhunsi*, o pasăre pentru *gamersi*, o pasăre pentru *tati duwarni*, o pasăre pentru *serdihi serabihi*, o pasăre pentru *anishi bindihi*, un miel pentru *zuzumaki*.

— Așa și nu altminteri, râse profesorul cu o plăcere vădită.

— Zice tare bine. Aici maestrul hitit de acum trei mii trei sute de ani a lepădat puterea și s-a apucat de poezie.

— Hitit cu numele, că aici se adapă masiv din hurită... Dar ceea ce pentru ei era funcțional, pentru că era vechi pentru noi e funcțional pentru că e nou. Să mă explic, zise Uivărășeanu, cu o pedanterie mimată. Pentru ei numele era vechi și dificil, păstrat din hurită, cum păstrau romanii chestii bizare din divinația etruscă, și cum păstrăm noi în liturghie slavisme vechi, chestii care strigă în gura mare, tradiție, oameni buni! tradiție! Dar, când traduci hitita pe care o înțelegi destul de bine, păstrezi cuvintele hurite mult mai rare, și care pentru noi acum nu mai deschid spre trecut, ci numai spre viitor, spre chestii necunoscute, proaspete, unde *puternic* în limba lor este mai puternic decât în limba ta, unde *dureros* este mai dureros decât în limba ta: *ari itarki, ari mudri, ini iriri, ilmi parmi, iriltehi, ulahulzi* și așa mai departe.

Grinda dădu înainte și înapoi câteva pagini din carnet, pline de note.

— Și ce-i cu toate numele astea de ștrumfi? Ia să vedem. Un rezumat în traducerea lui Bernabé și Álvarez-Pedrosa. Aha. Sunt sacrificii aduse împotriva răului, a vătămării... pentru virilitate, pentru plăcere, pentru dragoste... pentru drept... pentru jurăminte.

— Așa trebuie să fie orice mesaj esențial. Scurt, confuz.

— Estetizați, dom' profesor.

— Nu, e vorba de largheţe aici. Să știi să irosești. Ți se cere lista esențială, lista zeilor cărora să le aduci sacrificii, dar nu contează, aici e vorba de cuvintele-cheie care să rezume o viață, sau s-o cifreze rapid, înainte de potop. Iar tu îți bați joc sau te repeți. De ce?

— Pentru că nu mai are nici o importanță?

— Nu, tocmai, nu m-ai înțeles.

— Nu v-ați exprimat dumneavoastră bine.

— Așa e. Vreau să zic că asta e o neglijență care înseamnă clasă, o neglijență pe care o practici nu pentru că, până la urmă, totul e deșertăciunea deșertăciunilor, degeaba degeabaurilor, deci pentru că n-ar exista valori și principii directoare, ci tocmai pentru că există, și ele sunt fii fericit, fii darnic, fii zâmbitor... Și de-aia hititul alege de pildă și răul, și vătămarea, care până la urmă sunt cam tot aia, în loc să renunțe la una din ele, ca să facă loc pentru ceva nou, important...

— Exact, și ce-ai pune în loc?

— Păi sunt destui candidaţi serioşi, cărora timpul le-a consfinţit valoarea, de pildă moartea...

— Nu! Aici devii strict, devii raţional, vrei să fii eficient!

— Am înţeles, trebuie altceva, mai benign, dar la fel de mare, la fel de sferic – trecutul, să zicem. Iar mai jos, zise el, urmărind notele din carnet cu degetul, plăcere şi dragoste, putem să renunţăm la plăcere, evident...

— Din contră, aşa dovedim din nou că suntem nişte inşi mici, obsedaţi de optimizare, şmecheri unde trebuie să fim princiari, cu telefonul în mână când coborâm în marele canion.

— Aţi fost în marele canion, aşa cu telefonul... întrebă totuşi Grinda, bănuitor.

— Nu, dar, dacă m-aş duce, sigur aşa aş face.

— Ce zic eu aşadar e că, făcând curăţenie în listă, în lista zeilor hitiţi pentru care se aduc aceste sacrificii, am putea veni cu informaţii suplimentare, cu o pistă cu totul alta, de pildă renunţi la plăcere, lucru minor, a cărui latură majoră e în orice caz deja acoperită de categoria „dragoste", şi pui în loc – muncă.

— Nu, hititul are de o mie de ori dreptate când lasă plăcerea separat... Plăcerea este lipsită de toxine, de reziduuri. Nu are în ce să le conţină, corpul ei temporal e prea limitat. Dragostea e un monstru care acumulează, vrea totul, aburcă totul pe motocicletă până devine Turnul Babel pe roţi, cu capul proptit în zid. Plăcerea este bună, neambiţioasă, sănătoasă, sustenabilă, democratică. Dragostea e plăcere devenită dictatură.

— OK, lăsăm şi plăcerea. Deşi după părerea mea e o risipă. E ca şi cum ai putea să pui într-o capsulă pe care o trimiţi în spaţiul cosmic către Betelgeuse doar câteva obiecte, alese pe sprânceană, care să sintetizeze viaţa pe Pământ, şi printre ele ai pune un măr şi o piersică.

— Şi oare ne-am înşela? În felul ăsta i-am învăţa ce înseamnă a fi om. Înseamnă să ştii să nu te ridici la înălţimea circumstanţelor. A avea simţul umorului.

— Haideţi, dom' profesor, că n-ar râde nimeni pe Betelgeuse...!

În măsura în care acest lucru era posibil, Grinda ținea foarte mult la acest om. Deschizând din nou vechiul caiet, redeveni așa cum îi plăcea cel mai mult să fie, hâtru fără consecințe.

— *Și când am pus mâna pe bou...*

— Mai e ceva acolo, mai sunt niște sacrificii.

— Se mai menționează o oaie pentru sănătate.

— Așa! Satisfacția lui Uivărășeanu era complet disproporționată.

— Exact, câte o oaie pentru *keldi* și *ambassi* ale unor zei. Te-ai aștepta să sacrifice ceva și pentru sănătatea oamenilor, făcu Grinda. Dar profesorul dădea din cap încântat, era clar ceva ce numai cu vârsta puteai înțelege.

— Și mai departe?

— Terminațiile în *-ya* sunt probabil datorate faptului că scribii din Kizzuwatna, care vorbeau prost hurita, adaptau și ei cum puteau în hitită secvențele ritualice hurite, citi repede și fără expresie Grinda din caiet.

— Lasă asta, zi ce-a mai făcut Mister Mursilis.

— Și când pusei mâna pe bou... reluă el textul, puțin cântat.

— Așa, e mai bine decât cum ai zis la început, acum sună a...

— Da, descântă bine nea Mursilis... Deci vorbim de acest *puhugari, substitute ox/ Sühne Rind/ buey de sustitución.* De ce îl atingi? Păi, când îl atingi, presupun, îl faci să devină tu.

— Numai că boul nu știe.

— Dacă ar ști, ritualul nu ar mai putea reuși, arătă Grinda că a înțeles.

— Îl atingi, adică verși din viața ta în viața lui.

— Atingerea care dă viață este însă aici atingerea care dă moarte, că doar boul urmează să fie sacrificat.

— Dar din tăbliță nu știm dacă asta chiar s-a întâmplat. Boul a plecat la drum, cu alai, acum 3.333 de ani, și probabil și-a dat viața pentru Mursilis. Dar poate a scăpat pe drum. Poate s-a întâmplat ceva. Îmi tot vine să zic Mursache sau așa ceva.

— Și n-ar fi frumos, dom' profesor! Sursa e sfântă!

Când Uivărășeanu închise telefonul, Grinda își dădu seama că era acum cu totul deconectat de la ce vorbeau ei acolo. Cu o săptămână înainte discutaseră *Narușenie i nakazanie*, într-un mod foarte tradiționalist, luat din Auerbach, care îl mirase mult la Uivărășeanu, în orice caz, nu reușise să-l urmărească deloc. Se tot gândea, absurd, dacă ar putea să-i rămână lui cărțile din casa profesorului. Oricât încerca să alunge acest gând rușinos, nu reușea. Pentru că asta este, de fapt, o conversație: miile de chestii la care conversatorii se gândesc aiurea și care nu ajung niciodată să facă parte din conversație.

— Știi cum sunt cărțile alea... începu profesorul după o pauză, și apoi făcu din nou o pauză. Grinda avu impresia bizară că îi aflase gândul.

— Știi cum sunt cărțile alea cu un titlu spectaculos despre ceva nemaiauzit ce a făcut autorul, cum am făcut ocolul Pământului, cum am realizat primul transplant de inimă, cum am descoperit structura helicoidală a nu știu cui?

— Știu, zise Grinda, lovind încet cu muchia carnetului în masă, fără să facă zgomot.

Uivărășeanu tăcu iar.

— Dacă ar trebui să scriu o carte din asta așa, cu un titlu comercial, care să reprezinte cel mai șocant lucru care mi s-a întâmplat, aș scrie *Cum am îmbătrânit*.

Afară pe alee se auzea vântul bătând prin copaci după-amiaza, orice s-ar spune, un sunet care a fost cu noi mult timp și care vine cu nostalgia noastră și cu nostalgia morților noștri în el.

— Veșmintele somptuoase, începu Grinda, fără să marcheze suficient de clar că e vorba de un citat, încât părea că vorbește chiar el, veșmintele somptuoase pe care le purtam în acea zi în care a tunat zeul, dimpreună cu centura, sabia (sau pumnalul?) și încălțările, au fost duse, și la fel carul atelat și caii și arcul și tolba au fost luate și duse zeului.

— De ce?

— Cum de ce, deoarece boul este un substitut pentru rege și trebuie să aibă parafernaliile lui.

— Nu zicem parafernalii, pentru că e un barbarism, zise profesorul.

— Trebuie să aibă lucrurile lui.

— Așa. E posibil, zise Uivărășeanu, să-l pui pe rege să năpârlească, să lepede pielița aia care a ofensat zeul, și să iasă curat de sub ea.

— Nu prea, pentru că tăblița zice mai departe că oracolul a fost totuși superclar într-o privință, că se trimit zeului acele acutramente, dar nu „masa de pe care mâncam zi de zi, cupa din care beam, patul în care dormeam și vana în care mă îmbăiam“ (sau, traduc alții, ulciorul cu care mă spălam: *cruche*, *jofaina*). Asta e doar un fel de purificare la ofertă, e ca și cum ai face deratizare doar într-o jumătate de hambar.

— Hmmm, zise Uivărășeanu citind cu atenție ceva pe eticheta sticlei, ceea ce făcea de fiecare dată înainte de a-și turna un pahar din acea sticlă. Nu, nu, nu poate să fie așa. Tăblița are dreptate.

— Are dreptate, să ne gândim, pentru că... ia să vedem... să trimiți tot ce-i al tău zeului e o formă de hybris, adică vrei să devii zeu, iar nu animalul prin care primești pedeapsă?

— Aș zice că e mai degrabă ca dorința babei de a se împărtăși duminică de duminică, zi de zi dacă s-ar putea. Nu e-n regulă. Înseamnă că nu recunoști caracterul excepțional al ritualului, tăria lui. Prin ritual ți se arată zeul, și trebuie să-l vezi la intensitatea prescrisă, nu la aia la care ai tu chef și la care crezi tu că reziști. Regele nu poate sacrifica deci zeului decât un moment discret al traiectoriei sale, dar nu ființa lui, continuitatea lui, al cărei proprietar nici nu este, tot zeul este.

— Și îl lasă *bouche-bée* pe bulibașă.

— Poftim? întrebă Uivărășeanu.

Grinda își dădu seama că de data asta exagerase.

— Deci toate țoalele și carul au fost sacrificate. Asta înseamnă că regele i-a dat zeului atât ceea îl face mobil, adică mașina, cu care dă înconjurul lumii, să vadă ce întinsă este, cât și ceea ce îl face să fie el însuși, imobil, o ființă de care nu se va putea niciodată detașa, adică hainele care dau înconjurul lui și îl limitează pentru totdeauna. Se poate înțelege.

Profesorul rămase pe gânduri, dar Grinda nu-și putu da seama dacă erau gânduri legate de discuția lor sau gânduri pe care el nu le putea nici măcar bănui. Cum să știi ce amintire îl hăituiește pe omul din fața ta, ce suferință veche i-a venit în minte fără motiv? Însă deodată Uivărășeanu zâmbi și fața lui păru că spune că ieșise învingătoare din lupta cu acea amintire.

— Tu te descurci cu banii? Ai nevoie de ceva?

— Sunt bine, mulțumesc.

Răspunsese oare prea repede? Vru să citească și ultimul paragraf al tăbliței lui Mursilis, dar așteptă, ca nu cumva să-l jignească pe celălalt lăsându-l să înțeleagă că fusese stânjenit de întrebarea lui. Dar Uivărășeanu păru foarte mulțumit, poate pentru că un alt răspuns l-ar fi făcut să se simtă prost că nu pusese mai devreme această întrebare simplă.

— Și dacă boul moare pe drum, reluă Grinda, căci călătoria e lungă, el va fi înlocuit cu un alt bou, care va purta toate lucrurile regelui și va fi până la urmă ars împreună cu ele.

— Pare de bun-simț, nu? Dar e mai complicat decât pare. Pe vremuri mi-a zis un norvegian, care era specialist în hitiți...

— Cum ajung norvegienii specialiști în ceva atât de străin lor, dom' profesor?

— Cum adică străin, de ce-ar fi străin? Nu se măsoară o cultură tocmai în capacitatea ei de a se deschide asupra lucrurilor pe care nu le are sub nas?

— Da, însă n-o să luăm acum ca model tocmai cultura norvegiană...

— Nu zic că e o cultură mare, dar e o cultură sadea, e sănătoasă și funcționează corect, unii se ocupă de Hamsun și de Ibsen, alții de fiorduri, alții scriu despre fluturii de Madagascar, alții de Gumelnița. Norvegianul mi-a zis, la băutură, că el vede în pasajul ăsta din tăbliță, cu boul care va fi înlocuit cu alt bou dacă se întâmplă să moară în timpul acestei epuizante călătorii, ceva ciudat.

— Ce?

Uivărăşeanu se ridică să-şi ia un alt pahar. Vedea pe el urme aproape imperceptibile de degete, care erau fireşte degetele lui, dar aceste urme îl enervau şi această enervare era dreptul lui. Noul pahar, curat şi uscat, îl binedispuse.

— Acum, că ştiu, mi se pare şi mie evident, dar atunci îmi amintesc că am fost foarte surprins de ipoteza asta. Că, aşa cum e redactată, tăbliţa lui Mursilis sugerează că ar fi bine, ar fi recomandabil ca animalul de sacrificiu să moară pe drum şi să fie înlocuit de cât mai multe ori. Îţi dai seama câte interpretări deschide asta!

— Colosal! Dar se susţine, istoric, adică există alte indicii că aşa era?

— Numai că noi nu facem ştiinţă, facem literatură comparată, râse Uivărăşeanu. Norvegianului i se părea posibil, zise la urmă profesorul, răsucind între degete un capac de bere puţin îndoit pe mijloc. Mie atâta mi-e de ajuns. De-aia există experţi.

— Da, ideea unui lung şir de animale care ţi se substituie, ca un şir nesfârşit de strămoşi, sau de piei în care eşti înfăşurat, e foarte bogată. Vă daţi seama? Trebuie să-ţi moară umbra, şi umbra umbrei, şi umbra umbrei umbrei, şi umbra umbrei umbrei umbrei, ca să ţi se spele vina.

— Posibil, posibil.

Uivărăşeanu zâmbi. Se uitau unul la altul de parcă tocmai câştigase echipa lor favorită de fotbal.

După ce îşi luă la revedere, liceanul Grinda descoperi afară strada bucureşteană, vântoasă şi bucuroasă de oaspeţi, poate şi mai bucuroasă de oaspeţii care plecau, plină de frunze şi mireasmă, mimând prospeţimea, dar câştigându-şi traiul din nostalgie. „Aici se încheie tăbliţa despre Mursilis şi tunetul pe care l-a auzit în ruinata cetate Kunnu."

PARTEA A PATRA

Îi deschisese o bătrână care, deși nu dădu nici un semn de spaimă sau măcar de surpriză, se uită totuși în jur să vadă dacă mai era cineva cu el. Apoi îl lăsă să intre, urmărindu-l cu o privire plină de reproș, de parcă nu era câtuși de puțin un străin, ci cineva cu care avusese multe răfuieli de-a lungul vieții. Grinda se așeză direct la masă, mecanic. Bătrâna rămase în picioare lângă el, măsurându-l, dar apoi începu să încălzească niște ciorbă. „Vrei să te speli?“, îl întrebase, cu spatele. El se dusese la baie. Când porni dușul peste corpul lui, cada se umplu de picături roșii. Când îl văzu că se întoarce, bătrâna se ridică și tocă niște pătrunjel, pe care îl aruncă în farfuriile care așteptau pregătite pe masă. „Vinerea nu mănânc nimic, îi explică ea. Dar am zis să mă îndemn cu tine, dacă mi-a trimis Cel de Sus musafir.“ Grinda avea să se gândească la ciorba aia de multe ori în următoarele luni. Când se sui iar la volan, ideea de a merge la spital i se păru cum nu se poate mai prostească, periculoasă chiar. Nici bătrâna nu îl încurajase, ce-i drept. Când o întrebase, fără tragere de inimă, unde găsește un doctor, ea îi zisese, de ce mamă, ca să te sfătuiască să-ți pui speranța în mai bine? Își acoperise crestătura din cap și urechea pe jumătate smulsă cu niște sulfamidă pe care bătrâna o avea de 25 de ani, și se legase cu fâșii dintr-un cearșaf, de parcă era într-o piesă de teatru făcută de școlari. Chiar și acolo s-ar fi făcut lucrurile mai bine, părinții fără îndoială ar fi cerut consultanță de la o asistentă, ca să se asigure că bandajul era convingător pus. În același timp, conducea o mașină cu un motor de o mie de cai putere, o mașină care provenea dintr-un timp care pentru el se terminase. Nu mai auzea nimic cu urechea dreaptă, dacă nu cumva durerea pe care o simțea acolo era o formă de auz. Departe de a conduce ca un nebun, opri la toate intersecțiile cu drumuri secundare și se uită în oglinzi atât de obsesiv, încât până la urmă trebui să rotească oglinda retrovizoare în așa fel încât să nu mai vadă nimic în ea, ca să nu mai fie tentat să ridice ochii. Apoi își dădu seama că mergea atât de încet tocmai pentru că nu voia să se întoarcă în București. Ce era de făcut în București!? Să mergi în Cișmigiu sau la Ivirești să vezi dacă mai lăsaseră trei copaci, sau doi, sau unul? Încetini iar, sub pretext că din pădure ieșea o potecă abia vizibilă, care continua apoi de partea cealaltă a drumului județean. Și-apoi, în București conducerea ARPLA, inși ca Moroi și Tutuc, știau foarte bine de unde să-l ia. Trase mașina pe dreapta și scoase harta. Dar harta n-avea gură să zică, uite-aici, în locul ăsta ar fi cazul să te stabilești. Erau acolo doar drumuri, pete brune pentru munți, și laviuri verzi, o veche și extraordinar de naivă convenție pentru păduri, zone care pe hărțile anilor următori aveau să apară cu roșu, în semn de omagiu pentru activitatea susținută de modernizare a pădurilor.

Un singur lucru părea clar, că trebuia nu să se apropie de București, ci să se îndepărteze. Noaptea parcă mașina la marginea pădurii, lăsă scaunele pe spate și încercă să doarmă. Se trezi la trei sau la patru, simțindu-se pe altă lume, ieși din mașină, merse câteva minute prin pădure, apoi trânti sacul de dormit la rădăcina unui copac, se băgă în el și adormi buștean. Dimineața se trezi înțepenit, dar lucid. Porni motorul puțin doar ca să vadă câtă benzină mai avea și apoi se uită iar pe hartă ca mâța-n calendar. Avu norocul ca după-amiază să găsească o benzinărie unde putea plăti cu cardul, și chiar și așa nu ieși din mașină până nu-și puse o căciulă în cap, care să ascundă cât de cât halul în care era. E drept că era cald și căciula lui atrăgea și mai tare atenția. Nu reușise să dea jos coarnele de pe capota Fordului, magneții ăia de neodimiu erau, s-ar fi zis, permanenți, Grinda nu mai văzuse asemenea magneți, și se întreba câtă lume avea să recunoască această mașină, chiar și aici, departe, ca fiind o mașină de la Neumir. Pe măsură ce se apropia seara, era tot mai sigur că e prea devreme ca să se oprească. Nu mai încercă să doarmă noaptea în mașină. Când mai era încă un pic de lumină, intră în pădure și, cu ceva mai multă energie de data asta, instală cortul. Înăuntru, după câteva minute de fâșâit, se opri și începu să asculte zgomotele pădurii. Erau zgomote pe care nu le recunoștea. Trebuie să fi fost adevărat că rădăcinile transmiteau altor rădăcini de-a lungul pădurilor informații biochimice prin rețeaua micorizală comună despre care se vorbise atâta cu ani în urmă, înainte ca fondurile de cercetare pe tema asta să fie tăiate rapid, complet și fără explicație. Era ușor să cazi într-un animism de doi bani, și Grinda n-ar fi făcut nici un pas în direcția asta dacă n-ar fi fost febra. Credea că aude în pădurea asta, ca la capătul unui lung tunel, cum la capătul celălalt al tunelului alte păduri erau înlocuite de arbori de plastic și ciment și bronz și circuite electrice. Dimineața îi veni să râdă de prostia asta. Ieșind din cort, se trezi chiar în mijlocul lumii, în lume era acum vară, iar pădurea era o mică galaxie lipsită de orice pretenții, atâta că lucrurile străluceau, fiecare buruiană era maiestuoasă, fiecare copac îl lua sub aripa lui și îl învăța tot ce știa. Grinda se frecă la ochi și se uită din nou. Era doar viața percepută de cineva care era viu – spectacolul suprem posibil într-un univers în care altminteri totul era posibil.

Primele luni la stația meteo fură pentru Grinda un record absolut de singurătate. Nu se putea spune că nu văzuse o față de om în toată perioada asta, din contră, în fiecare vineri vedea oameni sau măcar un om, dar, chiar și așa, era de departe mai singur ca oricând. Curând, cuvântul „singur“ își pierdu de altfel înțelesul, pentru că era ceva prea raportat la oameni, era suficient să pronunţi cuvântul ăsta ca să aduci stafiile lor în încăpere, nemaivorbind că avea şi o pojghiţă sentimentală, un fel de tristeţe soioasă. Nu, a fi realmente singur însemna să nu mai aparţii deloc maniheismului ieftin *cu oameni/fără oameni*, ci să accepţi singurătatea ca o parte fundamentală, probabil cea mai bună, a umanităţii tale. O diaree care îl chinui pe Grinda în prima săptămână contribui la această acceptare fără să ceară nimic în schimb. Era ceva valoros în a fi înconjurat mai degrabă de obiecte decât de idei? Poate că nu era decât o iluzie, venită din anii furiei antiintelectualiste şi perpetuată cu drag, ca o tradiţie de familie la care nu vrei să renunţi. Dar şi obiectele erau, pentru naufragiat, făcute tot din cartilaje de idei şi de nostalgii. În fine, ideea era să trăieşti cu singurătatea cum ai trăi cu un golem, o arătare care te ajută, care nu scoate o vorbă, dar îţi aduce cafeaua, îţi aduce perna să ţi-o pui pe cap, e acolo când te trezeşti horcăind la trei noaptea, aplecată deasupra ta, zâmbind, toată-n tifon sau altceva. În loc să se ocupe de amenajarea staţiei, Grinda vrusese să facă mai întâi să meargă anemometrul cu cupe. Ca să poată transforma staţia în casă de locuit, trebuia consimţământul casei, pe care nu-l puteai obţine dacă ea nu era în deplinătatea funcţiilor ei. De îndată ce cupele se învârtiră, începu să se ocupe de rezervorul de apă, pentru care improviză un capac. Din când în când, mai ales ziua, un zgomot de ligheane se auzea pe casă într-un anumit loc, un zgomot ca şi cum Grinda ar fi avut vecini, un lucru caraghios când te gândeşti. Iluzia asta probabil, că avea vecini, îl făcu totuşi o bună vreme să nu investigheze în nici un fel cauza zgomotului. Această poziţie era corectă; când, mai târziu se sui pe casă, se dovedi bineînţeles că de vină erau păsările şi o tablă desprinsă, pe care Grinda o bătu în cuie cumva împotriva voinţei lui, simţind că nu e totuşi deloc bine ce face. Staţia meteo, un fel de Blockbau din cununi orizontale de bârne, fusese oficial abandonată în '89, dar era într-o stare destul de bună. Era clar că mai fusese vizitată din când în când, iar din prezența unor butelii Kaminer, toate goale, și a câtorva cărți hrănțuite, Grinda deduse că existase măcar un episod comparabil cu al lui, în care un alt tip, cu golem sau fără, locuise aici o vreme. Mașina era parcată în așa fel încât să o poată vedea tot timpul pe fereastră și, curând după mutarea în stația meteo, chiar dormise în ea. După primele nopți în stație, ieșise într-adevăr afară într-o seară și simțise nevoia absolută de a dormi în mașină, în acea minusculă calotă polară, bine încuiată. Pentru prima oară coarnele ei i se părură prietenoase. Nu-i era clar împotriva cărei agresiuni găsea adăpost acolo, dar nu comentase dorința propriului corp. Dimineața puse mâna încet pe mașină, cum făceau marii iubitori de automobile sau de cai. Vreo două nopți îi revenise febra, de data asta infernală. Urechea îi pulsa ca o sirenă de poliție. De-abia se putea mișca să bea apă, și fiecare înghițitură îl făcea să se simtă mai singur decât brazii ăia care cresc pe un pinten de stâncă, deasupra hăului, fără să vrea să scoată cuiva ochii cu asta, acolo creșteau și gata.

În față, printre fagi, văzuse pe cineva ghemuit. Omul nu se mișca. Vedea o cămașă în carouri, capul era nefiresc într-o parte. Grinda încremenise și simțea un disconfort bizar, o urmă din frica pe care o simțise din când în când la Neumir. Apoi deodată omul se ridică în picioare și păru că se scutură. Grinda începu să râdă și înaintă printre copaci spre silueta pe jumătate ascunsă de frunze, mormăind binedispus.

— Ziua bună, nu prea vezi lume prin părțile astea, parcă ați ieșit din pământ așa, îndrugă el vesel într-o limbă pe care o considera prietenoasă, apropiindu-se până când, spre marea lui surprindere, constată deodată că avea în fața lui o femeie. Tăcu brusc în timp ce femeia se uita la el cu un disconfort chiar mai mare decât cel pe care-l simțise el însuși cu câteva clipe în urmă. Se vedea că stătuse mult în genunchi în pământul umed. În mână ținea o lopată pliabilă de infanterie pe care Grinda o recunoscu cu o tresărire.

— Și... îmi cer scuze pentru... Grinda se uită atent la femeie și nu avu cum să nu simtă ostilitatea ei. Mergeam prin pădure deoarece, în fiecare zi... Apoi adăugă repede, făcând un gest larg în spate: Locuiesc acolo, la stația meteo. Această ultimă afirmație, care sunase destul de natural și părea să aibă ceva legitimitate, îl făcu să se relaxeze puțin, și îi zâmbi femeii.

Ea păru să ia cu mare efort hotărârea de a se purta ca și cum nu s-ar fi întâmplat nimic (dar ce se întâmplase?), și atunci îi auzi vocea pentru prima oară.

— Bună... ziua. Bună ziua! repetă ea, de data asta grăbit și cu multă dârzenie. Iar între aceste două saluturi identice din punctul de vedere al conținutului, dar diferite din punctul de vedere al formei (dacă nu cumva a doua o implica pe prima, cum începuse să se zvonească), Grinda simți o oribilă cantitate de dorință brută de a face dragoste. Niciodată nu mai simțise ceva atât de primar. Dorința părea întotdeauna indusă. Oare cum se spărsese digul? Fusese faptul că figura hăituită a femeii avea ceva familiar, care venea de departe, sau o îndârjire care îl înduioșa? Amândouă erau lucruri care ar fi trebuit mai degrabă să inhibe dorința, și cu toate astea iată că ele creaseră fisura pe unde se putuse năpusti, ca un milion de metri cubi de apă, gândul acesta disperat, că, în fond, erau în pădure, probabil că nu exista nici un om mai aproape de 20 de kilometri, că el era bărbat și că în fața lui era o femeie al cărei păr... Sigur, asta era, părul, pe care ea și-l scosese deodată cu dosul palmei de sub cămașă. Și atunci Grinda făcu ceea ce masculii *homo sapiens sapiens* făceau de optzeci de mii ani, dacă nu și mai mult, adică se apropie de ea și zise aceste cuvinte perfide:

— Pot să vă ajut, întrebă el cu voce scăzută, întinzând mâna vag spre lopățica pe care femeia o strângea în mână și pe care ea, văzându-l, o duse instinctiv la spate.

Uitându-se în altă parte, Grinda mai făcu câțiva pași spre ea, aproape fără să-și dea seama. Corpul lui se despărțise în mod frenetic în compartimente care strigau în babilonia de limbi a corpului, dar mesajul era același. Era atât de aproape de corpul celălalt, încât deja între ei exista un flux de continuitate, iar Grinda simţi, fără cuvinte, două lucruri extraordinare, pe care nu le mai simţise niciodată, nici pe unul, nici pe celălalt, cu atât mai puţin simultan: că era recunoscător că putea adăposti în el atâta dorinţă fizică, şi că a o resimţi era o plăcere aproape mai intensă decât a satisface această dorinţă. Femeia nu mai zicea nimic, avea ochii pironiţi asupra lui şi înţelegea din toate astea un singur lucru, mare şi lat: pericol.

— Ai fost în ARPLA? întrebă ea deodată, încercând singurul lucru care ar fi putut-o salva.

Lucrul ăsta improbabil funcţionă. Nu pentru că ar fi creat vreo solidaritate între ei, aşa cum unul din tâlharii care te capturează în Ţara de Foc s-ar dovedi că e de fapt un tip din Crângaşi, de pe Constructorilor. Mai degrabă pentru că pe Grinda simplul nume ARPLA îl puse jos. Toată dorinţa se făcu ţăndări, bunătate de dorinţă se duse dracului. Ce-i venise să umble pe-aici? Ieşise soarele, exact când nu trebuia. Grinda se întinse în frunze. Femeia nu mai zise nimic şi continuă să sape în jurul vlăstarului de fag. Curând, reuşi să-l scoată şi înfăşură strâns o pânză de sac pe blocul de pământ din jurul rădăcinii. Apoi se uită nedumerită la el. El se uita la cer. Femeia se apropie însă, şi el avu deodată impresia că avea să înfăşoare şi în jurul lui un sac. La... revedere, zise ea, oarecum întrebătoare, dar apoi se corectă şi zise La revedere! energic, de parcă atât el, cât şi ea aveau să se reîntoarcă acum la o viaţă confortabilă, plină de satisfacţii. Nu se reîntoarseră însă atunci la această viaţă. Grinda o întrebase unde ducea copacii – erau aproape zece culcaţi unul lângă altul în luminiş acolo, şi pentru prima oară Grinda îi văzu ca pe nişte ghiulele gata să fie încărcate într-un tun – şi se oferise s-o ducă în maşina lui. Oferta se dovedi inutilă, pentru că femeia îi ducea prin pădure doar până la lizieră, acolo unde era parcată şi maşina. Însă cuvântul „maşină“ schimbă totul. Grinda nu şi-ar fi închipuit niciodată că va fi în situaţia să datoreze maşinii lui tovărăşia, fie şi temporară, a unei femei, dar acest loc comun de pe vremuri se dovedi adevărat cu asupra de măsură. Mai târziu, îi reproșă de multe ori în glumă lui Malù faptul că nu simțise și ea aceeași dorință pe care o simțise el, în clipa întâlnirii lor. Absurditatea acestui reproș o făcea inevitabil să se înfurie. Grinda se prefăcea de neclintit și spunea că orice nu începe violent, total, nu se poate niciodată dezvolta dincolo de o ornamentație superficială. Ea se apăra în fel și chip, acuzându-l că estetizează sau, din contră, spunându-i că îl compătimește pentru că face din sex un subiect de reflecție. Alteori începea să strige la el – de unde știi tu ce-am simțit eu? De unde știi?

Durase ceva timp până când începuseră să locuiască împreună la el, adică în stația meteo. Ei i se părea ridicol că această soluție exista încă în mintea unora care trăiau într-o situație așa improvizată, singuri pe coclauri, că se întorceau într-o schemă abolită cu mult timp în urmă. Se mutase totuși la el, îi adusese un ghiveci cu flori în casă (iată că aici nu vedea nimic ridicol). Cu o mătură luase de prin colțuri toate pânzele de păianjen, din care multe erau încă bune. Durase o săptămână de altfel și până când Grinda îi aflase numele. Într-o zi, în mașină – ăsta era spațiul sacru de-acum – ea îi spusese că o cheamă Maria Lucia. Grinda condusese mai departe, rumegând în liniște această informație, până când o întrebase, cu maximă seriozitate, dacă nu cumva numele ei era Maria... Lucia. Ea nu înțelese la ce se referea el. Celălalt face cu noi niște operații simple în care ne considerăm des minimalizați, chiar dacă de fapt rar se întâmplă să fim. Mai târziu felul acesta al ei de a repeta uneori cuvintele cu pauză între ele devenise una din glumele lor, unul din manierismele pe care le are fiecare cuplu, chiar și un cuplu contrafactual, ca ei, prin care cei doi coboară într-o amintire plăcută, sau dureroasă, în propriul puț întunecat care le aparține numai lor și ai cărui pereți trebuie reinscripționați periodic cu această marcă de proprietate. Întâlnirea cu ea îl făcu la început să se simtă bătrân, poate dintr-o ciudată cochetărie masculină. În loc să simtă o energie suplimentară, în loc să se creadă validat de acest nou spirit protector, care apăruse în viața lui absolut întâmplător, Grinda se regăsi în primele zile rupt în bucăți, ceea ce nu i se mai întâmplase, nu făcea parte din opțiunile lui. Poate ca o reflecție a acestei chestii, nu reușea s-o vadă pe Malù întreagă nici măcar după ce deveniră foarte apropiați, în acea bizară dragoste. Uneori se trezea gândindu-se la ea ca la un prieten foarte competent. Cum era posibil așa ceva? Cum dracu' se trezise pe cap cu acest respect pentru ea? De fapt, nu prea avusese de ales; în chiar ziua în care o cunoscuse, Grinda se confruntase cu dovezi imposibil de ignorat. Niciodată până atunci nu mai simțise atâta plăcere venind doar din respect. Când ajunseseră cu puietul de fag și de carpen la marginea pădurii, Grinda trecuse printr-un moment penibil, de care omul fuge toată viața, dar nu scapă, adică nu văzuse pădurea din cauza copacilor. Căuta din ochi un motiv pentru care ăsta era locul unde voia Malù să ajungă, pentru faptul că ea se oprise tocmai acolo ca omul care a ajuns în fața ușii casei lui. Abia puseseră jos copăceii, când pe Grinda îl cuprinse o bănuială, se uită în jur și începu să râdă dându-și seama că Malù plantase de una singură câteva mii de copaci, care mergeau geometric, în benzi, în jurul lizierei mature, până departe. Scotea lăstarele care apăruseră în adâncul pădurii, pe sub coroanele puternice ale fagilor uriași, și care aveau să se sufoce acolo. Aici, afară, aveau o viață întreagă înaintea lor. Dacă se prindeau măcar jumătate din cei transplantați era extraordinar. Cu alte cuvinte, își zise în sinea lui, fără nici o supărare, molcom, în vreme ce el petrecuse luni întregi plângându-și de milă, ea le petrecuse muncind. Și asta, venind după o înfrângere mai dură decât a lor la Neumir. La Comana, care nu era pe nici o hartă a monitorilor europeni, venise o trupă de mercenari, trebuia să fie doar o intimidare, dar lucrurile scăpaseră de sub control cu ajutorul unora din interior, rețeta clasică; umbla vorba, care totuși nu putea să fie adevărată, că îi închiseseră pe mulți în mașini și le dăduseră foc. Dar astea erau lucruri pe care Grinda le puse cap la cap mult mai târziu. Când terminară treaba, se apucă să adune bucățile de pânză de sac ca şi cum urma să le arunce, însă văzu că ea le aduna cu un fel de dragoste. Asta era dragostea pentru materialele şi uneltele cu care lucrezi, şi pe care nu le poţi procura uşor, sau care, noi, nu vor fi la fel de bune ca cele vechi, sau nu vor avea o mică arsură prietenoasă pe mânerul de lemn, sau o mică ciobitură, sau o mică îndoitură care aproape afectează eficienţa lor, şi totuşi n-o afectează. Nu avea de unde să facă rost de saci, se scuză ea. Altădată scuzele astea l-ar fi făcut pe Grinda să simtă că eroarea lui fusese observată. Dar acum apăruse deodată promisiunea că totul putea fi simplu.

Când ajunsese prima oară la el, Malù, într-o rochie indigo cu buline albe, nu arătase nici un fel de surpriză sau interes pentru habitatul lui. Când Grinda o rugase să-l însoţească la staţia meteo, de care, evident, venise deja vorba de mai multe ori, ea întrebase uimită, staţia de metrou? El nu ştia dacă ei i se părea mai plauzibil ca acolo să existe o staţie de metrou, iar nu o staţie meteo, şi dacă era posibil să fie sinceră şi să nu fi avut cunoştinţă de prezenţa acelei cabane nu departe într-un peisaj în care trăia totuşi de o bună bucată de vreme. Începuse să râdă de ea, zicând că era un Robinson care nu vrea să-şi exploreze niciodată insula, un Robinson care ar vrea de fapt o insulă mult mai mică, mai săracă. Era clar că Malù nu înţelege la ce se referă el, şi anume pentru că se gândea foarte intens la cu totul altceva, ceva care bloca orice altă idee, şi cu atât mai mult o idee care avea o brumă de fandoseală. Lui Grinda, oamenii absorbiţi de propriile lor obsesii îi fuseseră mult timp simpatici, ca unii care nu puneau preţ pe contingent şi care, la o adică, erau singurii de la care putea veni salvarea sau eroismul. Cu timpul chestia asta ajunsese să îl enerveze puţin, ca şi cum contingentul, micul prezent, această sfoară zilnică din jurul picioarelor, merita de fapt întreaga noastră dragoste, sau în orice caz era cu totul absurd să-l ignori şi să stai cu ochii aţintiţi, să zicem, la orizont sau în bezna fosforescentă a trecutului tău.

Malù stătuse la el două săptămâni, după care plecase. Grinda își reluase existența așa-zis minimalistă și discuțiile cu anemometrul. Când se ducea la magazin să ia mâncare, cei 20 de kilometri la volan parcă îl întinereau, or această întinerire era plăcută, un sentiment nu prea diferit de senzația de a cădea pe gheață. Condusul era o relicvă care evident nu se mai potrivea cu viața lui, și faptul că Grinda își putea închipui că duce o viață esențializată în pădure, dar cu mașina la ușă ar fi trebuit să fie un paradox. Creierul lui protesta argumentând că era atât de obișnuit cu condusul, încât nu mai vedea în mașina aia un recurs la tehnologie, ci o simplă scurtătură între două puncte, pe care o urmezi fără să te mai gândești că nu e cinstit să nu mergi pe drumul ocolitor. Parca mașina la magazinul lui Gfeller, unde exista un singur loc de parcare, întotdeauna gol, toată lumea parca mai încolo pe drum, și cumpăra cam aceleași chestii, uneori fără nici un dialog cu omul, alteori vorbind prea mult. Aștepta să înțeleagă lecția întâlnirii cu Malù, s-o înțeleagă fără să facă mare lucru pentru asta, să se trezească într-o dimineață știind, de exemplu, de ce frumusețea ei îl făcea să se simtă atât de vinovat sau de ce ea păstra bețele de chibrit arse.

Grinda își dădu seama că aștepta la coadă pentru că înaintea lui era cineva, ceea ce nu se întâmpla aproape niciodată. Omul cumpăra și el de-ale gurii, baterii și alte drăcii, nu era nimic ciudat în asta. Tocmai când să se adâncească din nou în gânduri printr-o manevră pe care o învățase în armată, îl auzi pe tipul din fața lui zicând: *What I'm looking for really is an Allen wrench and a Phillips screwdriver.* Băiatul lui Gfeller, un licean care nu făcea liceul și care apărea din când în când la tejghea, fără să pară prea deranjat că trebuia să facă asta, îi explică de câteva ori că trebuie să revină când e tatăl lui acolo, care vorbește ceva engleză. În timp ce spunea aceste lucruri, băiatul își scoase un pieptăn din buzunarul de la spate și și-l trecu prin păr o singură dată, apoi îl băgă la loc.

— *What's an Allen wrench again? One of them hex keys?* întrebă Grinda din spate.

— *You got that right, my friend,* spuse celălalt fără nici o bucurie în glas, nici reală, nici mimată, nu că ar fi fost nevoie.

— Omul vrea o cheie imbus și o șurubelniță cu cap în cruce, traduse Grinda. Nu te desparți decât de femeia pe care o iubești, *tant pis pour l'amour.* Dar el nici nu intrase încă în viața lui Malù, nici ea într-a lui, și despărțirile astea se întâmplau tot timpul, fără ca asta să însemne că nu erau foarte iritante, un prost obicei al vieții de a te plesni peste ochi cu potențialul ei. Lumea a luat-o cândva și a rupt-o pe genunchi pe Malù, fără să se poată afla ce și cum, decât dacă ai fi coborât suficient de adânc în această femeie. Suficient de adânc, adică până când devine nesigur dacă mai poți ieși la suprafață. Oare despre Carmen aflase ceva? Că doar acolo coborâse de nu se mai oprea coborârea. Te vor rezuma, dragul meu, te vor rezuma până behăi, cum spunea Uivărășeanu, o vorbă pe care acum credea că o înțelegea. Adică te vor reduce la niște accidente biografice, probabil. Dar Uivărășeanu se înșela, pentru că nu te reduc la asta niște oameni răuvoitori, care refuză să creadă că ești altceva decât un clișeu, ci te reduci tu însuți la asta de bunăvoie. În ușa magazinului erau acum o femeie cu copilul ei.

— Vrei o prăjitură? întrebă femeia.

— Da, răspunse copilul fără nici un chef.

În mașină se trezi gândindu-se și el la prăjitură. Ce știi despre un om după două săptămâni? Grinda avea cunoștințe foarte reduse despre psihicul uman, pentru că refuzase să pună cap la cap stimulii contradictorii pe care îi primise toată viața și să scoată din ei o curbă de predicție. Acum îi părea rău că nu avusese încredere, cum se cerea încă de la școală, în nucleul de cremene al caracterului fiecărui individ, cutare e rău! cutare e bun! ce repede ne orientăm!, care îți permitea să îl înțelegi, să te bazezi pe el și să știi că va da mereu aceleași rateuri, îi părea rău că nu reducea oamenii la cel mai apropiat întreg. În fața lui era mașina americanului de dinainte, mașină cu un număr sârbesc, care intră imediat pe un drum secundar care ducea spre Vad. Grinda conduse repede. Voia viteză pentru că viteza însemna mai mult prezent; dar mai mult prezent însemna mai multă discontinuitate. Malù nu se întorsese.

Într-o dimineață, Malù se întoarse totuși. Plecase din cauza Fordului, înțelese el, și nu puse prea multe întrebări. Văzuse ea cândva unul asemănător în colonia de la Comana. Dacă ea nu putea să trăiască cu mașina aia atât de aproape, foarte bine, atunci el avea să o parcheze ceva mai departe și gata. Cum să nu înțelegi că avem nevoie să fim în locuri perfecte, că, dacă așa funcționează Malù uneori, atunci trebuie să luăm asta în considerare, că, dacă locul în care se află e imperfect, dacă ceva în câmpul ei vizual e murdar, crăpat, prea nou sau necorespunzător din alte motive, asta o îngrozea, însemna că ea e o ființă imperfectă. Așa că Grinda avea să lucreze în sensul diminuării presiunii aplicate sistemului. Era atât de simplu să îl ajuți pe celălalt.

Malù avea șoldurile late, de tătăroaică, și era ceva care te întâmpina cu căldură în asta. Nu era o căldură care ți se adresa, dar erai în calea ei. Grația trupului ei apărea și dispărea. Uneori se întâmpla să fie stângace, aproape bătrânicioasă. Alteori trupul ei căpăta ceva statuar, dar nu grecesc, ci neolitic. Era acolo ceva puternic, ceva puternic dintotdeauna, un corp care te pune la adăpost de viață și de moarte, de propriul tău corp, de mintea ta. Nemaipomenit de frumoase, după orice standarde, erau mâinile ei. Mult timp, Grinda nu le văzu altfel decât uscate și crăpate și doar rareori curate. Erau totuși mâini de o nervozitate excepțională, care vorbeau cu totul altă limbă decât șoldurile, de pildă. Acolo unde șoldurile spuneau „încet, pașnic și la nesfârșit", mâinile voiau să te strângă de gât și să te mângâie și să-ți desfacă nodul gordian. Mâinile ei aveau niște resurse de energie complet separate de restul trupului și raportau experiențe și senzații direct unei puteri superioare, nu lui Malù. Grinda se uita mereu pe furiș la mâinile ei și simțea nu doar o admirație tehnică pentru edificiul și pentru cablajul lor, dar și dorința de a le simți pe amândouă agățate de spatele lui, chiar dacă ei tocmai aveau o conversație neutră. Altceva care sărea în ochi ca nepotrivit de frumos era părul ei, o altă ființă complet independentă de Malù, un stat în stat, cu propria lui industrie, politică și viață culturală. Grinda, neexperimentat, nu era în stare să-și explice exact de ce era acest păr atât de viu, de îți venea să-l saluți separat după ce-i dădeai bună ziua posesoarei lui. Era, adică, des? Sau oare foarte unduios, un termen pe care-l auzise uneori folosit? Târziu, învins, o întrebase chiar pe Malù care era șmecheria cu părul ăsta negru, sperând ca ea să zâmbească și să-i spună imediat despre ce e vorba, căci trebuia desigur să fie conștientă de această remarcabilă trăsătură a ei. Părul acesta trebuia să fi fost toată viața ei un subiect de conversație, nu cu bărbați, care rareori înțeleg corect un trup, ci cu alte femei, care de îndată ce ea se prezenta probabil îi ziceau aoleu, ce bogăție de păr ai, și, de unde acum un minut n-o cunoșteau, acum veneau la ea hipnotizate și-și băgau mâinile în părul ei și închideau ochii, parcă erau între pisici. Dar Malù nu știa nici ea care era secretul acestui păr și la întrebarea lui nu putu decât să spună absentă că da, ar trebui să-l spele, dar e așa mare tevatură, încât dă zi după zi... Iar bietul Grinda, un bărbat altminteri aproape mediocru și aproape normal, avea din când în când această dorință absolut inavuabilă, care îl făcea să aibă dialoguri îngrijorate cu sine însuși, ba chiar să se considere puțin bolnav, din cauza acestei dorințe, așadar – trebuie totuși spus negru pe alb – a dorinței ca penisul lui erect să fie pe deplin îngropat în frumusețea acestui păr viu ca o pădure neatinsă, o dorință foarte rușinoasă, nu?, în fine, rușinoasă doar dacă n-o iubești pe femeia asta, dorință pe care o alungă de câte ori putu, dar la care nu se îndură să nu reflecteze, încercând să înțeleagă ce-ar putea însemna, negăsind decât un răspuns de o neasemuită platitudine, că adică dorea să facă dragoste cu această femeie. Te pui cu chestiile pe care nu le-nțelegi? În fine, mai era cu femeia asta un lucru pe a cărui concretețe Grinda putea jura, dar care apoi i se refuza, și nu era o parte a trupului ei, era însăși tinerețea ei, o fantomă care o ținea strâns în brațe și care i se substituia uneori. Uneori i se părea că era chiar tinerețea de care Malù se zbătea să se elibereze, dar care nu accepta să fie alungată. Cum să faci să dai tinerețea aia la o parte, ca să poți ajunge la femeia pe care o ascunde? Grinda îi era recunoscător când zâmbea, pentru că atunci îi putea vedea ridurile de la ochi, apărute dintr-odată, de nicăieri, și atunci ridurile astea păreau că sunt o întreagă viață abandonată, încă așternută dinaintea cuiva tânăr, dar venită acum în grabă în ajutor. Iar primejdia în care era nevoie de ajutor era apropierea lui, ca apropierea cuiva care venea s-o readucă în istorie, cum vii să-i spui unui copil gata, e timpul să punem tot ce este frumos deoparte, să punem deoparte tot ce este colorat, tot ce este prietenos și să facem beznă și să sperăm că noaptea nu va fi mai lungă decât viața noastră.

În fiecare sâmbătă conduceau împreună până la Gfeller, unde avea loc transferul. Indiferent că ajungeau mai devreme sau mai târziu de ora stabilită, camionul era acolo, cu șoferul la volan, cu mâna scoasă pe fereastră, cu ochelarii de soare și radioul pornit, mereu cu un cântec despre Carolina, din care nu înțelegeau nimic: *Carolina du dansar, som ett smältvatten när det blir vår...* Odată ajunseră acolo cu o oră mai devreme, șoferul era acolo, Carolina la fel. Grinda nu știa de unde veneau copacii, auzise tot felul de variante, poate din pepiniere abandonate preluate de ARPLA, poate trimise de rezistența internațională. De la cel care-i aducea nu se putea scoate nimic, încercase de mai multe ori, dar celălalt zâmbea sau chiar râdea nemaipomenit de prietenos, uitându-se la el cu un fel de admirație că Grinda putea să aibă atâta haz. Grinda și Malù luau câți copaci încăpeau pe capotă, că erau 500 de glădițe de un an sau 50 de salcâmi de doi ani. Pe unii pe care credea că-i poate planta imediat la întoarcere Grinda îi tăia deja, lăsând doar zece centimetri de tulpină, restul urmau să fie tăiați abia după plantare.

Șoferul pleca în drumul lui, în care bifa, pare-se, și alte puncte de livrare. Bani nu luă niciodată, le făcea un semn de rămas-bun nu lipsit de o ironică veselie, întotdeauna cu mâna stângă, cea care ieșea atât de expert pe fereastră, sau poate omul era stângaci. Odată, Malù îl întrebă dacă ajungea cumva la Comana, și spre surpriza lor îl auziră pe șofer dându-le o informație, zicând, nu, la Comana nu.

Într-o zi Malù, care plecase cu mașina să cumpere o butelie, păru că întârzie. Deși nu era cu ochii pe ceas, se dovedi că probabil ceva în capul lui ținea socoteala, pentru că, de îndată ce trecură cinci minute după ora la care-și zisese el așa, orientativ și rezonabil, și fără nici un fel de angajament din partea ei, că o așteaptă, lui Grinda îi veni să se întrebe cât s-o fi făcut ceasul și uitându-se văzu că, într-adevăr, ea ar cam fi trebuit să se întoarcă. La gândul ăsta simți cum îi trăgea cineva un fir de adrenalină prin șira spinării. Ieșise din stația meteo și se uitase în zare. Nimic nu mai putea sta în calea îngrijorării. De ce-o lăsase să se ducă să ia butelii, asta era treaba lui. Oricine știe cât de periculoasă e butelia. Până și conceptul e periculos. Suflete ținute înăuntru sub presiune. Sau poate Malù mințea, mințise în tot acest răstimp, se vedea cu altcineva. Cineva care punea copaci într-un mod mai competent, sau care era mai puțin idiot ca Grinda. Aici îngheță de-a binelea. Cum altfel puteai să-ți explici că nu mai făcuseră dragoste de câteva zile dacă nu prin faptul că ea era cu altcineva, pe la Gfeller apăreau tot felul de inși spătoși, sau mustăcioși, sau și una, și alta, sau nici una, nici alta, așadar tocmai buni, tocmai ideali pentru ca Malù să se îndrăgostească de ei, nu, nu să se îndrăgostească de ei, nu asta era problema, dar tocmai buni ca Malù să și-o tragă cu ei violent acolo în garajul din spate. Gândul ăsta îl chinui nițel, apoi dispăru fără să fi fost rezolvat în vreun fel, fiind și singura oară în viața lui când Grinda simțise gelozia, șuvoiul acela abject, în care te scalzi orb, tremurând. După o jumătate de oră sau trei sferturi de oră de mers, Grinda văzu în depărtare mașina la marginea drumului. Se apropie curios de liniștit, deşi nu avea nici un motiv să fie liniştit. Din contră, faptul că maşina era trasă aşa pe marginea drumului nu era deloc în regulă. Dar oare chiar ştii când eşti liniştit? Grinda se apropie în pas mai vioi. Maşina părea OK, nici o urmă de accident, fusese parcată perfect paralel cu drumul. Ce se întâmpla în această maşină? Grinda îşi luă inima în dinţi şi îşi apropie capul de geam. Malù era înăuntru singură, cu capul lăsat pe tetieră. Îşi dădu imediat seama că dormea şi începu să bată în geam ca un apucat, un lucru iraţional fără îndoială, căci o opţiune la fel de validă, în orice caz de luat în considerare înainte de a hotărî ceva, era s-o mai lase să doarmă, pentru că somnul e sfânt, când cineva doarme înseamnă că acest lucru e important pentru viaţa lui. Malù făcu ochi şi se uită prin geam la Grinda, obosită. Câteva clipe se uitară unul la altul prin geamul ăla fără să zică nimic. Îl umplu în clipa aia o milă nesfârşită de ea şi de el, venită de niciunde. Pe bancheta din spate era o pungă din care ieşeau două pâini. Grinda îşi puse iar mâinile pe geam. Portiera era încuiată, dar Malù o deschise dinăuntru.

— Ai luat butelia, întrebase el, negăsind nimic mai puţin stupid de zis.

Femeia, la rândul ei, se uita la el de parcă nu-l mai văzuse niciodată. Grinda intră în maşină, dar în loc să o ia în braţe începu să se uite înainte prin parbriz. Nici atunci, nici mai târziu, nu mai vorbiseră despre acest episod. Era trecutul ei, în care prezentul lui n-avea ce căuta. Nici nu conta ce se întâmplase la Comana. Fiecare act generos se plăteşte, fiecare angajament tineresc, fără excepţie, tot ce am făcut când eram în culmea substanţei noastre, când părea o glumă că peste o vreme ne vom bloca sau o vom lua în jos. Conta să ai pe cineva lângă tine care să nu ţi-o ia în nume de rău că încă plăteşti.

Povestea cu bărbatul puternic nu era ceva nou pentru Grinda, era trăită de mulţi în diferite variante, dar fiindcă i-o spunea Malù era mai atent ca niciodată, cine ştie, poate voia să vadă dacă n-are ceva de învăţat de aici. Malù se căsătorise cu tipul ei curând după ce se cunoscuseră în facultate, și anume pentru că era un bărbat puternic. Era ceva timp de-atunci. Ce însemna puternic? În primul rând, avea o voce profundă, superbă, cu vocea aia putea să facă orice fără să miște el un deget, muta cărămizile în garaj, împiedica rușii să treacă Prutul și pe ea o aducea la orgasm. Când se întâlneau și el își scotea vocea și începea s-o folosească în prezența ei, Malù intra într-o stare de visare, căci omul cu o asemenea voce nu putea fi decât un om integru, interesant și întreprinzător, care avea să facă totul pentru ea și în orice caz să fie cu ea până la moarte. Malù nu era romantică, dar nici nu-și propunea vreo formă de intoleranță față de promisiunea pasiunii. Omul era puternic și într-un sens foarte concret, adică putea să ridice chestii grele. Să fim serioși, cui îi plăceau bărbații nătângi, care-și cereau scuze că-și cereau scuze? Din motive nu greu de povestit, ba chiar destul de banale, Malù avea în minte încă din adolescență, printre criteriile importante de ales un bărbat, să fie suficient de puternic ca să te poată duce în brațe până la cel mai apropiat spital. Ce folos că e chipeș, sau visător, sau are o voință de fier, sau bani de aur, dacă, la o adică, într-o situație, nu e în stare să fie puțin preistoric și să te ducă în brațe, ca un bărbat, până la etajul trei, sau până la dispensar, să-ți facă serul antiviperin. În fine. Malù avusese pe scurt și surpriza plăcută că omul nu numai că era bine clădit, dar chiar era destul de solid și psihologic, adică nu-l îndoia o problemă sau o zi proastă. Ăsta era chiar un noroc, pentru că ea nu avusese timp să-l evalueze conform acestor criterii, dar din fericire calitățile se pare că vin așa la pachet, unora le dă Dumnezeu gene bune cu nemiluita. E, cu acest tip mersese ea în Cappadocia, unde închiriaseră o mașină și unde avusese loc acest accident plin de învățăminte. Aduseseră valizele din hotel și bărbatul puternic se suise la volan să dea mașina mai în față și în loc s-o dea mai în față dăduse din greșeală în spate, poate mașina nu era la punctul mort, ci în marșarier, cine știe, că el se obișnuise cu o mașină cu cutie automată, cert e că Malù, care stătea în picioare chiar lângă portbagaj, fusese lovită peste genunchi și căzuse cu capul de mașina din spate, așadar un accident cretin, culmea stupidității, care trebuia să se întâmple chiar în timpul concediului lor. Malù din fericire avea o asigurare de călătorie atât de bună pe cât fusese accidentul de stupid, o asigurare franțuzească, făcută prin taică-su, care din când în când își făcea simțită prezența tocmai din Montpellier sau Lille prin bizare ajutoare și momente de sufletism, n-are importanță, avea să dureze vreo doi ani până să se recupereze de pe urma accidentului, culmea e că genunchii fuseseră OK și nici măcar comoția cerebrală nu fusese chiar așa rea, doar că nu se știe cum își sfărâmase cotul când căzuse la sfârșit pe ciment. Până la urmă astea nu contează, adică nu contează în logica în care e spusă această poveste, bineînțeles că pentru ea contase foarte mult, că doar ea stătuse la spital din cauza accidentului, și nu noi, dar chestia aici era cu totul alta. Bărbatul puternic, în loc s-o poarte pe brațe la spital așa cum ea visase atâta timp, ieșise panicat din mașină după ce o lovise, o văzuse prăbușită pe caldarâm și făcuse infarct. Învățămintele poveștii treceau deci dincolo de ideea că trebuie să scoți mașina din viteză înainte s-o pornești. Noroc că turcii de la hotel îi duseseră pe amândoi la spital, bărbatul își revenise, fusese doar un preinfarct, dar de-atunci încolo nimic nu mai fusese ca înainte, al dracului accident îi venea tot timpul în minte femeii, care pesemne reevalua totul și, culmea, în seara când îi spusese că poate ar fi mai bine să divorțeze, îl văzu și pe el deodată relaxându-se, ca și cum o crispare oribilă dispăruse în sfârșit din viața lui.

Grinda îi povestise și el despre Carmen Ottomanyi, mai mult din obligație, trebuia să dea ceva personal la schimb, deși n-avea nici un chef să răscolească în cazanul ăla, dar apoi, pe măsură ce vorbea, îi veni și cheful de a da mai multe detalii, ca o poftă care se trezește dacă e zgândărită puțin, chiar contra voinței tale. În plus, curând, auzindu-se vorbind, deveni interesat de povestea care îi ieșea pe gură, de cât de străină și trivială era, așa cum sunt întotdeauna lucrurile care ne-au durut atunci când trebuie să le preschimbăm într-o dare de seamă, atunci când oamenii îți zic la sfârșit, și pe bună dreptate, ah, asta e nimic pe lângă ce mi s-a întâmplat mie, sau lasă, n-a murit nimeni, tu să fii sănătos. Malù punea întrebările care trebuiau puse, ținându-i puțin partea lui Carmen, așa cum era și normal, nu pentru că era femeie, bineînțeles, sau pentru că cealaltă era absentă, ci ca să-și dovedească imparțialitatea. Cu copilul ce faci? Nu e copilul meu, zise el. Am înțeles că nu e, dar acum Argiro te iubește pe tine și tu pe ea, trebuie să găsești o soluție ca să fii cu fetița cât mai des. Grinda ridică din umeri. Această ridicare din umeri nu însemna câtuși de puțin că nu contează, era doar o formă de suferință, cea mai simplă dintre ele.

Chiar a doua zi se întâmplă să-l sune Argiro. De-a lungul conversației mâncă, după socotelile lui Grinda, trei mere. Lipsa de grabă din vocea ei curată ca o tulpină îi făcu foarte bine.

Și înainte de stația meteo Grinda ar fi trebuit să aibă ceva experiență la ieșit din istorie cu o femeie, și totuși nu era deloc pregătit pentru ceea ce se întâmplă acolo. Era posibil să trăiești cu cineva fără nici un plan. Era posibil să trăiești cu cineva ca după război, când oamenii și-au pierdut familia, nu vorbesc limba unul altuia și nu așteaptă nimic mai mult decât ca seara să mănânce orez, având poate uneori și niște carne de pui sau niște ciuperci în orezul ăla, și apoi să doarmă în același pat, făcând dragoste din când în când. Mai târziu, când din păcate se întorseseră în București, avea s-o descopere, măcar uneori, pe Malù vorbăreață, cu mintea ei lumească, cu anii ei petrecuți în Franța, cu neașteptate competențe care îl surprindeau și îngrijorau pe Grinda. Ar fi vrut ca singura lor competență să fie ieșitul din istorie, trăitul fără nici o impostură în acea tovărășie blândă și necondiționată, în care nu exista ambiție, grabă. La stația meteo avea toată tăcerea pe care și-o dorea, o tăcere de o plinătate pe care el n-o mai cunoscuse până atunci; simpla alăturare a cuvintelor „tăcere“ și „plinătate“ l-ar fi enervat pe vremuri. Cu Malù descoperi la stația meteo că numeroase chestii simple erau cu-adevărat posibile. Da, ea ştia ce vrea el să facă, nici măcar o dată Grinda nu apucă să aibă nevoie de un obiect care să se afle în mâna ei, pentru că ea deja i-l întindea, niciodată nu vru să treacă printr-un loc ocupat de ea, niciodată nu avu nevoie să facă altceva decât să-i arunce o privire ca ea să îi întoarcă instantaneu privirea ei cu exact acelaşi conţinut. Eşti stăpânul şi sluga celui pe care-l iubeşti, aşa auzise cândva Grinda, poate la o emisiune stupidă, poate în Pasolini, dar aici era altceva, aici era vorba doar de căldură. Îmbrăţişarea ei avea o densitate uluitoare, cu solidarităţi de toate felurile, toate mergând până-n pânzele albe. Simţea în braţele ei că ceva nu era în regulă cu tot ce auzise despre univers, simţea că tot ceea ce, conform simţurilor şi raţiunii, se diferenţiase în chestii separate pe raze de miliarde de ani-lumină nu era de fapt decât unul şi acelaşi lucru. Dar până la urmă Grinda acceptă că era altceva care făcuse anotimpurile de la staţia meteo să fie atât de ciudate, atât de bune. Era prima oară când iubea nu pentru îndepărtarea de moarte, ci pentru apropierea de viaţă. Cunoscuse până atunci iubirea sub formă de cioburi de o extraordinară frumuseţe, pe care le ridicai în dreptul ochilor fără să-ţi vină să crezi că ceva atât de minunat poate să existe, cioburi care a doua zi nu se mai potriveau unul lângă altul. Acum vedea vasul însuşi, cu sutele lui de figuri şi arhitectura lui de statuie, iar a doua zi şi în fiecare zi totul era încă acolo, liniştit şi copleşitor. Staţia meteo nici nu mai arăta aşa rău ca pe vremea când se instalase Grinda în ea, dar nu pentru că s-ar fi simţit neapărat vreo mână de femeie, ci pentru că el devenise mult mai ordonat. Malù nu îl împinsese nicidecum în direcţia asta, fusese o nevoie resimţită chiar de el. De altfel, dacă ea ar fi vrut ceva, mai multă curăţenie sau cine ştie ce, un piţigoi, de exemplu, Grinda n-ar fi întârziat să afle, chiar şi fără să-i zică ea. Şi aici intervenea problema sincerităţii lui Malù. Nu exista picătură de minciună în ea, într-atât încât nici măcar de sinceritate nu mai putea fi vorba, cuvântul ăsta sugera că ar fi existat şi o alternativă, or ea era de neconceput aici. Malù era singurul om în care el nu văzuse vreodată o urmă de calcul, de retorică. Singura retorică era, poate, tăcerea ei legată de ce se întâmplase la Comana. O vreme, Grinda simți constant dorința de a scoate de la ea această informație, un fel de încercare de a elimina rațional orice dubii legate de Malù, dubii de care simțea altminteri că sunt jignitoare și pentru ea, și pentru el. Apoi își spuse că pământul în care erau rădăcinile ei nu avea nici o importanță, că nu contau decât trunchiul și crengile ei.

Destul de curând Grinda îi explică lui Malù că nu putea auzi bine cu urechea dreaptă și că ținea foarte mult ca ea să se afle de partea lui stângă atunci când avea orgasm. Malù dăduse să râdă, dar era greu să râzi în timp ce celălalt se afla în tine, era poate chiar interzis să râzi înainte ca celălalt să fi fost în tine atâta timp încât despărțirea dintre corpuri să fi fost anulată. Grinda își dădu seama foarte rapid că nu făcuse niciodată dragoste cu adevărat până atunci, fără să aibă habar cât de mulți bărbați aflau asta doar destul de târziu în viață. Nu descopereai, bineînțeles, o coregrafie nouă, ci o altă reciprocitate, o minte mai înfometată decât corpul. Puteai iubi o femeie în multe feluri, chiar fără să faci vreodată dragoste cu ea, dar unul dintre ele avea particularitatea că, dacă făceai totuși dragoste cu ea, era ceva fără egal pe lume. Apăruse, s-ar fi zis, în viața lui configurația pentru care Grinda era programat, piesa lipsă, toate clișeele astea. Lucrurile nu erau simple. Fericirea e greu de gestionat, poți să fii recunoscător că o simți, dar poți și să turbezi la gândul că ai pierdut atâta timp în irelevanță, în strădanii bezmetice.

Făcură o vizită împreună în oraș, deoarece e inevitabil în orice poveste ca un personaj să se îndrepte tocmai spre animalul exotic de la care i s-a prezis că i se va trage sfârșitul. Coborâră din mașină amețiți, de parcă ar fi mers zece ore, nu o oră. În loc să calculeze cum era mai eficient, dacă să cumpere mai întâi cazmale, apoi pastile de stomac și apoi bocanci pentru ea,

Grinda avu chef să stea cu ea la o terasă. Malù protestă, să terminăm întâi treaba și apoi..., dar el nici nu vru să audă. Ținu chiar să-i aducă aminte că oricum nu va găsi bocanci așa mici aici, pentru numere de-astea dificile va trebui să meargă undeva departe, unde există magazine serioase de încălțări, toată lumea știe asta. Lui Malù nu-i pică bine această remarcă. Purta de aproape un an încălțări prea mari. Dar era prea ocupată să-și controleze disperarea pe care o simțea văzând șirurile de arbori de metal de-o parte și de alta a străzii. Iar resursele care-i mai rămâneau erau consumate de întrebarea de ce Grinda nu e la fel de afectat ca ea de acest spectacol.

— Îți promit că găsim, o dădu Grinda cotită, deodată generos la gândul că va bea o bere cu ea în oraș ca pe vremuri, un gând greșit formulat, pentru că ei niciodată nu mai băuseră o bere în oraș.

Așezați la masă, Grinda parcă o luă razna. Se simțea foarte bine, făcea glume, dacă Malù nu zicea nimic, inventa el altceva, vorbi o vreme franțuzește pretinzând că e un bucătar marocan, fără să i-o ceară nimeni, apoi făcu două glume cu chelnerul, care râse profesional și apoi le puse o mică floare pe masă. Grinda îl chemă înapoi pentru o a treia glumă. Rămas singur cu Malù, pretinse că ea era o necunoscută care se îmbătase și începu să toarne chestii ambigue, pe jumătate libidinoase, pe jumătate cărturărești. Curând omul își pierdu însă cheful și deveni un tip oarecare la o terasă. Malù se simți deodată vinovată că nu-l încurajase în veselia lui, care era totuși rară. Își așeză mâna peste mâna lui, pentru că este prin definiție mai potrivit să le arătăm celor pe care îi iubim că-i iubim prin gesturi care arată iubire, dar n-o cuprind, decât prin gesturi care cuprind iubire, dar n-o arată. În clipa aia Grinda se întunecă. Văzuse în colțul terasei un tip cu ochelari de soare care era fără îndoială șoferul cu care se întâlneau săptămânal la Gfeller ca să preia copaci aduși de prin pepiniere obscure. Până să se dumirească Malù, Grinda se ridicase deja să-i ceară celuilalt socoteală, nu se știe pentru ce, probabil avea impresia că a fost urmărit. Dar Malù văzu că şoferul îl primea cu bucurie, râzând şi întinzându-i mâna cu un gest plin de prietenie. O ţinură aşa într-o bună dispoziţie câteva minute, după care Grinda se întoarse la masă înjurând. Pe drumul de întoarcere până şi el observă că sutele de arbori erau instalaţi la distanţe mult mai mici decât se spunea că erau în Bucureşti. Dar asta era politica în oraşele de la munte, aflate prea aproape de păduri care nu puteau fi complet gestionate încă – o prezenţă demonstrativă, compensatorie, a arborilor construiţi.

— Ştiai? De Crăciun e o mare întâlnire ARPLA chiar în Vad, zise Grinda încă înainte să se aşeze, fără să se uite la ea. Au înnebunit.

— Ce întâlnire? întrebă Malù, îngrijorată şi din cauza cuvintelor, şi din cauza tonului.

— Da, e absurd. Să aduci reprezentanţi din colonii în oraş ca să le ţii un discurs în biserică!

— Cum adică în biserică?

— Aşa umblă vorba. Coloniile ştiu deja, şi probabil şi unii din cei izolaţi. Acum ai aflat şi tu. Ce înseamnă mişcarea asta?

— Nimic bun. Pentru nimic în lume nu aduci coloniile separate în acelaşi loc!

Grinda înţelese exact la ce se referea ea. Mai vorbiseră despre asta. Era deja organizată o rezistenţă în rezistenţă, aşa cum se întâmplase cu toate revoluţiile, ale căror conducători întorceau apoi armele unul împotriva altuia sau se ostracizau unul pe altul. ARPLA era acum împărţită în divizii diferite în Ardeal, Moldova şi Ţara Românească, şi era foarte greu de zis cât de centralizată rămăsese chiar şi în interiorul provinciilor. Să pui în contact colonii diferite însemna să vrei să controlezi rezistenţa, nu s-o faci mai puternică.

— Ba le aduci, le aduci lăsând să se înţeleagă că încurajezi disidenţa, ca să poţi să-i cunoşti, să-i infiltrezi, să-i recrutezi pe cei care s-au îndepărtat de centru, zise Grinda plin de draci.

— Oricum, n-o să vină nimeni în Vad, biserica n-are nici un cuvânt de spus în colonii, pur şi simplu sunt alt fel de oameni.

— Habar n-ai cât de înşeli, izbucni Grinda, ideea lor e genială. Toate spiritele libere, toţi radicalii care vin să dea cu cazmaua pentru binele planetei sunt roşi de tot felul de nostalgii după mama, după cozonaci şi colinde. Vor veni la biserică chiar dacă trebuie să împacheteze în minte totul într-un fel de misiune de recunoaştere, post-ironică, sau dracu' ştie cum.

Urmă o pauză în care ochii ei nespus de clari se mişcară de la stânga la dreapta.

— Trebuie să mergem, se replie Malù, gânditoare.

— În nici un caz! zise Grinda, aşteptând totuşi argumentele ei.

— Avem nevoie de reţeaua lor. Ce facem noi e ridicol de puţin, numai împreună putem... ăă, putem schimba ceva. Nu mă judeci stilistic, sper! Ceea ce reuşim noi de capul nostru seamănă prea mult cu un fel de hipstereală fără disciplină. Şi, oricum, acolo nimeni nu va şti dacă eu sau tu sau altul suntem din vreo colonie sau nu, vom fi amestecaţi cu turişti, cu localnici...

— Vom fi amestecaţi în primul rând cu băieţi de-ai lor în civil. Nu pot să cred că eşti aşa naivă...

Vru să adauge „după tot ce ţi s-a întâmplat la Comana", dar ar fi fost josnic. Cât despre disciplină, el nu cunoştea pe nimeni din colonie care să lucreze atât de mult şi atât de disciplinat cum văzuse că lucrase ea singură şi apoi cu el la staţia meteo.

— Te rog!

Grinda înregistră rugămintea.

— Îţi dai seama că asta e nici mai mult, nici mai puţin decât un congres ARPLA în Biserica Adormirii Maicii Domnului! E ridicol.

— Uite, renunţ la bocanci, putem să mergem direct acasă, zise ea.

El deschise portiera şi dădu să se suie la volan, apoi îi dădu ei cheile şi înconjură maşina.

— Hai şi-un lup mâncat de oaie, comentă el, abscons.

Noiembrie fusese o lună excelentă, el și ea plantaseră mii de copaci. Trebuiseră, ce-i drept, să renunțe la unele specii pe care înainte le obțineau balotate și care acum nu mai erau de găsit. Dar puietul cu rădăcini dezvelite era încă disponibil, și apoi ei transplantaseră nenumărate mlădițe din umbra altor copaci și le aduseseră în noua lor pădure. La început râdeau de faptul că pădurea asta era un Frankenstein alcătuit din părți care n-aveau ce căuta una lângă alta, cu salcâmi și stejari amestecați printre fagi, goruni și molizi.

— Pun pariu că există pe undeva păduri cu combinația asta de specii. Și oricum nu vrei să se poată spune că respingem anumite specii ca inferioare și dorim să păstrăm puritatea pădurii..., glumi Malù.

— Perfect, atunci bagă și pești răpitori în crescătorie, mormăi Grinda cât putu de acru.

Într-o zi, când primiseră după ceva vreme mai mulți stejari cu rădăcina protejată în saci mari în care fusese cândva cafea, se distraseră construind o teorie cât se poate de fistichie legată de pădurile plantate în coloniile ARPLA, care ar fi păstrat spectaculoase formule matematice într-un cod hexazecimal, folosind șaisprezece specii diferite. Pe Grinda îl amuzase atât de mult teoria asta, încât îi povesti și lui Argiro la telefon despre ea, sperând s-o facă să râdă, dar fetița parcă se maturizase peste noapte și îi spusese că nu vrea să vorbească despre copaci, pentru că acum copacii erau secreți. În București nu era niciodată așa cu el, sau poate doar atunci când îi punea mâncarea în față și ea inspecta această mâncare de parcă i-o adusese un dușman care ar fi putut strecura înăuntru tot felul de chestii oribile.

— Ari, copacii nu sunt secreți, nimeni n-a uitat copacii, o liniștise el.

— Azi am mușcat din furculiță, începu fetița să-i explice.

— Am înțeles, ca să-i faci în ciudă lui Carmen.

— Pentru că mereu îmi spune să...

Vocea ei la telefon îi aminti lui Grinda aproximativ o mie de lucruri. Într-o zi mersese cu ea la Ivirești și trăseseră cu arcul. Pe-atunci nu se construise încă nici un copac acolo. Argiro adormise într-o grămadă de frunze. Îi pusese lui în vedere s-o trezească dacă apare vreo veveriță, ca să nu cumva s-o rateze. Grinda promisese. Misterul omului care doarme avea ceva înspăimântător. În timpul somnului copilul era mai amenințat ca oricând, și ceea ce îl amenința era chiar adultul ce urma să devină. Păcat că nu se bucurase mai mult de momentele alea, din care trebuia să fi eliminat orice anxietate de lux. Acum trebuia să faci călătorii ca să vezi scoarța copacilor, de parcă era o relicvă. Iar pe Ari cine știe când avea s-o mai vadă, trebuia să se întoarcă mereu la imaginea ei în parcul Popa Soare sau la părul ei făcând cuminte un tur de patinoar.

— Azi-dimineață iar am găsit un șarpe în piscină. Un șarpe subțire, o auzi din nou în telefon.

— Și ai intrat în apă și ai înotat cu el!

— Da, pentru că mama a spus ca nu cumva să...

Grinda ar fi preferat să nu fie nevoie să vorbească despre Carmen, dar era clar că lui Argiro tocmai asta îi făcea bine.

— Mai târziu n-o să mai poată să-mi spună ce să fac, de exemplu când o să fiu eu la prima căsătorie, îl lămuri ea serioasă, făcându-l să râdă de unul singur acolo, în mijlocul pădurii. Copilul triangula după puteri între figurile de adulți din jurul lui ca să înțeleagă ce e normal și ce nu. Și din când în când îl suna și pe Grinda pentru contribuția lui minimală, de aliat necunoscut.

La stația meteo lăsară uneltele și ieșiră într-un luminiș unde mâncară stând de vorbă. În timp ce Malù îi întindea ardeiul, Grinda căzu dintr-odată în viitor. Cum avea să-și amintească scena asta, scăldată în ce fel de muzică? Multe amintiri frumoase devin nefrecventabile deoarece au fost smulse vieții cu mare efort, au fost obținute mergând împotriva unui întreg set de condiționări, de obicei foarte legitime, așa că apoi s-au încărcat de vinovăție. Iar pe de altă parte pentru perioadele foarte grele din trecutul tău te încearcă uneori o abjectă nostalgie – după ce ţi-o fi dor? Păi ţi-e dor de solidaritatea extremă cu tine însuţi pe care a creat-o creierul tău atunci ca să-ţi permită să supravieţuieşti. Ardeiul ajunse la destinaţie, fără să aducă vreo clarificare. Malù părea cu totul şi cu totul satisfăcută de acel picnic, uriaşă calitate, de a putea fi satisfăcut pe deplin, probabil ceva care nu se putea educa. Reveni şi Grinda alături de ea, vesel şi frivol, la timp ca să facă o glumă de care nu se putea spune nici măcar că era previzibilă, era practic deja încorporată în ceea ce tocmai spuse Malù, care însă râse oricum la cuvintele lui. Altminteri tot el era cel care se întorsese după bocanci şi găsise numărul ei până la urmă, fiind aparent de părere că un om se judecă întâi şi-ntâi după îndeplinirea promisiunilor mici. Era totuşi frig, aşa că în curând se întoarseră la staţia meteo. Malù făcu focul, ceea ce îi aminti lui că trebuia să spargă lemne. Împrumuta uneori o drujbă de la Gfeller ca să facă bucăţi câte un trunchi mort sau prăbuşit la furtună şi să-l pună la uscat, dar tot trebuia să mai pună mâna pe topor să le mai mărunţească. O întrebă pe ea dacă are chef de treabă pentru că ştia că, nu se ştie din ce motiv, îi plăcea foarte mult activitatea asta, uneori o auzea afară râzând după ce lovea cu toporul. Dar de data asta Malù ridică ochii din carte şi se uită la el de parcă era nebun. Aşa că începu să taie el lemne, cu mai multă forţă, dar mai puţină precizie decât ea. Câte un butuc trebuia înfipt bine în topor şi apoi prăvălit cu forţă pe capră ca să sară în două, fiecare bucată lovindu-se apoi de alte lemne cu un zgomot copilăresc. Era ca şi cum ai fi ridicat în aer o cizmă cu cinci kilograme de noroi pe ea, pentru a face cizma să funcţioneze mai bine. După un sfert de oră era aproape gata, încălzit cât să reziste o iarnă întreagă doar din căldura aia. Mai pregăti câteva bucăţi mai acătării, o despică pe prima şi îi veni şi lui să râdă. Malù deschise uşa şi rămase în prag uitându-se la el, continuând să mănânce tacticos dintr-o cutie de plastic cu clapete de-o parte şi de cealaltă. Poate asta era viitorul, imaginea asta.

În timpul slujbei din Vad, cineva cu o mapă își croi drum până la ei prin biserica ticsită de enoriași improvizați și începu să le explice în șoaptă și clătinând din cap că ceea ce făceau ei n-avea nici un rost, că doar în colonie puteau să-și atingă scopul. Grinda îi spuse că nu înțelege la ce se referă. Tipul îi puse sub nas o foaie de hârtie rugându-l să-și treacă acolo numărul de telefon și adresa ca să poată fi contactat. Pe spatele foii era un mic desen mobilizator, altminteri bine făcut, à la Rodchenko. După ce insul trecu la altcineva, Grinda și Malù se uitară unul la altul ca să se sfătuiască dacă avea sens să mai stea. Predica era o capodoperă de ambiguitate pe care ar fi putut-o ține un pădurar sau un polițist. Numele ARPLA nu fu pronunțat și nici despre colonii nu se vorbi, totul era un fel de îndemn general la unitate, la continuarea luptei uniți în jurul conducătorilor, totul brodat în jurul unei parabole din Evanghelia după Luca: „Dacă ați avea credință cât un grăunte de muștar, ați zice dudului acestuia dezrădăcinează-te și sădește-te în mare, și v-ar asculta". Dacă asta însemna că trebuia continuată plantarea copacilor, pe măsură ce în orașe ei deveniseră interziși, era neclar. Totul putea fi interpretat și pe dos. Un alt tip cu o mapă dădu să le spună ceva, dar Malù îi spuse că au vorbit deja cu colegul lui. Acela însă, zelos, nu se dădu deloc dus, și le atrase atenția că, lucrând independent, randamentul lor era mult mai mic și că dacă se vor hotărî să se alipească unei colonii – la alegere, oriunde doresc ei, sublinia el – sunt oricum bine-veniți, înainte de a fi prea târziu și de a regreta că n-au renunțat la disidența inutilă și contraproductivă. Chiar acum el îi invită pe amândoi să vină la o discuție amicală și necesară. Malù îi spuse că erau doar turiști în trecere și refuză până și să ia foaia pe care i-o dădea celălalt. Până la urmă o luă Grinda, pentru că nu mai scăpau de el. Omul nici nu plecă de altfel decât după ce-și făcu un selfie cu amândoi. Malù răsuflă ușurată și de altfel curând oamenii cu mapele ieșiră unul după altul din biserică, se suiră în mașini și plecară. Putură să se uite ușurați în jur, încercând să înțeleagă pentru ce fuseseră aduși acolo. Deja hotărât să plece, în loc să se mai concentreze la vorbele pe care le auzea la microfon, Grinda vru s-o întrebe dacă la Gfeller aveau să deschidă de Sfântul Ion, când simți ceva în păr și văzu pe fața ei praful albastru așternându-se susurând, nu ușor, ca făina, ci ca și cum ar fi fost magnetizat. Fără ca măcar să apuce să fie intrigat, Grinda se uită în jur, unde peste tot se cernea pulberea asta a cărei proveniență era inexplicabilă, era de parcă toate frescele din catedrală se făcuseră dintr-odată fulgi. Dar era clar că nu ăsta fusese începutul, pentru că, atunci când se risipi tunetul, tunetul ca al unei furtuni de interior, unii deja alergau spre ieșire printre candelabrele de pe podea, deci trebuie că fuseseră și alte semne, pe care Grinda nu le prinsese. O femeie foarte fardată, cu capul acoperit cu o basma bătrânească, își împinse cei trei copii sub bradul împodobit de lângă altar. Mulți dintre cei din ARPLA adunați acolo făcură deodată pasul unul către celălalt, strângându-se unul într-altul în mijlocul navei centrale. Întorcându-se încă fără nici o grabă către Malù ca s-o ia pe după umeri, Grinda văzu un tip, ras în cap și cu ochelari de soare pe creștet, cu fața toată brăzdată de șoc, deschizându-și brațele extraordinar de mult și cuprinzându-i pe toți, ca un rugbist. Era ca și cum totul se prăbușea de câteva secunde bune, iar Grinda observa abia acum. Apucă doar să-i zică lui Malù „nu-i nimic", în timp ce două coloane centrale se îndoiră în direcții opuse către navele laterale cu un pârâit monstruos, mlăștinos. Lângă el, femeia cu *huipilo* mexican își puse poșeta pe cap și din ea ieșiră pe jumătate mai mulți piepteni identici. Grinda își simți gura plină de praf și căută o explicație pe fața lui Malù, dar ea nu zicea nimic, doar îl privea zâmbind. Privirea lui Grinda căzu pe inelul de pe degetul ei. Cumpărase inelul ăsta pentru ea chiar aici, în Vad, de la o țigancă tânără. Nu numai că nu fusese fals, era chiar aur, dar Malù, curios, îl purtase fără să se întrebe nici o clipă dacă nu cumva era furat. Poate pentru că țigăncușa avusese un copil mic în șold, ținut cu mândrie, aproape cu cochetărie. Ferestrele pocneau una după alta ca artificiile, dar, abia când auzi șuieratul blocurilor de zidărie cu buiandrugi cu tot smulgându-se din pereți, i se chirciră stomacul, inima și testiculele de frică. Se simți tras puternic de Malù tocmai către colonada care se prăbușea și simți o liniște nemaipomenită. Toate astea se întâmplaseră suficient de repede încât cupola, care se prăbușise prima, să nu apuce încă să lovească podeaua. Turiștii japonezi erau singurii care strigau, Grinda auzea acel strigăt și nu reușea să-l înțeleagă, poate nici nu era în japoneză, era doar un strigăt și atât. O bucată de zidărie păru că rămâne pentru o clipă agățată, cu un echilibru absolut implauzibil, în două mănunchiuri groase de cabluri, apoi se răsturnă zdrobind o strană ușor ca pe un balon cu apă. Grinda nu-și pierdu cunoștința nici o clipă, văzu o fâșie de tencuială cu mozaic desprinzându-se ca o scoarță de copac de pe perete, fărâmându-se de podea, înghițită în sfârșit de zgomotul cupolei lovind podeaua. Își dădu seama că aștepta de ani întregi să audă asta. Își simți umărul smuls și își zise doar lui de data asta, nu e nimic, nu se poate întâmpla nimic. Bâjbâi prin beznă după Malù, pe care o simți cu fața în sus, dar aceea nu era față, era un strat de țăndări. Înecat de praf, Grinda își apropie fața de a ei, acoperindu-le pe amândouă cu haina lui. Acum îi veni de nicăieri dorința de a ieși de acolo, de a o duce pe Malù undeva, undeva unde să fie iarbă și copaci, unde să nu fie nevoie de nimic decât de prezența suverană a trupului, a indentațiilor și ieșindurilor și marginilor acestor trupuri umane blânde și încăpățânate. Era sigur că Malù era încă vie și îl cuprinse recunoștința de a nu fi trebuit să treacă singur prin asta, recunoștința acestui animal pentru celălalt animal. Se făcu liniște și știu că liniștea înseamnă că pericolul a trecut, lucru învățat de oameni dintotdeauna, dorința de liniște, chiar dacă uneori tigrul e deasupra ta și se pregătește să-ți muște beregata fără ură, ca un bun chirurg. O traversă care se înțepenise deasupra, nu se știe când, și care le salvase viețile așa la întâmplare lăsă o ultimă boare de praf asupra lor, nesfârșit de gentil. Pe undeva intră deodată lumină și zgomot. Grinda dădu s-o ridice pe Malù, apoi trebui să caute o altă poziție ca să-și poată trece brațul pe sub spatele ei. Încercând să-i curețe obrajii și gura, o trezi, și deodată fața ei ieși de sub masca aceea, și lui Grinda i se păru din nou, cu îngrijorare, că o vede zâmbitoare, aproape hâtră. Îndreptându-se spre zidul spart, văzură oameni aproape goi călcând prin bălțile uleioase dinspre absidele laterale, săltându-se peste mormane de cărămizi de BCA, și el se întrebă în ce parte a unei catedrale se folosește BCA. Dar Malù îl trase în direcția opusă, de unde veneau urletele. Grinda îi strigase să lase, să iasă imediat, dar ea îi dădu drumul și se grăbi înăuntru spre colonada înjumătățită, așa că trebui să o urmeze. Ieșiră sprijinind de o parte și de alta un tip mai înalt ca ei amândoi, care plângea isteric, aranjându-și încontinuu fularul plin de sânge. Afară era mult mai rău ca înăuntru, moloz și zloată, un fum sodic, insuportabil. Un polițist le făcu semn să se grăbească fără să le arunce vreo privire. Grinda își simțea umărul umflat ca un balon. Simțiră deodată că au ieșit din pericol, că ajunseseră în stradă și se uitau la catedrala pe jumătate prăbușită fără să poată pleca, de parcă nu le rămânea decât să se întoarcă înăuntru. Într-o mașină oprită exact unde drumul trecea peste râul Bogata îl văzură pe Moroi, care se uita țintă la ruinele bisericii episcopale, apoi, fără ca el să fi făcut un gest, șoferul lui demară exact ca într-un film.

PARTEA A CINCEA

Plecaseră spre București fără să ia nimic de la stația meteo. Ideea că stația rămânea exact așa cum era, că, deci, chipurile, se puteau întoarce oricând, făcea poate lașitatea mai puțin dureroasă. Faptul că Grinda avea să aibă nevoie să meargă la spital de câteva ori nu era un motiv suficient, de fapt, nu părea decât o raționalizare ipocrită a plecării. Tot un pretext cules de pe internet era și zvonul că în București se plantează din nou copaci adevărați, la presiunea populației, dar fotografiile puteau foarte bine să fie trucate. Malù conduse prima jumătate a drumului, iar în Făgăraș îl lăsă pe el. Grinda făcu tot posibilul să țină amândouă mâinile pe volan, nu pentru un mai bun control al mașinii, ci ca să-i dovedească lui Malù că umărul nu-l mai doare așa tare.

Ajunseră după-amiaza devreme în București. Grinda lăsă Fordul în ceea ce la o mașină cu cutie de viteze manuală ar fi fost viteza a doua, și chiar și așa apăsa din când în când pe frână. Câte unul din cei care îl depășeau îl claxona lung. Și el, și Malù își suceau gâtul și se uitau când pe-o parte, când pe alta a șoselei. Nu numai că toți copacii de pe Kiseleff, care văzuseră tinerețea lui, dispăruseră, dar fuseseră înlocuiți cu copaci electrici, dintr-o altă generație decât cea pe care el o știa din anii trecuți de la Ivirești. Designul copacilor era acum optimizat. Trunchiul era mai subțire și mai puțin striat, elegant, din oțel, ba patinat, ba fuxilat. Crengile erau sugerate prin bare sudate care ieşeau alternativ în stânga şi în dreapta şi se terminau cu garguie. Grinda avea impresia că se întoarce într-un oraş unde a fost înăbuşită o revoltă a sclavilor, ale căror căpăţâni erau atârnate în copaci. Malù nu scotea o vorbă şi figura ei frumoasă devenea aproape grosolană în durerea ei, caricaturală, îngroşată. Grinda n-o văzuse niciodată aşa teatrală. În Piaţeta Regelui erau câteva frunze adevărate şi crengi rupte pe jos, aduse cine ştie de unde, ici-colo fluturaşi alb-negru, doi poliţişti şi doi tipi în uniforme fără însemne care măturau cu gesturi nepricepute. Din loc în loc fusese păstrată câte o buturugă a teilor de pe vremuri, într-o cutie de sticlă, altminteri foarte cochetă şi marcată frumos, în sablaj, cu sigla Comisiei Patrimoniului Bucureştiului.

La Aviatorilor, băgă brusc maşina într-un slot de parcare liber ca prin minune şi deschise imediat portiera, ca un om în mare întârziere. Malù nu se mişcase de pe scaun. Era linişte, deşi Grinda se aşteptase la zgomote, iar în aer plutea un miros slab, dar imediat recognoscibil, de plastic ars, un miros decât care nu exista altul mai străin şi mai odios omului. Traversă spre Herăstrău, dar, odată ajuns, în loc să intre în parcul care arăta ca o navă spaţială, traversă înapoi spre maşină. Malù nu-l întrebă nimic şi nici el nu zise nimic. Grinda conduse cu ură, şi de altfel aşa conducea toată lumea, era mai rău decât îşi amintea el. Merse ţintă la Ivireşti, depăşind ca un descreierat, deşi, odată ajuns, parcă maşina cu mare atenţie şi rămase de data asta pe gânduri înainte să deschidă portiera. Malù ieşise înaintea lui şi se îndrepta spre liziera colorată a pădurii electrice. Grinda o ajunse din urmă şi îngheţă când văzu faţa ei şiroind de lacrimi, cum nu mai văzuse o faţă omenească. Liziera cuprindea câţiva copaci din generaţia Pasteque, dar majoritatea erau acum stâlpi de oţel negri, cu tentacule metalice desfăcute într-o parte şi alta. În spatele lor veneau stâlpi simpli, legaţi între ei din loc în loc cu lungi cabluri de care atârnau fâşii de plastic verde care se mişcau uşor în vânt. Deşi uitându-te de aproape efectul era jalnic, privind în adâncime, impresia de pădure era surprinzător de bine sugerată. Se vedeau intervenţii diferite şi în pădure, unde copaci din generaţii mai vechi nu mai fuseseră înlocuiţi cu cei de tip stâlp. Un fag de modă veche de la o firmă cu care concurase vechiul Astiplast înainte să fie preluat de indieni îl uimi pe Grinda cu naturalismul lui. Era clar că artiştii cu care se lucrase la început încetaseră rapid să mai colaboreze. Malù nu răspunse nimic la comentariile lui Grinda, şi lui i se păru, curios, că ea îl acuza de ceva, că era vinovat în ochii ei. Pe jos era un fel de macadam gălbui care, se pare, imita un covor de frunze de toamnă. Mai încolo dădură peste un sector de pădure unde caldarâmul era chiar vopsit în culori de camuflaj. Departe de a fi o aproximaţie bună a solului, impresia era aici de sală de sport. Hârtii şi ambalaje, toate deja decolorate, erau târâte uşor de vânt pe jos. Din adâncul pădurii apăru un bătrân cu o plasă. Omul le dădu bună ziua aiurit şi Grinda îi răspunse, brusc intimidat. Trăgând cu coada ochiului la Malù, se temu o clipă că ea ar putea să facă ceva patetic, să înceapă să dea cu pantoful în trunchiul de metal al copacilor, sau să găsească o frunză pe jos – din care însă el nu văzuse nici măcar una – şi să şi-o lipească de buze. Căută câteva cuvinte banale, doar ca s-o facă să vorbească. Dar, în loc ca Malù să se văicărească, o auzi perorând cu o duşmănie bărbătească, pe care ştia bine că o are, deşi se înşela crezând că această calitate bărbătească era responsabilă de capacitatea ei de a munci atât şi de a trăi atâta timp singură, nemaivorbind de faptul că trecuse peste dezastrul de la Comana. Constată mai târziu că printre lucrurile care o scoteau pe Malù din sărite erau şi nimicuri – panourile cu imagini de păduri, panouri care, pe banii primăriei, erau ridicate în curtea fiecărei şcoli printr-un program naţional, sau reclamele din fonduri publice pentru o viaţă sănătoasă care cuprindeau sugestia ca părinţii să procure pentru copiii lor aparate care să reproducă zgomotul pădurii înainte de culcare. Curios că vorbiseră atât de puţin despre asta la stația meteo. Dar acum Malù nu se mai putea opri și Grinda, care fierbea și el, își dăduse seama că avea să fie imposibil să rămână în oraș în noaptea aia. Era mult prea devreme. Condusese mult mai repede ca de obicei, așa cum faci când ești foarte obosit. Malù găsise pe internet un hotel unde puteau să tragă. Evident, pe site-ul hotelului nu exista nici o referință la copaci, lucrul era interzis, nu prin lege, dar pur și simplu site-urile care făceau asemenea mențiuni se blocau și înghețau, iar hotelul primea dintr-odată câteva controale care găseau nereguli grave de funcționare. Pe de altă parte, se înfiripase deja un limbaj codificat prin care, în comentariile și recenziile lor, clienții îți făceau semn că există un copac adevărat în apropiere.

Seara intraseră într-o vilă aflată foarte aproape de drumul național. Ochiuri de păduri mai existau aici, nimeni nu putuse rade toți munții, dar orice construcție în apropierea lizierei fusese închisă, până la stabilirea regimului final al pădurilor, adică până când ele aveau să fie înconjurate cu copaci electrici și accesul interzis cu totul. De îndată ce intrară, Malù șușoti cu tipa de la recepție, la început foarte stânjenită, iar apoi ieșiseră în spate. Acolo, deși era noapte de-a binelea, vreo zece oameni stăteau în jurul unui brad bătrân. Păcat că nu miroase, spuse Grinda. Cineva care îl auzi zise ba miroase, e cineva aici care încă simte mirosuri și mi-a spus că miroase de înnebunești. După o vreme, Malù plecă la culcare. Grinda sărută fața ei de copil care înțelege problemele familiei, ochii ei cu acel grăunte de nebunie în ei, înconjurat de zâmbete și floarea soarelui. Vin și eu repede, zise el. Te... aștept, spusese Malù. După câteva beri, Grinda întrebă pe cineva, într-o doară, cum de erau tolerați acești copaci, că doar era greu să ții secret un copac, mai ales un copac mare. Tipul de alături, și el băut, îi răspunse că ce credea el, că oamenii care hotărau tăierea copacilor nu doreau să stea lângă copaci? ba da! nu doreau să-și trimită copiii în locuri în care era umbră? ba da! Grinda își dădu seama cât de tâmpit fusese. Bineînțeles, toate pensiunile cu copaci, așa-zis secrete, erau ale celor care duceau războiul împotriva copacilor, care mai făceau un ban și pe partea asta, așa mergeau lucrurile dintotdeauna. În cameră, Malù dormea deja. Se lipi de ea, plin de milă pentru somnul ei și pentru trezia lui.

Cu coada între picioare, Grinda se prezentă la OKDBR să vadă dacă ar putea primi ceva de lucru. Stătu nițel la intrarea în clădire, în căldura insuportabilă, chipurile ca să-și facă un plan, de fapt pur și simplu dintr-o lașitate oribilă, dacă nu cumva dintr-o și mai periculoasă indiferență. Pe lângă el trecu un biciclist cu câteva zeci de țevi roșii de plastic în spate.

Lucrurile se mai schimbaseră pe la OKDBR. El se gândise să-l roage pe Aufderheide, scurt de tot, fără să se milogească – își repetase exact cuvintele astea în minte de câteva ori: fără să se milogească nici o clipă – să-i pună o vorbă bună ca să lucreze măcar cu jumătate de normă. Or, Aufderheide îl primise într-un alt birou, din care se ieșea direct pe terasă, un birou de lux, totuși neașteptat de zgomotos, i se păru lui, și după câteva replici reci și politicoase începuse să râdă de figura pe care i-o făcuse și îl luase pe Grinda în brațe. Într-adevăr, nu trecură decât câteva zile și Grinda nu numai că era angajat, dar austriacul făcuse pe dracu-n patru să-l pună manager pe UK. Grinda nu aprecie prea mult acest aranjament, comunicându-i lui Aufderheide că să faci pe dracu-n patru nu însemna mare lucru când tu acum erai șeful, și în plus declarând că ce voia el era să traducă, nu să îi îmboldească pe alții să muncească și să raporteze creșteri trimestriale robuste. Aufderheide făcu un efort să-i explice că nu asta făcea un manager, dar nu avea cu cine discuta, mentalitatea lui Grinda dovedindu-se deosebit de înapoiată. În pauza de prânz austriacul îi povesti, în același discurs, cum se despărțise și cum se împăcase apoi cu Iolanda Igna după ce ea plecase de la OKDBR. Grinda mâncă în tăcere, ascultându-l pe celălalt, pe de-o parte cu totul plictisit de banalitatea acestei întâmplări, pe de alta totuși interesat, pentru că doi oameni vii, din care unul era prietenul lui, trăiau totuși clișeul ăla. Până și învățămintele acestei povești erau deprimante, nu în sine, ci prin totala lor lipsă de aplicabilitate, adică austriacul descoperise adevărul că, dacă lucrezi cu femeia ta în aceeaşi companie, relaţia nu are nici o şansă. Dorea acum să răspândească această filozofie în rândul maselor. După mintea lui Grinda, orice sfat de viaţă avea exact aceeaşi valabilitate ca şi opusul său. Ştia că era ciufut, şi asta era detestabil, în loc să fii un om bun, tot numai un zâmbet, mereu gata să ajuţi şi să fii ajutat. La sfârşit, Aufderheide îi pusese pe masă o pungă albastră cu vreo zece blistere cu capsule. Grinda urma să ia una pe zi şi adio probleme cu vocea, capsulele erau din Austria, mult mai bune decât cele pakistaneze care începuseră să circule prin România, astmul post-profesional nu mai era o problemă, se găsise soluţia, totul era bine, multora le revenise vocea şi puteau chiar locui în imediata proximitate a copacilor artificiali, existau încă nişte efecte secundare, dar curând avea desigur să apară o nouă generaţie de medicamente care să rezolve şi aceste efecte secundare, probabil doar cu preţul altor câteva efecte secundare, puţine şi, cel puţin pentru început, nu foarte semnificative. Grinda se îndreptă spre cubiculul lui năucit, dar fără să aibă vreo atitudine faţă de ceva din toate astea, era poate şi din cauza zgomotului pe care îl auzea peste tot şi care îl împiedica să lege două idei. Era ca şi cum capsulele de la Medicxi, pe care austriacul ţinea morţiş să le ia, doar aşa, ţinute în rucsacul lui, deja îi ascuţiseră auzul extraordinar, poate că după ce începea să le ia urma să cânte şi operă. Dar îşi dădu repede seama că zgomotul care îl urmărise toată ziua provenea de la şirurile neîntrerupte de unităţi de aer condiţionat care trebuiseră instalate peste tot, de patru-cinci ori mai multe decât cu câţiva ani în urmă.

Avea deci un job. Seara rezolvă şi cealaltă problemă, comandă o uşă metalică anti-efracţie şi instală un sistem de alarmă, şi cu asta se pregăti să nu mai facă nimic.

Odată reveniţi în Bucureşti, se întâmplă şi ceva bun. Grinda făcu o mare descoperire, şi acea descoperire era chiar Malù.

Asta e, uneori iubeşti un om, un om OK, ocazional te gândeşti, hai că am nimerit bine – pentru că într-adevăr ai nimerit, în loc de a fi luat o decizie după o reflecţie serioasă –, iar apoi vine o vreme când deodată îţi dai seama de magnitudinea acelei bafte, care te lasă cu gura căscată: partenerul meu de viaţă, te gândeşti atunci cu stupoare, e mult mai bun decât credeam când l-am ales pentru sclipiciosul său ambalaj, pentru vaga sa amenitate, pentru năzbâtiile lui. Asta era Malù. După atâta timp la Neumir şi la staţia meteo, Grinda avea tot timpul o piatră pe inimă în Bucureşti. Ea însă rezolva probleme una după alta. Rezolva, rezolva. Suferinţa ei era fără lingoare, fără ochi în bagdadii. Cum se adapta cineva în felul ăsta, fără nici o întrebare? Grinda îşi dăduse seama că era mai adâncă decât el, adâncă şi liniştită, şi era foarte bine aşa. Ar fi fost clar pentru oricine că ăsta era omul cu care să-ţi petreci viaţa, şi totuşi pe Grinda asta îl îngrijorase, pentru că de obicei pe oamenii ăştia îi îndepărtăm, îi alungăm, îi spargem în bucăţi. Dar nu, el nu avea să facă asta, el avea să stea cu ea, încercând să vadă ce era cu acea formă de alianţă fără nimic matrimonial în ea, cum putea fi ea explorată, draci, mergea şi neexplorată, nu e chiar deloc nevoie să coborâm în tainiţele celor pe care îi iubim, e suficient să stăm lângă ei, să le facem o supă, nişte rafturi în colţul ăsta şi să îi îngrijim când sunt bolnavi...

Odată Malù îi spusese lui Grinda că îi place vocea lui, ceea ce pe el îl făcu să tresară, era ceva neaşteptat. Nu era bărbatul din trecutul lui Malù caracterizat tocmai prin vocea lui cu totul excepţională? Cum putea Grinda să concureze cu el la acest capitol? Mai mult, ştiind toate astea, te-ai fi aşteptat ca ea să ocolească cu tot dinadinsul orice comparaţie de acest tip, care ar fi făcut-o să pară pe de-o parte cu totul lipsită de imaginaţie, ca şi cum realmente la un bărbat conta o singură chestie, şi pe de alta complet nepăsătoare la suspiciunile lui fireşti auzind acest compliment repetitiv. Dar aşa funcţiona ea. Simplitate, optimism. Şi când era foarte tristă tot aşa era tristă, simplu şi cu optimism. Un singur lucru arăta totuşi la ea în altă direcție, ca la mașinile care au uitat semnalul dreapta pus și o țin așa încă 15 kilometri, ascultând muzică tare și neauzind cluc-cluc, cluc-cluc, erau ochii ei, acei ochi albaștri ca înveliți în mercur în care rămânea întotdeauna ceva abisal, necuantificabil. Acei ochi contraziceau cartezianismul purtării și puterilor ei. Asta nu înseamnă că nu îl bătea la cap să-i spună vecinului de jos să nu-și mai lase bicicleta în capul scărilor, sau să ceară ca fiecare bon de la supermarket să fie ștampilat. Cine știe, poate făcea asta intenționat, pentru ca Grinda să nu ajungă vreodată să simtă că el nu contribuie cu nimic la microperipețiile lor concrete.

Lacul fusese golit, și pe fundul lui se vedeau mii de pietre, aparent luate de oameni de pe margine, din pietrișul decorativ, și aruncate înăuntru, sau mai degrabă rămase de la lucrările de construcție, care erau neglijente prin lege. Grinda simți că Malù era prost dispusă, și asta îl paraliză. Această simplă proastă dispoziție i se păru acum deodată, și cu totul pe nedrept, că dura dintotdeauna, făcând dintotdeauna orice scăpare, orice satisfacție imposibilă. Era frig și burnița. Nu prea era nimeni. Un tip care umplea o sticlă de doi litri la o cișmea se uită la ei suspicios. Mai încolo văzură o femeie tânără, cu un băiețel de mână, care se uitau nemișcați la lacul gol. Lui Grinda i se păru că tot ce vorbeau era doar ca să împrăștie impresia aia de sfârșit de lume. Ar fi trebuit poate să-i fie recunoscător că făcea și ea un efort, participând la acea conversație. Poate curând avea să se uite la ea, și ea avea să-i zâmbească plină de bunătate, așa cum zâmbești omului pe care îl iubești, așa cum zâmbește probabil și omul rău copilului lui. Nu se întâmplă asta, dar nici nu se certară. Cineva își stingea țigara pe una din pancartele cu „Nu atingeți copacii!“, la fel de prăfuite ca și copacii, care aici, în parcuri, erau ieftini, produși în serie, cu bavuri rămase pe toate părțile. Când ieșiră din parc, văzură cum băiețelul era pasat, după două vorbe, unei alte femei, la fel de tinere. Spre surprinderea lui, Malù îl trase într-un supermarket zicând că vrea în seara aia să facă un pui cu măsline, și începu veselă să umple căruciorul. Grinda îi zise lasă că venim cu mașina, să nu ne cărăm cu... dar ea râse, nu mai voia să depindă de mașină. Ajunseră la casă exact când tipul de la securitate zicea, i-a adus buletinul la ușă și au rămas împreună! Frumoasă poveste, spuse și Grinda. Dacă vă zic, dup-aia au plecat împreună în Olanda, spuse celălalt privindu-l în ochi. La colț, un tip oferea o banană unei cerșetoare cu un copil adormit în brațe. Îl auziră zicând bănuitor, trezește-l, să mănânce în fața mea, altfel nu ți-o dau. În autobuz, Grinda se miră în sinea lui că puteai să vii din închisoare, din spital, din război și nimeni să nu-și dea seama, nici măcar tu, să fii același om cu niște plase, privind în gol în autobuz. Deși nu mergeau decât două stații, Malù intră în vorbă cu o bătrână și cu nepotul ei licean, care se uita tot timpul în altă parte, să nu cumva să se înțeleagă că e cu bunica. Se dădură jos în Drumul Taberei la Sergent Moise, stație pe care Malù o rebotezase, cu haz, Sergent Morrissey. Un tip cu un fotoliu de catifea verde în spate, destul de uzat, dar încă bun, trecu pe lângă ei cu o țigară în colțul gurii și cu un ochi închis. Nu era deloc momentul pentru această discuție, și probabil tocmai de-aia Grinda se hotărî deodată să-i spună că dacă vrea poate să-i găsească de muncă la OKDBR. Franceza avea încă oarece căutare, suficient cât ea să-și poată lua acolo o jumătate de normă. Propriile lui cuvinte îl posomorâră, pe zi ce trecea erau mai circumscriși, aveau un dosar mai fără echivoc, o viață mai concretă. Dar ce era rău în asta? Nu trecea salvarea prin concret, mai degrabă decât prin idei? Dar Grinda atâta pricepea și el, că se simțea mic, și mai simțea și că o micșorase pe Malù. Ea însă, ori din înțelepciune, ori din greșeală, tocmai împărățea asupra fleacurilor, mișcându-se eficientă prin bucătărie, foarte încântată că bucata aia de carne se nimerise foarte bună. E, ai știut tu s-o alegi, îi zise Grinda visător. De la apartamentul de sub ei se auzea muzică.

— Care a fost cea mai mare bătălie din Pacific?

— Nu știu. În al Doilea Război Mondial.

— Sigur că în al Doilea Război Mondial, dar unde anume?

— Nu știu. Caută și tu pe Google.

— Eu te întreb pe tine.

— Nu știu, spuse Grinda, expresiv.

— S-a făcut și un film despre ea.

— A, da? zise el, gândindu-se la cai verzi pe pereți.

— Marea bătălie de la Kanagawa.

— Da, așa e, acum mi-aduc aminte.

Malù se lăsă păgubașă. Erau multe alte lucruri de discutat. Tăcură amândoi o clipă.

— Nu vorbești tu cu vecinul de jos să nu mai asculte colinde?

Grinda se strâmbă.

— O să vorbesc, zise el totuși.

— Poate reușești să-l convingi.

— O să încerc, zise Grinda, cu un efort.

— Nu e normal să asculte colinde în octombrie.

Grinda o luă în brațe și simți cum ea se schimba cu totul. Fără vreo mișcare, așa cum stăteau sprijiniți de masa din bucătărie, Malù încă ținând în mâini lingura și furculița cu care tocmai amestecase în salată, un dialog enorm și simplu, fără nimic sexual, începu între trupurile lor. Trupul ei spunea, vreau aici, vreau în bezna asta, lângă trupul tău. Trupul lui Grinda absorbea spațiul dintre ei ca într-un univers nelegiferat și, fără să scoată un sunet, se alătura ei, cu toată forța meteoritului din Tunguska, transformată în blândețe. Încercând să-l prindă mai bine în brațe, Malù ciocni ușor de tot lingura de furculiță.

Își petrecură seara citind liniștiți. Dintr-odată Grinda își dădu seama cât era de fericit și se apropie de Malù, care își dădu seama imediat că el voia s-o îmbrățișeze și puse cartea cu grijă la o parte exact la timp ca brațele lui să o găsească pregătită. Dar Grinda n-o putu ține așa mult timp, pentru că acum dorea s-o privească, iar ea îi oferi ochii ei fără nici un fel de rezervă, ochi în care pe el îl topea nu frumusețea, ci un fel de răbdare de a cărei nesfârșită întindere în timp îți dădeai seama încă din prima secundă. În paşaport scria că avea ochi albaştri. Sigur, şi frumuseţea, dar nu ea în sine, ci temeinicia ei, temeinicia acelei fragilităţi. Ce naiba putea să însemne asta? Însemna că această poartă nu se va închide niciodată, indiferent de cât vom munci, de cât vom suferi, de cât vom îmbătrâni. O să poţi oricând intra aici, iar aici va exista întotdeauna un crâmpei dintr-o iubire ca în copilărie. Grinda nu-şi dădea seama de ce muţenia şi lentoarea asta nu îl îngrijorau, ci, din contră, erau cele care îl înfăşurau în iubire ca pe o mumie care-şi atinsese toate scopurile în viaţă. Poate pentru că ele arătau că totul era serios. Dar nu trebuie iubirea să fie energică şi exuberantă, aşa cum scrie în cărţi? Iar Grinda avea o problemă încă mai mare decât asta, o problemă asupra căreia refuza să zăbovească. Anume faptul că ceea ce îl emoţiona cel mai mult nu era nici măcar frumuseţea, ci apariţia înduioşătoare a urâţeniei pe chipul femeii pe care o iubea, şi anume pentru că el, Grinda, ştia că urâţenia asta nu era decât forma pământească a conştiinţei imperfecţiunii noastre, a durerii că iubirea nu are corp şi că nu există nici o garanţie că nimeni nu va face rău fie şi măcar unui fir de păr din creştetul celui pe care îl iubeşti. Era simplu: momentul de oboseală, de aşa-zisă urâţenie, asta lui i se părea că e un omagiu suprem adus de chipul ei acestei lumi. Ceva venit din teama care scoate uneori capul tocmai atunci când te simţi mai bine şi mai protejat, teama celui care iubeşte că totul se va curma. Dacă o iubea pentru frumuseţea fiinţei ei, iar Grinda recunoştea spăsit că lucrul acesta era foarte probabil, o iubea totuşi şi mai mult pentru slăbiciunea şi pentru teama ei. Mai citiră puţin şi apoi făcură schimb de cărţi.

Urmă un *call* în care românul de la capătul celălalt nu spuse o vorbă. Grinda îl auzi doar respirând greu, un şuierat sinistru pe care şi-l închipui venind de la un *iron lung*, deşi nu putea fi vorba de aşa ceva. Asistenta îi dădea pacientului mici comenzi.

— *Raise your right arm.*

— Ridicați brațul drept.

— (respirat în tub).

Din tăcerea asistentei, Grinda nu-și dădu seama dacă brațul fusese ridicat sau nu. Poate fusese ridicat, iar ea nu se mai ostenise să mai zică vreo prostie de genul bravo, așa, copăcel-copăcel, sau, din contră, nu fusese ridicat, iar ea atunci doar își zisese în sinea ei, e clar, ăsta n-o mai duce mult.

— *Wiggle your toes!*

— Mișcați degetele de la picioare!

— (respirat în tub).

— *Give me the thumbs up!*

Fuck this, își zise Grinda. Vru să nu mai traducă nimic, totuși găsi o variantă aproximativă care să nu-l jignească pe bolnav și nici pe traducător, adică pe el însuși, motivele pentru care ei ar fi putut fi jigniți fiind din categorii cum nu se poate mai diferite, pentru unul, apropierea morții, pentru celălalt, o fandoseală sau, în cazul cel mai bun, doar o solidaritate greșit înțeleasă cu semenii lui.

— *That would be all, interpreter. Do you need me to log this? Sorry, I have not used the service before.*

— *I'll do that on my end*, zise Grinda, exact când venea pauza. *Don't worry about it.*

Se uită în aplicație dacă altcineva era liber și ar fi putut să-l înlocuiască măcar o jumătate de oră, dar toate celelalte nume migraseră în coloana albastră, cu procesoarele zbârnâind. O clipă vru să ia computerul și să-l arunce pe fereastra întunecată. Îi veni în minte gândul curios că era posibil ca fereastra să nu se spargă.

Următorul nevorbitor de engleză nu era de la spital, unde oamenii erau întotdeauna speriați, buni, politicoși, prietenoși, ci făcea o reclamație la bancă, unde oamenii erau hăituiți, îngroziți de ideea că nu mai aveau acces la puținii lor bani sau că alții aveau acces la acești bani, liră cu liră, dolar cu dolar. Din păcate, se dovedi într-un târziu că funcționara de la bancă chiar nu o putea ajuta pe femeie, care trebuia să se adreseze personal la filiala Barclays, al cărei număr de telefon ea nu i-l putea da, or femeia nu putea pleca de la fermă, cum explică foarte bine, cu o panică în voce de care nu înțelegea că pe tipa de la bancă o durea fix în cur. Deodată femeia i se adresă chiar lui, zicând, dar nici dumneavoastră, ca român, nu mă puteți ajuta cu un număr de telefon al filialei Barclays? Grinda căută repede pe net *Barclays branches near me*, introduse codul poștal din adresa pe care femeia o dăduse la început (era prin Scoția), și apoi, ca român, dictă numărul de telefon al filialei Barclay. Femeia, pe care și-o închipui, nu se știe de ce, cu brațele pline de piersici, îi mulțumi cu o voce misterioasă pe care Grinda o întoarse apoi pe toate fețele, în timpul *call*-urilor următoare, și întocmi următoarea listă cu ce credea el că reflectase această voce: 1. stânjeneala de a cere ceva unui străin, pentru că numai bogatului îi e ușor să ceară fără să dea, săracul poate trăi și adormi noaptea doar dacă nu datorează nimănui nimic; 2. furia față de funcționara de la bancă și de Grinda însuși că nu făcuseră un efort minim de a ieși din fișa lor de îndatoriri, în întâmpinarea unei probleme perfect rezolvabile a aproapelui lor, și că o obligaseră pe ea să-și formuleze explicit nevoile, și 3. recunoștință, și anume foarte puțină, deoarece societatea avea datorii prea mari la acest om pentru ca el să mai poată vreodată mulțumi cuiva cu oarecare căldură. Sau poate și el, și ea erau obosiți.

— *Your name*, zise cineva, care nu se încurca în finețuri.

— Numele dvs.?

— Ion.

— Ion și mai cum?

— Ion. Nelușu.

Grinda respiră adânc.

— Numele de familie, vă rog.

— Da, Nelușu e numele de familie.

Prea repede, prea repede judecase omul, crezându-se el deștept. Numele de familie era Nelușu.

De-abia metabolizase această înfrângere, că trebui să se prezinte din nou.

— *My number also starts with a zero*, zise tipul de la bancă, oftând. Grinda nu găsi nimic de adăugat. Discuția progresa mecanic, de parcă două ștergătoare curățau alternativ un parbriz, fiecare pe partea lui. Oamenii încercau să se lumineze în problemele lor, să le depășească sau să se adâncească în ele. O bună parte din telefoane aveau ca rezultat o amânare sau o delegare: nu la noi, vă fac eu legătura la ei, sau: azi nu merge Sistemul, cineva scosese Sistemul din priză, sau: dacă nu-mi puteți furniza această informație, eu nu am cum să vă ajut. *What's your name, buddy? Name is Radu*, zise Grinda lent, ciulind urechile. Numai judecătorii și ofițerii de la azil politic se adresau unui interpret cu *buddy*. Dintre toți cei cu care vorbea, judecătorii aveau cea mai mare încredere în sine, o supremă încredere în sine, pe care o mai întâlnise parțial la chirurgi, care însă erau întotdeauna mai abstrași și apăsau mai puțin această pedală, în vreme ce judecătorii, trecuți prin atâtea și atâtea școli de actorie, o valorificau la maxim. Grinda nu se putea închipui vorbind vreodată cu această convingere apodictică a propriei sale infailibilități, și dacă ar fi avut ocazia să traducă vreodată la Vatican era sigur că și pe papă l-ar fi descoperit temător să nu cumva să spună vreo prostie. Judecătorul ăsta se dovedi, culmea, ezitant, poate era extrem de obosit, dar nu, de fapt, ezitările lui se dovediră ele însele curând a fi fost mimate cu un remarcabil talent. Grinda simți nevoia diabolică să-l tot pună pe judecător să repete, ceea ce acela făcu fără cea mai mică supărare, încât curând și Grinda se plictisi să țină pe jar tot tribunalul din Dahlonega în timp ce el se scărpina în cap cu un băț cu care mâncase de curând la restaurantul chinezesc cu Malù. Aufderheide se ridică de lângă el la sfârșit, clătinând din cap.

— Nu te-ai schimbat. N-o să ajungi niciodată departe în meseria asta.

— De ce? întrebă Grinda, știind că-i dă satisfacție și în același timp dorindu-i ca Iolanda Igna să-l înșele de mii de ori de-acum încolo. Realitatea era că oricum între timp austriacul și Iolanda se despărțiseră iar; acum Aufderheide avea, după cum cu delicii îi explicase, senzația că-și înșală amanta cu soția. Oare ce citea Aufderheide, de unde-i veneau ideile astea prefabricate, prespălate și premestecate? Care mai erau și adevărate pe deasupra, evident. Iolanda Igna avea picioarele la fel de lungi, le deschidea și le închidea la fel de ca din întâmplare când aveau oaspeți, și inteligența ei era mai sclipitoare ca oricând. De-abia îi trecuse asta prin cap, că fața lui Aufderheide se posomorî și austriacul începu să-i spună cum își dădea acum seama că Iolanda îl înșelase, și ca de obicei îl convinse și pe Grinda că așa trebuie să fi fost, de-abia la sfârșit se dezmetici Grinda și îl umflă râsul, pentru că Auferheide n-avea nici o dovadă serioasă, observase doar că Iolanda parca în fața casei, ieșea din mașină, trântea portiera, mergea spre ușă, descuia, intra, și iată că avea pantofi cu toc! Or Aufderheide știa prea bine că ea când pleca de la birou își scotea pantofii și-și punea tenișii ca să poată conduce, deci ce se întâmpla este că ăla probabil o aducea de la el de acasă până trei străzi mai încolo, deci nu trebuia să-și mai scoată pantofii, și ea se suia frumos în mașina ei parcată acolo, frumos ascunsă, tot fără să mai simtă nevoia să-și pună tenișii, că nu mai avea sens pentru trei minute. Și uite-așa.

Storsese o lămâie în tigaia încinsă, și în câteva secunde se treziseră cu o pată de funingine pe tavanul bucătăriei. Se uitară unul la altul, luară o sticlă de vin și se mutară în sufragerie. Grinda o întrebă dacă te îndrăgostești doar de un om, sau și de circumstanțele îndrăgostirii, în așa fel încât aceste circumstanțe nu mai pot fi niciodată izolate și discutate separat. Un subiect banal, în care competența nu poate fi dovedită, o alegere aparent prudentă.

— Cum adică? întrebă Malù, și mai prudentă ca el, învelindu-se cu o cergă. Era frig. Pe Grinda îl enerva cum se învelea ea, foarte ineficient, în orice caz nu bine.

— Vreau să spun, cât de mult contează că un om vine în viața ta nu doar cu corpul și mintea lui, dar și cu alte chestii, zise el ridicându-se și trăgând cerga aia ca lumea pe ea.

— Nu înțeleg.

Grinda ezită o vreme.

— Păi dacă nu mă lași să-ți explic... Adică vine, de exemplu, cu posibilitatea ca tu să rupi complet cu viața ta despre care nu credeai că va mai ieși vreodată din platitudine. De exemplu, te duce în alt oraș sau în altă țară, iar faptul că ai putea, datorită lui, dacă te-ai îndrăgosti adică, să iei o decizie așa mare contează foarte mult.

— Deci dragostea vine la pachet cu o plecare.

— Iar plecarea contează.

— Poate chiar mai mult decât dragostea respectivă.

— OK, hai să nu...

— Plecarea e chiar singura care contează, zise ea.

— Tu vrei să-ți explic sau nu? Dacă știi deja, explică-mi tu. Malù dădu să spună ceva, dar Grinda continuă repede. Un exemplu și mai bun este când întâlnești pe cineva care, din motive circumstanțiale, cum ar fi, să zicem, faptul că este extraordinar de talentat, sau este foarte bolnav...

— A, nu...

— Ba da, exact așa merg lucrurile, deci întâlnești pe cineva și foarte curând după ce îți dai seama că e o persoană eligibilă, cineva cu care, la o adică, cineva pe care...

— Dar nu întotdeauna îți dai seama imediat dacă...

Grinda se uită la ea atât de insultat, încât Malù începu să râdă.

— Ba da, îți dai seama imediat, zise el, perfect serios, pentru că oamenii pe care i-ai putea iubi sunt întotdeauna însoțiți de o mandorlă de...

— Cum adică, o mandorlă...

— Adică așa cum vezi trupul unui om noaptea, cu infraroșii, vezi căldura lui...

— O spui de parcă mereu vezi pe cineva așa.

— Absolut deloc! Nu vezi niciodată așa ceva.

Malù râse și ea. Când râdea, Grinda nu se putea abține să nu se uite la cei doi dinți ai ei de jos care erau un pic strâmbi și care îi plăceau, poate pentru că erau strâmbi într-un mod simetric, de ai fi zis că special se dusese la dentist să-i pună un aparat care să-i strâmbe dinții, după dorința clientului. Iubirea e o iluzie, și, ca orice iluzie, are nevoie de baze solide.

— Întâlnești deci pe cineva, reluă Grinda îndârjit, care vine cu o ofertă existențială pentru tine. Dacă ai iubi acest om, te-ai putea pune liniștit în slujba lui, și nimeni, niciodată, nu ți-ar putea cere o justificare mai bună pentru viața ta. În fine. Asta voiam să spun despre circumstanțe. Greu de separat de ceea ce – de ceea ce simți în mod obiectiv...

— Ha ha!

— ...în fine, vreau să zic de ceea ce ai simți dacă n-ar exista nimic din acele circumstanțe speciale, dacă n-ar exista acea ofertă de misiune în viață, sau de suspendare a propriilor responsabilități, care să te împingă și mai mult, pe neștiute, în brațele acelui om...

Malù aranja paharele. Grinda se ținuse după ea în bucătărie. Cumva își dădea seama că ea se simțea bine, îi făcea plăcere acea discuție sau doar faptul că purtau o discuție. Care femeie îi reproșează bărbatului ei că prea stă mult de vorbă cu ea? Dar în vecii vecilor n-o să ai ocazia să-i reproșezi așa ceva, pentru că el, în loc să-ți povestească ce-a făcut azi la birou și să-ți ceară părerea, te trage în pat ca un animal, pentru că numai asta știe. Când se întoarse la el să-i răspundă, părea totuși preocupată. Ar fi putut fi o preocupare mimată, cerută de rolul impus ei de acel dialog, dar parcă era mai mult.

— O să-mi spui acum că ești foarte bolnav? Sau că ai vreun talent excepțional?

— Amândouă, răspunse Grinda imediat. Talentul meu este imperfecționismul, și mai am cel mult 30 de ani de trăit.

— Degeaba, dacă nu-mi propui să mă duci undeva, unde s-o luăm de la zero, sau de la minus!

— Te duc în San Marino.

— Mmm.

Ceva din cuvintele San Marino îl întunecă, fără să-și dea seama ce. Stația Meteo! își zise deodată în sinea lui, crispându-se.

Malù se întoarse cu fața la el, și zâmbetul ei îl întristă.

— Pot să-ți zic cum văd eu lucrurile, zise ea, cu voce extrem de serioasă, care trecea de zâmbetul acela fără să împrumute nimic de la el. Grinda se uita la mâinile ei, mai nervoase ca de obicei, unul din lucrurile care îl ațâțau la ea, chiar și atunci când trebuia să fie serios, sau extrem de serios, cum era cazul acum. Aceste mâini erau acum neobișnuit de curate, încât era ciudat că un om care putea să trăiască atâta timp cu mâini muncite putea și să le aibă absolut impecabile, fără o zgârietură, fără un semn, încât pe Grinda îl apucau tot felul de imbolduri iconoclaste, altminteri destul de cinstite în obscenitatea lor.

— Când m-am îndrăgostit de tine, începu ea, și lui Grinda îi veni să strige: Nu! Nu! Să menținem această discuție la un nivel general!, dar ea vorbea deja, așa cum ar fi vorbit cineva care nu te mai iubește, atâta că acum situația era cu totul alta, una în care el nu credea că o să ajungă vreodată, în care bunătatea acestei femei nu putea fi egalată de nimic. Pe de altă parte, neplăcut, intens neplăcut, era că urma să afli acest adevăr, să constați adică simultan trei lucruri: 1. cât de puțin ai înțeles din ce simțea celălalt, 2. cât de prost ai apreciat ce va crede celălalt, pe baza comportamentului tău, că simți tu, și, în fine, 3. cât de puțin din ceea ce primești se datorează lucrurilor pe care crezi tu că le-ai făcut bine. Grinda începuse deci și el să zâmbească, de parcă undeva exista un fel de arculeț de ceas care făcea gura să zâmbească atunci când te cuprindea tristețea. Dar nu era deloc faptul că s-ar fi temut ca ea să nu spună că o cucerise cu cât era de aiurit, sau cu cât de mult o dorea, sau altă prostie. Se temea de dorința ei tot mai mare de a pleca, de a se întoarce în pădure, dorință care se ascundea în spatele tuturor vorbelor ei, dorință care lui Grinda însuși i se părea legitimă, deci dificil de combătut. Dorința asta era de fapt o necesitate dură exprimată în cuvinte moi, sub care simțeai carcasa de metal a celuilalt, cu care nu puteai să faci ce vrei, tragica lui încăpățânare de a nu avea aceeași ființă cu a ta. Parcă Grinda era nebun să vrea să stea în București, Constanța, Iași sau Cluj? Ceea ce lui Malù îi era insuportabil îi venea și lui greu. Dar stația meteo, toate stațiile meteo, indiferent ce se ascundea sub numele acesta al libertății, erau treptat încorporate în colonii noi, care creșteau, conduse de alți Moroi, mai taciturni și mai onctuoși și mai puternici, cu alți Tutuc, mai ridicoli și mai monstruoși. Grinda nu se putea întoarce la așa ceva. Dar poate nu era o opțiune rațională, ci o condiționare biologică, o dorință de fum și de praf și de APP și de a fi legat fedeleș în obligații, ca Gulliver pe țărmul din Lilliput. Poate Malù cunoscuse oameni ca Tutuc încă de la Comana, sau poate îl cunoscuse chiar pe Tutuc însuși, care deprinsese ura lui pentru Grinda din viitoarea și neștiuta iubire a lui Malù pentru Grinda. Nu mai conta. Malù se afla acolo, în toată fragilitatea ei înșelătoare, ca un cuirasat înveșmântat în panglici, pe canapeaua lui, trecându-și din când în când mâna prin păr cu un gest antic lipsit de orice cochetărie, în ciuda faptului că această mișcare punea laolaltă două discrete întruchipări ale frumuseții lumii.

În piață ajunseseră cu stări de spirit foarte diferite, și ele aveau să și rămână așa până plecaseră. Amândoi, ca mulți alții de acolo, erau evident iritați de tam-tamul publicitar, dar, în vreme ce Malù era convinsă că totul era putred aici, Grinda zicea că asta e, trebuie plătit acest preț, orice măsură corectă va fi mulsă de orice capital politic ar putea aduce, dar asta nu înseamnă că nu aduce și ceva bun. Toate televiziunile mari erau acolo, lume foarte amestecată, cabluri, coji de banane, pungi, câțiva bețivi, jandarmi, galerii. Pe scenă se făcea o demonstrație care putea fi urmărită pe un ecran uriaș. Se taie o creangă din unul dintre copacii nou-plantați în fața la Guvern și, sub ochii tuturor, din ea curse o picătură de sevă. Lemn! Copaci adevărați, așa cum promisese noul guvern! Vechiul guvern ne împinsese într-o distopie, noul guvern ne salva. Un platan adevărat înlocuise unul dintre platanii electrici din fața Guvernului. Într-o primă fază, toate instituțiile statului, școli, spitale, primării urmau să treacă prin acest program-pilot, de plantare a câte unui copac adevărat, pentru a se vedea cum ar putea fi gestionată această situație insolită. Urmau să fie aduși câțiva consultanți străini, care aveau experiență în situații extreme compatibile cu plantarea și echipamentul de protecție necesar. O gașcă foarte neconvingătoare chiuia și benchetuia lângă scenă, în vreme ce majoritatea oamenilor se uitau îngândurați. Câteva basculante de frunze și petale importate fură răsturnate și împrăștiate cu tunuri de aer comprimat deasupra mulțimii. Lui Malù nu-i venea să-și creadă ochilor. Grinda, stânjenit că trebuia să apere ceva indefensibil, ridică din umeri. Poate că tocmai petalele alea, kitsch-ul și prostia acestei mișcări fură prima fisură între ei. Era de-acum aproape o lună de când nu exista seară să nu se certe din exact această cauză. Când el gătea, Malù refuza să mănânce, o durea capul. Când ea gătea, el pleca în oraș, cu mațele ghiorăind. Războiul cu Malù era asemenea chimioterapiei, poate că distrugea ceva din ceea ce făcea rău, dar distrugând o grămadă din ceea ce era încă viu și sănătos. Dar cum să te sustragi certii, mai ales certii cu cineva pe care îl iubești și care te iubește, cineva la care vezi atât de limpede și de satisfăcător rezultatul iscusitelor tale lovituri, că e mai mare dragul? Nu, la așa ceva nu poți renunța. Toată munca de a construi această relație, acest trecut, era urmată acum de o vacanță binemeritată, care era tocmai această ceartă bezmetică, otrăvită, care te lăsa gâfâind și care era mai rea ca moartea. Dintotdeauna, omul care înjurase, cel care abandonase, care furase îl acuza pe celălalt că l-a înjurat, l-a abandonat, l-a furat. Discuția era imposibilă, soluțiile, niște amputări. În oraș mirosul de plastic devenise insuportabil, coloane de praf se răsuceau peste tot și era atât de cald, că simțea că transpirația nici nu ieșea din el, ci venea de afară prin tricou. Dar cum puteai s-o lași să plece înapoi în pădure, înapoi la stația meteo? Cum puteai s-o lași să fie mai curajoasă decât tine?

Programul-pilot nu rezolvă nimic. Seară de seară Malù o lua iar de la zero cu întrebările, de parcă Grinda ar fi fost responsabil pentru tot ce se întâmpla – ce fel de copaci adevărați erau ăia care se puteau lipsi complet de fotosinteză, care creșteau pur și simplu pe baza a ceea ce era în sol? Aia era cherestea, nu copaci. Îi explica din nou ceea ce știa toată lumea, inclusiv cei care spuneau cu totul altceva la televizor – că degeaba se plantau acești copaci care, prin miracolul ingineriei genetice, nu mai aveau nevoie de frunze, care nu făceau decât să sugă ceea ce mai avea pământul, dând înapoi masă lemnoasă de cea mai proastă calitate. Tocmai se anunțase în ziua aia că, în urma repetării unor teste de către o companie germană, noul copac post-electric producea de fapt o cantitate de dioxid de carbon ceva mai mică decât cea produsă de un autovehicul, iar nu mai mare, așa cum spuneau cei care protestau. Era o victorie a științei.

Apoi Malù nu mai vorbi. Pastilele de la Aufderheide n-aveau nici un efect. Din când în când găsea pe hol valiza ei făcută, care apoi dispărea, dar reapărea câteva zile mai târziu. Grinda îi ținu câteva discursuri pe care ea le ascultă fără nici o supărare vizibilă, dar și fără să pară că găsește ceva rezonabil în ele. Pe Grinda atitudinea ei îl băga în sperieți, și se simțea tot timpul gata să renunțe la acele argumente, pe care le găsea dintr-odată el însuși stupide. Dar nu renunța. Continua să-i explice că nu se poate trăi fără încredere, că nu putem să vedem peste tot o conspirație. Vocea lui, atât de puternică în comparație cu tăcerea ei, îi dădea curaj. Vorbea mai tare, se enerva. Se aștepta la mai mult de la Malù – spunea el, de parcă dintr-odată genul ăsta de discurs era permis, de parcă această atitudine nu excludea din prima secundă dragostea –, se aștepta la altceva decât ca ea să cedeze facilei fascinații morbide a acelei rebeliuni politizate. Libertate nu însemna să pleci! Nu, însemna să stai și să combați! Ce urma el să combată era neclar. Aerul cu cauciuc ars pe care îl respira părea să-i priască din ce în ce mai mult, limba i se dezlegase. Apoi Grinda se arăta rănit: cum, ea lăsa să intervină între ei chestii exterioare? Păi nu urma ca solidaritatea dintre ei să nu aibă limite? Ce insinua, că acum fusese el însuși rinocerizat, mankurtizat? Să-i fie rușine că gândește așa! Vedea umerii lui Malù cum se povârnesc sub apăsarea acelor cuvinte, nu, nu a cuvintelor, ci sub povara absenței din ele a celui pe care îl iubea sau iubise. Grinda înțelegea până și asta, așa cum înțelegem întotdeauna cât de mult rău facem, pentru că nu suntem totuși diabolici, ci inocenți care fac mult rău. O văzu că-și ia telefonul și începe să-l butoneze chiar în timp ce el i se adresa, cu o lipsă atroce de respect. Dar nu, deodată propriul lui telefon se lumină și Grinda citi ce-i scrisese, cu atâta cazná, Malù:

poți să strici viitorul dar te rog nu strica trecutul

Era cu siguranță cel mai bombastic mesaj pe care îl primise în viața lui, în deplin contrast cu fața suferindă, lipsită de orice falsitate, a lui Malù. Începu să râdă demonstrativ și să peroreze, când ea ridică deodată capul și îi arătă spre telefon. Fără să înțeleagă de ce, lui Grinda îi impuse ceva din minimalismul acestei reacții, tăcu și începu să scrie și el, frenetic și plin de greșeli, apoi șterse tot.

te... iubesc, scrise în cele din urmă. Era un secret care putea fi destăinuit uneori, care suna atât de rău în literatură, dar care nu suna deloc rău când un om viu i-l spunea altui om viu în realitate.

Malù se uită la el cercetător, ca și cum cineva o înștiințase că s-a produs un eveniment de la care se va trage sfârșitul lumii. Grinda crezu că are o idee despre ce se întâmpla în capul ei. Te iubesc era, pe de-o parte, cea mai bună abordare în orice ceartă, pentru că restabilea temelia pe care orice altceva devenea, la urma urmei, secundar și deci negociabil. Era însă și cea mai proastă abordare, pentru că, în loc să răspunzi în mod specific nemulțumirilor substanțiale ale celuilalt, dădeai impresia că era suficient să virezi înspre emoții și să arunci praf în ochi, oferind vorbe cu care celălalt trebuie imediat să se declare satisfăcut.

nu mai pot să respir aici, scrise ea.

cum adică, te simți rău fizic, sau e doar o metaforă, scrise și el, îngrijorat, dar stupid.

Malù se uită la fereastră și Grinda înțelese că aerul nu mai era într-adevăr același lucru pentru ei doi. Iar acum trebuia să afli ce cuplu ești – cel în care, în caz de păreri diferite, amândoi convin că trebuie mers pe mâna celui care a zis da, sau cel în care, în caz de păreri diferite, amândoi convin că trebuie mers pe mâna celui care a zis nu.

nu pot să plec, scrise el. Nu știa de ce scrisese asta atât de repede, fără să fi reflectat la o soluție, fără să fie măcar convins că nu poate să plece. Pe telefon veni imediat mesajul ei.

atunci o să stau eu.

Noaptea, salvarea o dusese la urgențe, cu Grinda lângă ea, pe trei sferturi deznădăjduit și pe sfert scos din sărite că ea trebuise să meargă chiar atât de departe ca să-i arate că avea dreptate. Nu poate să respire, nu poate să vorbească, le explica el doctorilor de pe-acolo, care toți îl priveau de parcă el era de vină. Simțea că îi căzuse cerul în cap, în vreme ce Malù îi strângea mâna ca să-l calmeze, să-l asigure că lucrurile nu-s nici pe departe așa grave, dar mâna ei era de gheață, un doctor strigă să i se facă repede un hemi intravenos, naiba știe ce însemna asta. Mai târziu, se agăță de ce spusese o asistentă cuiva de pe hol, că e o epidemie de astm de-ăsta nou. Și la Grigore Alexandrescu să vedeți cum e! Prin școli, sălile de clasă sunt goale pe jumătate. Pentru Grinda, asta fu o ușurare. Era deci nimic altceva decât o epidemie, îi ziceau astm post-profesional, adică nu-l făceai de la pulberi prin fabrici de făină și de textile, ci îl făceai din cauza Zeitgeistului, așa mergeau lucrurile, dar totul va trece, cum au trecut și altele, mai ții minte ce panicată era toată lumea când cu gripa aviară, și cum a venit așa s-a și dus, așa și cu noul APP, care uneori venea la pachet cu rinite alergice, iar în 40% din cazuri cu o curioasă afectare a coardelor vocale. Sigur, la copii era mult mai rău, dar statistici oficiale nu se mai făceau, afară de cele care consemnau extinderea îmbucurătoare a zonelor libere de copaci la toate orașele din țară și ceea ce se chema modernizarea finală a pădurilor, adică defrișarea completă, pe o rază de o sută de kilometri în jurul fiecărui oraș important. Sala era plină de oameni, toți cuminți, unul nu se văita. Fețele lor nu puteau exprima nici pe departe cât de rău se simțeau, nu fuseseră concepute pentru o asemenea transparență. Un bătrân avea tot capul bandajat de la gură în sus, cu ochi cu tot, și un tricou vechi pe care scria *party animal.* O fereastră era deschisă, proptită cu un pișcot. Câțiva dintre cei care veniseră și ei cu hipoxie erau ventilați. Unul se uita drept în ochii lui Grinda, trist ca dracu', cu buzele alea albastre. După ce îi făcuseră injecția, Malù adormise imediat, parcă îi făcuseră un anestezic, nu hidrocortizon. În loc s-o trimită acasă, o lăsaseră acolo, pe un pat. Părul ei negru parcă se înroșise, sau era doar lumina reflectată din faianța de pe pereți. Grinda ieșise să se plimbe puțin în curtea spitalului. Era un cer frumos, fără stele care să-i întrerupă continuitatea. Ce trebuia să înțelegem, că era ceva în neregulă cu aerul, ca și cum ar fi fost spart și din el ar fi scăpat tot ceea ce îi dăduse până atunci substanță? Mirosul de plastic ars dispăruse cu totul, împreună cu toate celelalte mirosuri pe care le simțise, dar ăsta nu era decât un simț din multe, și încă nu unul esențial, orice s-ar spune. Odată ce avea să se găsească un tratament ieftin pentru astmul ăsta, pe care să și-l permită toată lumea, totul avea să redevină normal.

Grinda se trezi foarte deteriorat, vise ca pe vremuri, vise pe care nici sistemul de învățământ, și nici mai târziu bucuria neîntreruptă de a avea un loc de muncă nu le putuseră stârpi. Înainte să se trezească Malù, scoase din frigider niște sendvișuri pe care le făcuse seara și le duse în mașină; hărțile cu adnotările lui erau în torpedo, și tot portbagajul Fordului cu coarne plin cu bidoane de apă de cinci litri, conserve de tot felul și o canistră de benzină. Se întoarse în casă și dădu să intre în baie, unde însă era acum Malù cu lumina stinsă, după obiceiul ei. Când ea ieși, Grinda simți efectiv pe față dogoarea care ieșea din părul ei pentru că de-abia se trezise, așa că o luă în brațe. Stătură așa o vreme, doi oameni pe un hol mic. Viața face ce poate. În mașină, de-abia plecaseră că el, pofticios, începu să mănânce unul din sendvișurile pregătite pentru drum. De ce nu-l mâncase în casă, ca oamenii, sau, și mai bine, de ce nu aștepta încă o oră sau două, nu se putea ști. Malù observă că acest sendviș fusese împachetat între două farfurii de carton de unică folosință, scămoșate pentru că Grinda le spălase, nu o dată, ci de vreo două-trei ori. Nu-i zise nimic, doar îi puse mâna pe umăr și începu și ea să mănânce cu el fără să-și ia mâna de pe umărul lui, uitându-se drept înainte. Grinda puse și el mâna pe genunchiul ei și o ținu acolo, de parcă rotula ei era un ou foarte prețios, ridicând mâna doar uneori când schimba muzica sau dădea muzica mai încet sau mai tare, volumul nu i se părea niciodată perfect satisfăcător. Ea pregătise un termos mare cu ceai de honeybuscus. După serpentine opriră la un muzeu minier, unde intrarea era gratuită într-a doua miercuri din lună, care se dovedi că era chiar ziua respectivă. Grinda merse încet cu brațul pe talia ei, fără să fie atent la nimic. Din când în când, cercetându-i fața dintr-o parte, nu găsea nici un răspuns la tot ce se întâmplase. Care putea să fie răspunsul? Că nu e nevoie nici de erori tragice, nici de accidente absurde, ca viața ta să ajungă într-o fundătură? De câte ori îl surprindea uitându-se așa la ea, Malù începea să zâmbească, făcându-l pe el să-și ferească ochii.

Conduse fără să greșească drumul, însă de câteva ori ajunseseră la drumuri blocate, altele decât cele care apăreau ca blocate pe harta pe care o făcuse altădată cu atâta grijă. Cu toate astea, ajunseră până la urmă în pădure. Fie cei care stabiliseră ce drumuri trebuie închise fuseseră neglijenți sau ignoranți, fie unii dintre ei erau sabotori, oricum, resturi de pădure erau încă accesibile și probabil aveau să fie încă un an, poate chiar doi. Dezastrul nu era iminent, timp mai era. Grinda se miră totuşi că erau singuri acolo. N-ar fi trebuit să dea de maşini bară la bară, pline cu cei care căutau pădurea adevărată? Îi spuse şi ei exact asta, dar ea îl privi cu o severitate pe care nu i-o cunoştea şi arătă simplu spre el. Avea dreptate. Lumea era ca Grinda, nu voia să plece, se obişnuise deja cu mirosul de plastic ars, apoi, când încetaseră să mai simtă acest miros, cu noul aer, se obişnuise cu laringita, cu astmul, cu tratamentele noi, gestionarea crizei era de fiecare dată prea obositoare ca să mai ai timp să te gândeşti la rezolvarea crizei. Înainte să ajungă la staţia meteo, Malù îi făcuse semn să oprească pe marginea drumului şi coborâse din maşină. Nu intră în pădure, nu se îndepărtă de maşină decât un pas, şi Grinda nu ştiu ce face, pentru că stătea cu spatele la el. Dădu să iasă cu ea, dar renunţă. Ce era de văzut se putea vedea şi prin geam. Nu trebui s-o aştepte mult, iar când ea se aşeză lângă el, faţa ei nu era transformată în nici un fel. Doar părul ei era deodată foarte viu, ceea ce dintr-odată îl făcu să simtă un regret sfâşietor. Totul era greşit. Dar aşa simţim înainte de orice despărţire, poate e ceva care n-are nici o legătură cu despărţirea, înţelegem atât de puţin.

Mai erau doar câţiva kilometri, dar conduse foarte încet, pretextând în mintea lui că protejează maşina de drumul care nici nu era aşa rău. Staţia meteo părea neschimbată, avantajul dintotdeauna al lucrurilor şi al feţelor pe care le-am cunoscut gata deteriorate. Grinda lăsă mai întâi pe masă pastilele pe care i le dăduse Aufderheide, ca să nu le uite, apoi începu să mute eficient proviziile din portbagajul maşinii în cămară şi în atelier. Îşi dădu el însuşi seama de această eficienţă şi se întrebă dacă Malù avea să creadă că se grăbeşte, dar îşi spuse că orice merita să fie făcut eficient, pur şi simplu, asta era ceea ce puteai face pentru lucruri. Ea însă era departe de a-l analiza, sau poate, odată ce înţelesese că el nu putea să facă altfel decât să rămână în Bucureşti, îi retrăsese oricum puterea pe care o avusese cândva asupra ei. Poate cineva să-ţi retragă drepturile de altădată ale intimităţii cu uşurinţa asta? Sau chiar cu greutate?

Când totul fu gata, dintr-odată Grinda își dădu seama, cu absolută limpezime, că acum ar trebui să facă dragoste cu ea. Nu înăuntru, ci acolo, între fagii bătrâni de cinci sute de ani. Își dădu seama de asta în absența oricărei dorințe, era pur și simplu o cerință estetică. Dar el era om serios. Uitându-se la Malù, încercă să se convingă că ea era acum din nou singură, că nu mai era a lui. Așa că imediat ce ea îl îmbrățișă, cu o neașteptată putere și prospețime, el folosi puterea asta a ei ca să-și ia inima în dinți și s-o întrebe dacă poate să-l ducă la gară. Poate dacă ar fi spus altceva, chiar ceva stupid sau agresiv, Malù tot nu i-ar fi dat drumul, dar așa, fără voia ei, arătă mirată spre mașină. Cum, la gară? Nu pleca Grinda înapoi cu această mașină? Dar el nu putea să se întoarcă la București așa, pentru nimic în lume n-o putea lăsa aici fără mașină, acasă rămăsese oricum BMW-ul X1. Cine știe, așa își putea închipui că era oricând posibil ca Malù să se întoarcă să-l vadă. Sau poate așa se simțea mai puțin vinovat de faptul că o lăsa acolo. Ea conduse cu o mână pe coapsa lui, în vreme ce el, fără să aibă curaj să-i atingă părul, își lăsă palma pe umărul ei. În drum spre gară trecură după o vreme și prin dreptul magazinului, acum cu o parcare destul de serioasă, aparent Gfeller ridicase încă o clădire mică, ceea ce era absurd, având în vedere cât de puțină lume ajungea vreodată la el. Grinda în orice caz se simți mai liniștit, sau își propuse să se simtă mai liniștit știind că Malù nu era chiar în pustiu, putea să-și procure mai mult sau mai puțin tot ce era necesar ca să aibă o grijă minimă de ea însăși și de stația meteo.

Gara era aproape goală. Doi tipi solizi stăteau așezați pe scaune unul lângă altul mai încolo, privind drept înainte, fără un sunet. Grinda încerca să găsească niște vorbe cât mai simple, care să nu mintă și să nu angajeze, care să nu facă rău, chiar dacă nu vindecă nimic. Trebuia să fi existat un jurământ hipocratic al îndrăgostiților, care să sune așa: chiar dacă iubirea mea nu te va vindeca, jur că niciodată ea nu te va îmbolnăvi, chiar dacă iubirea mea nu te va mântui, jur că nu te va damna. Dar era clar ca lumina zilei că nimic nu era mai puțin aplicabil dragostei. Puteai de fapt chiar garanta celuilalt că o să-și blesteme zilele că te-a cunoscut, și el ție același lucru. Și, ca întotdeauna în dragoste, cauți ajutor împotriva celui care te rănește tocmai la cel care te rănește. De fapt, până și ca să-l rănești mai tare pe celălalt, tot lui îi ceri ajutorul. Iar acum trebuia să-și ia la revedere de la ea. Pe ecranul de televizor de pe peron mergea în neștire un show oarecare. Un tip în costum la două rânduri arunca mingi de baschet la coș. Acest coș era legat pe fața unei tipe în paiete, pe tocuri. Se vedea cum toată lumea din platou râdea, deși pe peron nu se auzea nimic, sonorul televizorului era închis. Lumea nu era așa, și totuși de atâtea și atâtea ori asta părea să fie, numai și numai asta, un circ de idioți. În fața acestui ecran, undeva peste calea ferată, începea imediat pădurea, cu tăcerea ei enormă, compusă din tăcerea recognoscibilă a fiecărui copac. Când ajunseră acolo, un tren trecu prin gară, fără să oprească, și cu toate perdelele trase la ferestre, de parcă țara ar fi fost în război și pădurea era un obiectiv militar la care nimeni nu avea voie să se uite. În cele două ore cât stătură acolo nu mai veni nici un alt tren. Într-un târziu sosi și personalul lui, poate singurul care oprea în această gară. Ferestrele nu erau acoperite, dar în nici un vagon nu păreau să fie mai mult de doi-trei călători. Grinda se întoarse spre Malù și dădu să spună ceva, dar ea îl privea cu o atenție supraumană și își lipi încet, încet de tot palma de obrazul lui. În tren, într-adevăr, nu era aproape nimeni, el se așeză totuși exact pe locul trecut în bilet și intră într-o stupoare din care nu se trezi decât când trenul opri într-o gară parcă nici prea mare, nici prea mică, unde oamenii începură dintr-odată să suie de parcă veneau la stadion. Își simțea trupul scăldat în catran, umilit pe vecie că nu fusese în stare să rămână cu Malù acolo. De-abia plecaseră din gara aia, că și văzu pe fereastră liziera electrică, frumos organizată, cu culorile și mai agreabile datorită aburului ușor care pâlpâia deasupra ei. Oamenii căscau cu poftă, intrau în vorbă cu vecinii lor, două-trei cupluri foloseau foarte bine limbajul semnelor, tinerii se fereau ca de dracu' de vorbit, își potriveau căştile în urechi şi frecau telefoanele zâmbind, şosetele, adidaşii lor aveau culori şi modele inimaginabile. Controlorul îşi prezentă legitimaţia şi îi ceru pe muţeşte lui Grinda biletul. O altă lizieră falsă trecu prin faţa lor, foarte repede, ce-i drept, dar era clar că era vorba de cel puţin un kilometru de copaci bizari, dintr-o generaţie care nu mai era nici cea de plastic, nici cea electrică, nici cea post-biologică. Grinda se întrebă dacă erau copaci virtuali, dar asta ar fi fost bine. Erau copaci de fum, ale căror siluete erau frumos decupate de spoturi luminoase. Era succesul definitiv al unui glorios program de electrificare prin care se trăsese curent în păduri, lăsând la o parte satele de lângă ele. Grinda se uită în jur, căutând o confirmare că n-a înnebunit. Nu puteai însă să nu remarci că lumea părea oarecum veselă şi prosperă, parcă toţi deveniţi doctori şi avocaţi peste noapte, doctori pentru avocaţi şi avocaţi pentru doctori. Deodată, patru-cinci banchete mai încolo, lui Grinda îi căzu privirea pe o faţă care îl crispă instantaneu. Un tip în haine altminteri elegante se holba la el cu o groază rece, reţinută. Lui Grinda i se întoarse stomacul pe dos. Era clar că celălalt ştia şi el tot ce ştia Grinda şi îi implora solidaritatea, căuta el însuşi pe cineva care să-i spună că n-a înnebunit. Atât de nefiresc de adâncă era această atingere, încât Grinda se ridică îngreţoşat de umanitatea dezvăluită a celuilalt şi se mută în alt vagon. Numai că şi acolo, şi în următorul vagon, dădu peste câte o faţă a câte unuia din fostele colonii, din armata plantatorilor, sau pur şi simplu dintre cei care îşi duseseră lupta pe cont propriu, sau pur şi simplu pe câte unul care descoperise consternarea asta de unul singur, fără să facă nimic. Le vedea feţele care toate ascundeau ceva ruşinos, secretul de a fi conştient, secret pe care nu-l puteai împărtăşi nimănui şi care devenea o banală fixitate de zombi lucid. Cum să te mai solidarizezi ca adult cu cei care ştiu? Cu cei care ştiu te solidarizezi la tinereţe. Atunci ei sunt cei conştienţi că viaţa e goală în absenţa căldurii umane şi a muzicii şi a celor care spun adevărul. Ceea ce ştim acum sunt doar formule. Grinda începu să meargă mai repede, copleşit de impresia că viaţa lui devenise un kitsch oribil, ca şi cum toţi cei care încă înţelegeau că dispariţia copacilor era infernul urmau să se ridice de pe locurile lor ca din morminte, aşa ca într-un jalnic videoclip care întruchipase cândva, pentru copiii din ţările comuniste, atât macabrul, cât şi minunile tehnologiei. Drumul naţional merse paralel cu ei pentru o bucată de vreme, dar maşinile erau puţine, în sens opus trecu un autocar gol, apoi un Ford cu coarne. Intră la buda din tren, reflex, fără să ştie de ce, apoi îşi dădu seama că era pentru oglindă, voia să se asigure că faţa lui nu era la fel de descompusă, că el nu era ceilalţi. Faţa lui era acolo, în oglinda aia, şi Grinda putea să vadă cu propriii lui ochi cum se gândeşte la Malù. Începu iar să meargă prin vagoane fără rost, ca unul care iese din cabinetul doctorului cu o veste năucitoare, apoi se opri deodată, ca un *homeless* care vorbeşte singur, şi se adresă celor care stăteau aşezaţi, cerându-le socoteală: „Copaci din fum de eşapament? Copaci din fum de eşapament? La asta am ajuns?" Dar chestia asta nu păru nimănui ceva halucinant. Cineva îi făcu semn că nu e interesat, vreo doi se uitau cu totul şi cu totul prin el, alţii tocmai descoperiseră ceva care se întâmpla în telefoanele lor. Tehnologia făcea în sfârşit posibilă comunicarea între ei, o comunicare în care se discuta de altfel în principal despre această tehnologie. Cineva îl luă în serios totuşi şi îi spuse că nu e vorba de fum, sunt vapori de apă, aşa s-a anunţat la ştiri. S-a anunţat o pulă, zise Grinda, exasperat.

Coborând pe peron în Bucureşti, îl cuprinse un val de disperare atât de brutală cum nu mai simţise din liceu, în vremea când se hotărâse să fugă unde-o vedea cu ochii, şi ajunsese la Câmpulung cu fata de la XI A. Emoţia dispăru însă imediat, ca şi cum îi prăjise toţi senzorii cu intensitatea ei neaşteptată. Grinda se trezi chiar că se gândea la mâncare. Într-unul din restaurantele din gară putea într-adevăr vedea oamenii mâncând, fără să simtă totuşi nici un miros. Starea asta nu avusese nici o legătură cu Malù; erau amândoi în viaţă, îi despărţea doar o călătorie de şase ore, o nimica toată, ataşamentul modern pentru o prezenţă corporală comună era o prostie, o convenţie care semnala un faliment teologic, fără să compenseze acest faliment prin sofisticare nici cât negru sub unghie. Gara de Nord avea nostalgia jegoasă dintotdeauna a unui *non-lieu* care vorbea despre toată intimitatea către care merseseşi vreodată, fără să poţi ajunge la ea. În faţa lui Grinda apăru un tip care îi ceru, în engleză, 75 de lei. În timp ce omul explica ce i se întâmplase de ajunsese în această neobişnuită situaţie (cine are nevoie vreodată de aceste explicaţii?), el căuta în buzunare.

— *What I have in my pocket is this um... 5 RON bill.*

— *But what I need, man, is 75 RON!*

— *It will add up soon,* se scuză Grinda, luat prin surprindere.

— *Forget it man, it's cool,* spuse celălalt ofensat.

Gara era acum gestionată de o firmă privată, peste tot erau panouri mari pe care scria URIAGEREKA, dracu' ştie ce mai era şi asta. Grinda îşi luă o cafea de la un automat şi începu să o bea chiar acolo, până când cineva din spate, neaşteptat de politicos, îl rugă să-i dea puţin voie, făcându-l să se simtă stupid. În metrou lumea avea pungi de cadouri, parcă era Crăciunul. Cineva îi făcu semn să se aşeze, iar când Grinda zise surprins nu, mulţumesc, celălalt îl apucă de umeri şi îl aşeză pe scaun, arătându-i printr-un gest cu palma deschisă, foarte franc, că nu este absolut nici o problemă. Abia acasă, spălându-se pe mâini, constată că avea faţa şi mai ales pleoapele şi buzele umflate. Niciodată nu se văzuse aşa. O simplă umflătură a feţei, şi iată că stropul de spiritualitate de care ne-am fi putut închipui vreodată că ne-ar locui s-a dus dracu'. Luă două antihistaminice, deschise televizorul şi se uită la un serial nemţesc din care aparent văzuse deja primele trei episoade, dar nu mai ţinea minte nimic. Doar că fiecare frază se termina cu *gegeben, gesehen* şi *gegangen.* În plus, în loc să se uite nu făcea decât să se gândească la tipul de pe peron. Cum adică *what I have in my pocket*? Adică ţi-aş da banii dacă aş putea ajunge la portofel, care însă este la oarecare distanţă, nu-ţi pot da decât ceea ce am în buzunare. De ce te făceau oamenii ăștia să inventezi scuze cretine? Mai rău era că tipul se simțise insultat. De ce? Deoarece, sugerându-i că o să-i dea și alții bani și curând se va aduna întreaga sumă necesară, Grinda îl lăsase pe celălalt să înțeleagă că *cerșește*. Era inacceptabil să-l lași pe cerșetor să înțeleagă că, după părerea ta, el cerșește. Omul avusese dreptate să se enerveze. Ce voia el era ca toți banii să-i fie dați de o singură față luminată, un everghet, un om care înțelege pe deplin situația în care l-a adus astăzi viața. Un om față de care el să fie angajat doar printr-o unică recunoștință, punctuală, făcută inutilă atât de noblețea donatorului, cât și de însăși dorința beneficiarului de a o exprima dacă ar fi fost vreodată necesar. Dându-i doar o parte din bani, Grinda îl obliga acum să spună mulțumesc de multe ori, îl obliga să nu mai fie cavalerul unei cauze pierdute, salvat de un prieten necunoscut pentru care el însuși ar fi făcut același lucru și chiar mai mult de-ar fi stat lucrurile invers. Ar fi trebuit să-l întrebe pe cerșetor atunci: ce să fac cu Malù, învață-mă, și să-i dea tot ce avea. Când acest nesfârșit de lung episod se termină, Grinda, plin de nervi, se duse să se uite din nou în oglindă. Fața i se dezumflase, la fel și buzele. Totul era normal, totul se putea șterge cu buretele. Oare ce făcea Malù, părul ei plin de muzică liniștită, cum și când avea s-o vadă din nou, desigur niciodată, asta era clar, nu avea sens să te agăți de impresia falsă de continuitate pe care lumea ți-o îndesa în gură ca pe-un căluș din prima zi a conștiinței tale. Avea, n-avea sens, tu te agățai, mai ales că o dată la zece ani apărea o femeie care-ți șoptea atât, cuvântul acesta, „continuitate", și apoi făcea în așa fel încât o vreme să fii cu adevărat în prelungirea lumii, un tub racordat la alt tub, care nu-și mai dorește nimic altceva. Asta nu însemna că de vină pentru caracterul fragmentar al oricărei experiențe era altcineva decât el însuși, cu alte cuvinte înrădăcinarea sa permanentă în propria persoană, căci aici era problema. Aici era problema, faptul că centrul percepțiilor sale era mereu și impardonabil el însuși, faptul că acest sediu nu putea fi translocat fie și temporar, cum își mutase OKDBR toate operațiunile pe limbi slave în Estonia. Dintr-odată, această vorbă rară, Estonia, îl copleși pe Grinda, de parcă acolo ar fi urmat ei dintotdeauna să-și facă luna de miere, în Tallinn undeva, presupunând că Tallinn nu era de fapt capitala Lituaniei sau Letoniei. Dar nu era nimic legat de Estonia în mod specific care să-l facă pe Grinda să-i fie așa dor de Malù, ci altceva, o nostalgie puternică a unui colț simplu de cosmos, a unei teoreme periferice din matematicile avansate, în care ei să poată zăbovi, calculând la nesfârșit punctele intermediare ale unui grafic deja clar. La televizor era plin de vești bune – dispariția completă a alergiilor la polen de copaci din toate zonele urbane, a accidentelor cauzate de copaci prăbușiți la furtuni, a crăpăturilor în trotuare cauzate de rădăcinile copacilor, a frunzelor uscate galbene și roșii care cădeau toamna și trebuiau mereu măturate. În plus, copacii din ultima generație, X-alberi, erau imposibil de ars, nici măcar un fascicul de raze laser nu-i putea afecta. Grinda își mai turnă un pahar, admirând ingeniozitatea acestui program național. Într-adevăr, rezistența acestor X-alberi făcea copacii tradiționali, altminteri încă prezenți în manualele de botanică, să pară ridicol de vulnerabili. O țigară aruncată neglijent într-o pădure adevărată, cu lemn și frunze, și mușchi, și fragi, și ciuperci, și buturugi, și mușuroaie – și sute de hectare puteau să ardă. În vreme ce noii copaci, ale căror circuite erau bine protejate de o dublă scoarță, de bronz și ciment, nu mai puteau fi arși, și nici nu mai puteau fi niciodată mișcați sau demolați, urmau să fie de fapt la fel de rezistenți ca deșeurile radioactive. Odată construiți undeva, aveau să fie parte a lumii mult după ce orașele aveau să înceteze să mai existe, și peisajul urban avea să nu mai fie nici urban, nici peisaj. Și toate astea fără ca acești copaci să producă poluarea cu oxigen atât de caracteristică vechilor arbori, și cu un consum de electricitate din ce în ce mai mic, pe măsură ce modelele erau optimizate, încât practic puteai avea în fața casei un copac ultrarezistent, cu design modern, care să nu consume decât ceva mai mult curent decât unitatea centrală de aer condiționat. Era clar că foarte curând avea să fie rezolvată și ultima problemă, aceea a supraîncălzirii acestor arbori. Existau deja rezultate încurajatoare de la modelele la care răcirea trunchiului era asigurată de un mic sistem de pompare care făcea un fluid special să circule în interiorul copacului, răcindu-l apoi într-o mică unitate externă și recirculându-l, o soluție simplă și elegantă. Fluidul urma să fie disponibil peste tot în supermarket, în benzinării, și poate cu timpul, pe măsură ce știința ar fi avansat, ar fi putut fi folosită chiar apă în locul lui, ceea ce ar fi simplificat și mai mult lucrurile. Tipa care prezenta știrile folosea noua voce electrică, care fusese oferită cu succes tuturor celor ale căror coarde vocale cedaseră de câțiva ani încoace. Când te obișnuiai cu ea, îți dădeai seama că era o voce mai plăcută decât o voce omenească tradițională, în care pe vremuri simțeai parcă prea apăsat participarea, gândirea și sentimentele utilizatorului ei.

Noaptea pe la trei, Grinda, beat pulbere, era încă pe internet culegând revolta atâtor izolați ca și el, toți însă rămași în orașe. Nu vedeai pe nimeni care să critice sistemul zicând, și de aceea am ales să mă retrag în pădure, nu, cei care se retrăseseră, ca Malù, nu se mai osteneau să dea vreun semn. Găseai în schimb argumente în neștire pentru toate pozițiile posibile, pe care Grinda le auzea pentru a suta oară, că armata plantatorilor era înființată și condusă ba de serviciile secrete, ba de o aripă reformistă a Bisericii Ortodoxe și așa mai departe, că marea pepinieră de la Katowice era a guvernului român, că Europa era controlată de extratereștri încă din anii '70, tot ce vrei și ce nu vrei, chestii printre care Grinda era sigur că se află și multe crâmpeie de adevăr, mai puțin în chestia cu extratereștrii, în care el nu crezuse niciodată, din păcate. Cine știe în ce fel viața noastră ar fi fost mai bună dacă din când în când ne-am fi putut dedica unei credințe dubioase, sau unei aversiuni inavuabile. Dar pe-astea nu le poți contraface, le simți sau nu le simți. Dacă simți logică și rațiune, asta e, rămâi cu logica și rațiunea. Închise în sfârșit computerul, plin de draci. Atâta dat din colț în colț, când nu ți se cerea decât un singur lucru, să privești lucrurile în față. Să declari am ratat și să semnezi și să te cari. Să te ascunzi. Luă telefonul de pe masă și începu să se uite la el, și în cele din urmă o sună pe Malù. Ea răspunse imediat. Grinda spuse câteva cuvinte, gâtuit de emoție. Dar de partea cealaltă nu venea nici un cuvânt, și până la urmă el închise. Acum toată furia fusese înlocuită de o tristețe istovitoare. Se duse la toaletă și rămase uitându-se la urina aceea simplă, ca apa din instalația de aer condiționat. Se spălă pe mâini cu hopuri și apoi pe dinți, oprindu-se o clipă, cu gura plină de spumă, de parcă nu avea putere să continue. Dar, ajungând înapoi în cameră, constată că telefonul suna. Era Malù. Răspunse grăbit și o auzi lovind de două ori cu degetul în aparat. Imediat se auzi copleșind-o cu cuvinte tandre și îngrijorate, pe care nu și le-ar fi închipuit spuse de el. Dar de dincolo nu mai veni nici un sunet. Din nou Grinda se năpusti asupra ei cu vorbe de îndrăgostit sau de om vinovat, trăsături găsite de obicei împreună, cum găsești argintul alături de plumb în galenă. De partea cealaltă nu urmă decât tăcere, o tăcere de mai proastă calitate, parcă mai dezamăgită decât cea de dinainte. Și deodată Grinda înțelese ce avea de făcut și bătu de două ori cu degetul în telefon. Malù îi răspunse imediat cu alte două păcănituri. Grinda se uita la telefon de parcă avusese o revelație care putea salva lumea. Bătu de trei ori, iar femeia de la capătul acelei lumi răspunse la fel, și apoi închise. Se simți cuprins de fericire, singur în întuneric. Deschise ferestrele ca să aibă mai mult loc. Peste drum se vedea tipografia, și lângă ea doi copaci neclintiți, metalici, ca doi paznici.

Timp de două săptămâni vorbi în fiecare seară cu Malù la telefon în felul ăsta, uneori începând prin a-i aminti să-și ia pastilele Medicxi, alteori uitând, de bucurie, să mai facă asta. Uneori, când suna, ea răspundea cu o serie de scurte lovituri, vesele ca un tril de pasăre. Grinda simțea atunci că femeia pe care o iubea se bucura și nu înțelegea de ce iubirea și bucuria pleacă pe același drum, dar încep apoi să se despartă și să se îndepărteze tot mai mult una de alta. Alteori Malù era tristă, abia avea putere să atingă telefonul ca răspuns. După un minut epuizant, închideau amândoi. La televizor erau aceleași vești bune, ambalate în muzică jubilatorie. Prin programe naționale din ce în ce mai puternice, finanțate prin împrumuturi externe masive, era recuperat spațiul social, anterior compromis de prezența copacilor. Între Iași și Cluj se putea circula acum fără riscul de a vedea măcar un copac adevărat, tradițional. În orașe toți copacii fuseseră înlocuiți cu unii manufacturați. Pădurile din munți nu puteau fi înlocuite cu articole Madras sau Uriagereka, dar munții aveau să plătească reaua-voință de a fi atât de inaccesibili printr-o metodă simplă și la fel de modernă – despădurirea. Într-o seară îl sună Malù. Grinda îi povesti câte ceva, apoi bătu de două ori în telefon a abdicare. Malù îi răspunse la fel. Stătură însă o oră întreagă de vorbă așa, cu pauze lungi, dându-și din când în când același unic semn de prezență, care de fiecare dată însemna altceva. Ar fi putut să-și trimită mesaje, ceea ce și făceau, dar nimic nu se compară totuși cu a discuta direct cu celălalt, reprezentat de corpul său, nu de cuvintele sale. Când trecură cele două săptămâni, i se păru odată că o aude pe Malù șoptind ceva, și, deși n-o înțelese, ideea că foarte curând, poate a doua zi, ea avea să poată vorbi din nou îl făcu fericit. O fericire pripită, căci despre ce urmau să vorbească? Despre faptul că se aflau la șase ore de mers unul de altul, fără vreun plan de a schimba ceva, poate cu planul de a anula din când în când această distanță? Dar Grinda avea dreptate, căci, atunci când celălalt încă te iubește, iar lucrul era evident din felul în care Malù lovea telefonul cu degetul sau cu un creion, totul este remediabil, mai ales dacă Malù producea un răpăit optimist atunci când făcea și el o glumă. În timpul zilei se gândea la ea la fiecare trei minute, o imagine a ei îi apărea în minte indiferent ce făcea, aceste trei minute păreau să aibă o adâncă fundamentare bioelectrică pentru că ciclul funcționa fără abatere, mintea se întorcea la ceea ce îi făcea rău, fără să pretindă că-i face bine, ci zicând amical, ăsta e adevărul, deci am chef să mă scald în el ca porcul într-o mocirlă și ca porumbelul în havuzurile paradisului. Până la urmă, nu-ți cer așa mult, îi zicea această minte, doar să te înjunghii o dată la trei minute. Gândurile lui în singurătate trebuiau să fie un amestec sănătos de probleme mari și probleme mici, de moarte și facturi. Pericolul era ca mintea lui să devină o mașină de regrete, dar ispita era prea mare: când nu mai poți fi alături de omul pe care îl iubești decât în gând, nu-ți poate cere nimeni disciplină.

A doua zi fu proastă, o zi pe de-o parte foarte greu de descris astfel încât să se înțeleagă unde s-au dus atâtea ore și atâția nervi, dar pe de alta, paradoxal, ușor de descris în maniera respectivă, pur și simplu spunând că îi crăpase laptopul. Grinda sună deci abia târziu, iar Malù nu răspunse. Ziua următoare îi trimise mai multe mesaje și sună de cinci sau de șase ori și, cum Malù nu răspunse, Grinda sună la Gfeller. Cine știe? Poate omul sau fiul lui aveau o idee ce se întâmplă, sau puteau să-i confirme că de pildă chiar azi-dimineață Malù cumpărase ceva de-acolo. Oare șoferul care aducea puiet de copac și asculta *Carolina* mai trecea pe-acolo? Malù era în stare să-și continue treaba ei de parcă ar fi fost încă un element independent din armata plantatorilor, deși Grinda ar fi preferat ca ea să nu mai facă nimic, doar să respire aer curat și să-i scrie lui.

— Imediat, stați așa, zise o voce.

Fericit că răspunsese cineva, Grinda așteptă cu cea mai mare plăcere. Celălalt rezolvă ce avea de rezolvat și apoi luă din nou receptorul de pe masă.

— Alo! Alo!

— Da, vă salut! strigă și Grinda, nu se auzea grozav. Cu chiu, cu vai, evitând tot felul de înțelesuri penibile, întrebă dacă Malù a fost văzută în ultimele zile la magazin. Se poticni când trebui s-o descrie – era atât de minimalizator, tocmai acum când ea avea nevoie de el, să se refere la ea ca o doamnă cu păr negru și ochi albaștri, care timp de câțiva ani își făcuse cumpărăturile la acel magazin. Nemaivorbind că nu putea s-o descrie ca soție, pentru că nu era soția lui, nici ca prietenă, pentru că nu aveau 18 ani, nici ca logodnică, pentru că nu trăiau într-un manuscris medieval, nici ca parteneră, pentru că nu se aflau la notar. Rămase că Malù era cineva din familie, pe care o căuta familia, în mod colectiv, nu Grinda. Nu durase decât câteva secunde, dar, după ce spuse spăsit mica lui poveste, se regăsi umilit.

— Credeam că mă sunați să comandați ceva, un bax de apă, un magiun, m-ați luat prin surprindere, se eschivă celălalt oarecum firesc, cu o voce caldă și onestă, deși parcă nu era chiar așa firesc, ar fi putut să răspundă pur și simplu la întrebare. Că doar nu încerca să-l facă să cumpere niște magiun în schimbul acelor informații? Grinda se trezi profund deranjat de acest ton, dar era clar că nu-și putea permite să se arate deranjat.

— Îmi cer scuze că vă țin din treabă, zise el vesel, am vrea doar să știm dacă ați văzut-o, din întâmplare, ieri sau azi.

— Deci femeia de la stația meteo vă interesează, zise celălalt foarte liniștit, și acum Grinda își dădu seama că recunoștea vocea aia de altundeva. Nu era bătrânul Gfeller, poate era fiul lui, liceanul, cu vocea schimbată, neașteptat de matură.

— O să revin eu, dar cel mai bine ar fi să vă las un număr de telefon.

— Radu? Radu Grinda? îl auzi pe celălalt spunând, apoi tăcură amândoi.

După această conversație terminată foarte brusc, Grinda se plimbă jumătate de oră de la un capăt la altul al casei înainte să se așeze într-un fotoliu ca să-l sune pe Aufderheide să-și ia trei zile libere. Deschise apoi frigiderul și se uită cu mare atenție, de parcă așezat acolo, în frigider, s-ar fi aflat răspunsul pe care îl căuta. Ce era de făcut? Putea să ia un tren cu noaptea în cap, era și singurul tren până acolo, de parcă pentru acei foarte puțini oameni care voiau sau trebuiau să ajungă în gara de lângă cea mai ascunsă stație meteo din România lucrul era întotdeauna o urgență. N-ar fi crezut să-l mai audă vreodată pe Moroi, cu atât mai puțin că urma să se ducă să-l caute ca să afle ce se întâmplase cu stația meteo și cu Malù.

La cinci dimineața, Grinda bea un suc de portocale într-o cafenea din Gara de Nord. Tipul care servea acolo, brici, cu ochii clari, îi spusese zâmbind că nu a venit cafeaua și că poate să-i ofere orice altceva din meniu, dar nu cafea.

— OK, zisese Grinda.

În trenul pe jumătate gol cineva scosese o pisică din cutia în care o transporta, să se mai relaxeze și ea, dar pisica părea și mai panicată afară. În cele din urmă sărise în spațiul pentru valize și începuse să meargă peste ele cu infinită delicatețe, oprindu-se o clipă pe fiecare de parcă era specializată în identificarea de bombe. Când apăru controlorul, pisica ocupă o poziție de luptă care în același timp era și o poziție de camuflaj între două valize. Controlorul n-o văzu sau se făcu că n-o vede și după mica interacțiune care alcătuia viața lui profesională ieși din vagon fără să fi spus un cuvânt. De îndată ce se încheie toată diversiunea asta, Grinda simți că se prăbușește din nou în griji nesfârșite și vinovăție. Vinovăția, mai ales, era atât de difuză că nu te lăsa să înțelegi în ruptul capului cărei greșeli i se datora, greșeală pe care ai fi putut-o îndrepta, sau pe care ai fi putut să n-o mai săvârșești niciodată, sau, în fine, pe care ai fi putut s-o regreți în mod specific și satisfăcător. Când primi mesajul lui Malù pe telefon, Grinda nu avu curajul să-l citească. Ieși în spațiul dintre vagoane și abia acolo scoase iar telefonul ca să citească. Malù îi scria doar câteva cuvinte: să nu vină acolo. El o sună, iar ea răspunse imediat, repetând exact acele cuvinte. Bucuros că ea vorbește, Grinda începu să-i pună întrebări, să-i ceară explicații, să-i povestească banalități despre el. Malù îl ascultă cu răbdare, apoi îi spuse că, dacă vine după ea, o pune în pericol. Grinda începu să-i pună și mai multe întrebări, ca o babă. Malù continuă să asculte și de data asta, dar la sfârșit nu putu decât să-l roage să nu vină. Se întoarse la locul lui ca teleghidat prin trenul care se clătina, dar, abia așezat, se ridică și se duse din nou între vagoane. Zdrăngănitul care se auzea acolo îl ajuta.

Câteva zile, ca un făcut, Grinda trebui să facă traduceri care mai de care mai deprimante. Parcă toți românii din Anglia fuseseră cuprinși de boli și suferințe de tot soiul în același timp, era o apocalipsă a imigranților. Toată lumea era la spital, la secția de poliție, în cea mai proastă situație posibilă, niciodată adus la poliție pentru a da câteva informații, ci prins în flagrant, niciodată la spital pentru a ridica un dosar medical sau a primi o veste bună, ci pentru a face chimioterapie sau a afla că o face degeaba. Într-o zi se întrerupse timp de o oră ca să spargă ghinionul și se plimbă aiurea în jurul Muzeului Țăranului Român. La sfârșit se regăsi în stația lui 300, în care nu mai exista nici măcar oțetarul acela de o supremă vulgaritate și vitalitate. Se uită la autobuz cu gânduri absurde de dor de ducă, de parcă autobuzul 300 ar fi putut ajunge în Venezuela, iar șoferul i-ar fi putut da acte false pentru a o lua de la zero. Întors la birou după această pauză, primi una după alta numai traduceri seci și tragice care îl atenționară în felul lor să nu mai îndrăznească să fugă vreodată de responsabilitate. Cu riscul de a părea dus cu pluta, își întrebă colega care traducea pentru turci în germană dacă observase în ultima vreme că lumea o ducea mult mai prost și că primea de la judecători și de la asistenții sociali numai vești stupide și dureroase. Tipa ridicase din umeri: evident că totul mergea din ce în ce mai prost.

Nu totul mergea așa totuși, altfel Grinda ar fi putut găsi cine știe ce grozăvii la stația meteo. Or, când ajunsese acolo pregătit să-i explice lui Malù, cât mai diplomatic posibil, că nu avea cum să nu vină, mai ales după ce ea îi spusese să nu vină, ceea ce îl îngrijorase și mai tare și așa mai departe, stația era goală, dar în perfectă ordine, afară de faptul că lipseau toate lucrurile și proviziile lui Malù. Ce nu lipsea erau pastilele Medicxi, pe care le recuperă din locul secret unde pe vremuri el și ea își țineau lucrurile valoroase, între care o mică tocilă de șist cristalin.

Alergase pe cărarea din pădure până ieşise în drum la magazin, care era închis, evident abandonat. În apropiere era o maşină arsă, un Ford cu coarne, altminteri nici un semn de nereguli şi cu atât mai puţin de violenţă. Îi trimisese atunci un mesaj – un gest ilogic poate – spunându-i că a ajuns la staţia meteo, că se află la Gfeller şi întrebând-o unde e. Nu numai că mesajul nu rămase fără răspuns, dar ea chiar îl sună. Vocea ei părea limpede şi liniştită când îl rugase iar să n-o mai caute. Aşa că Grinda trebui să se întoarcă în Bucureşti. Oare cum de o putuse considera vreodată pe Malù slabă? Unde mai greşise Grinda: venise pe lume şi, după ce că venise, nici nu stătuse închis în casă şi, după ce că nici nu stătuse închis în casă, interacţionase cu alţi oameni, dând şi luând suferinţă, resorturile acestei ceremonii fiind varză pentru totdeauna. Dar totul merge înainte, şi e şi mâine o zi, şi timpul le rezolvă pe toate. Până una-alta, o parte din aceste lucruri erau totuşi irezolvabile, şi Grinda trebuia să traducă la telefon de ce ele erau astfel, unor oameni cu datorii, cu astm post-profesional cu complicaţii sinistre şi cu procese în care copilul era încredinţat celuilalt părinte, întotdeauna celuilalt. Dar ziua se termină până la urmă – iată încă un aspect îmbucurător –, iar Grinda pătrunse în parcarea subterană, o bolgie plină de afişe cu hamburgeri, cu culorile sinistre cărora încercă să nu asocieze bucuria de altfel îndoielnică de a pleca acasă. Plătind la aparat, aşteptă chitanţa mai mult decât era cazul până îşi dădu seama că, dintr-un motiv sau altul, chitanţa nu mai ieşea. Ajuns în stradă, conduse de parcă maşina urma să se desprindă din toate încheieturile dacă el ar fi depăşit cumva 20 de kilometri pe oră. Pretinse faţă de sine însuşi că nu vede bine din cauza valului de praf şi fu recunoscător celor care îl claxonau să plece că s-a făcut verde. De-o parte şi de alta a bulevardului erau copaci din conducte reciclate, chipurile cu un mesaj ecologist. Şi designul era retro, acum pariul nu părea să mai fie pe forme de avangardă, ci pe tradiţionalism. În scoarţă erau ici-colo ştanţate din fabrică, cu litere brâncoveneşti, inscripţii cu cutare + cutare = ceva, câte o inimă străpunsă de o săgeată. Era un paseism înşelător, totuşi: într-unul din aceşti copaci de pe marginea şoselei văzu pe cineva introducând un card şi scoţând apoi mai multe hârtii pe care le numără. Pentru prima oară, Grinda se gândi că aceşti copaci erau în orice caz mai buni decât cei adevăraţi dacă voiai să intri cu maşina într-unul şi s-o faci zob.

Vineri, chiar când dădea să plece de la muncă, primise un mesaj de la Tigerspan care aveau nevoie de un interpret pentru un american sâmbătă, pentru o conferinţă, interpretul lor se îmbolnăvise. Deşi nu mai făcuse *on-site interpretation* de mult timp, acum era momentul ca învelişul lui să se poarte ca o fiinţă umană, aşa că acceptă contractul. Toată ziua de sâmbătă participă la o întâlnire descreierată, a unora care făceau filozofie politică, el traducând în căşti pentru toată lumea prezentarea unui tânăr profesor din Illinois şi apoi traducându-i lui comentariile românilor şi discuţia liberă, chiar şi la recepţia de la sfârşit, unde se găsiră nişte profesori care să vină să se bage în seamă în limba română. Grinda nu ştia care erau mai plini de ei, cei care vorbeau cu mare aplomb o engleză mizerabilă, sau cei a căror morgă nu părea ştirbită cu nimic de faptul că preferau să vorbească prin traducător în singura limbă din lume pe care ar fi fost absolut obligatoriu să o cunoască. *Ścięcie drzewa to egzekucja pozbawiona ceremoniału*, tăierea copacilor e o execuţie fără nici o ceremonie, spunea cântecul de la Neumir. Eşti întunericul în care pot dormi, lumina în care mă pot trezi. Amintirile trebuiau însă lăsate pentru diseară. În ansamblu, balamucul conferinţei ăsteia depăşi şmecheriile pe care le ştia Grinda ca să poată duce tot consumul nervos şi pulmonar – trei litri de apă, absenţă totală a limbajului corporal, voce dată la minim –, aşa că atunci când totul se termină avea impresia că devenise transparent ca un ţurţure. Profesorul în orice caz nu fusese deloc dezamăgit de schimbarea interpretului, parcă din contră, i se luase o uriaşă greutate de pe umeri că nu mai trebuia să lucreze cu o femeie atractivă. Se încurcară puțin la început pentru că cea cu care lucrase în primele zile îl învățase, pare-se, că trebuia să se uite tot timpul în ochii ei ca să poată comunica, or Grinda nu se uita niciodată în ochii vorbitorului, el se uita, cum s-ar zice, în cuvinte. Ar fi putut să stea cu mâinile în părul ei infinit mai mult. Ea l-ar fi lăsat. Depindea numai de el, dar el făcuse asta doar din când în când, ca un idiot, fără să înțeleagă că totul se afla în valurile acelui păr negru, fără nici o legătură cu alcătuirea ființei umane, acele fire negre de materie interstelară inteligentă. Până la urmă și microfoanele funcționaseră bine și totul mersese OK, cu pauze neașteptate în care expertul în democrație ieșea pe hol, cu Grinda după el, ca să tragă o gură de whisky. Îi oferi și lui, iar Grinda bău fără să fi refuzat măcar o dată, de ochii lumii. *Vous déboisez, imbéciles, vous déboisez, tous les jeunes arbres avec la vieille hache vous les enlevez.* La recepție, americanul îl luase deoparte și ca un fel de mulțumire îi făcuse bizara mărturisire că are un băiețel de un an căruia i-a dat numele Slavoj, în onoarea... Grinda nu se mai putea concentra la nimic. După câte o zi de-asta, până și în somn visele îi erau separate de intertitluri din prostiile pe care le auzise. Mâine plec cu trenul ăla, se gândi Grinda, căpiat de oboseală, uitând că trenul acela nu mai ducea nicăieri. La stația meteo se uita uneori la ea cum vorbea fără să asculte un cuvânt, întrebându-se cum era posibil să înțelegi atât de puțin din ce însemna să iubești pe cineva, cum era posibil ca mici variații optice care reprezentau linia gurii sau a nasului să se articuleze într-o obsesie și să dea fiecărei vorbe și fiecărei fapte altă greutate. Ca introducere, spunea în sala de la Athénée Palace profesorul din Illinois, sau Arkansas, Grinda le confunda de pe vremea când învățase că în nici unul din ele nu se pronunță s-ul final, dați-mi voie să vă spun că, la întrebarea dacă mă ocup de democrație, răspund întotdeauna: Nu! Eu fac *American studies*! Hahaha! O colegă îi povestise că unul din tipii ăștia o sunase înainte de o conferință s-o întrebe ce culoare va fi şnurul de care va atârna ecusonul de identificare, şi se dovedise că dorea să-şi aleagă o cămaşă a cărei culoare să meargă bine cu acel şnur. Astea erau haşurile lumii, faptele care o tranzitau, acum doar asta mai conta, nimic altceva.

Duminică se dusese la casa de pe C.F. Robescu. Trecuse prin mica grădină unde uneori beau cafele, ascultând bancuri seci spuse de latinişti şi bancuri obscene spuse de slavişti. În locul grădinii părăginite de atunci, gazonul artificial de-acum, verde-albastru, de fotografie, era un abuz. Uşa i-o deschisese chiar fiul profesorului, acum un adult cu burtă şi o frumoasă barbă, poate pe măsura personalităţii lui, poate nu. Celălalt nu numai că nu-l recunoscu, dar se enervă imediat când Grinda îşi spuse numele, de parcă îl costa timp şi energie să caute în memorie dacă existau informaţii asociate cu acest nume. Grinda, mereu neinspirat, îi aduse aminte că se văzuseră de câteva ori întâmplător pe vremuri, pentru că fusese ani de zile asistentul tatălui său. Tânărul se crispă şi mai tare. Era clar acum că el, Grinda, un bărbat cu 20 de ani mai în vârstă decât noul stăpân al casei, aşadar bătrân, deşi se considera cu neruşinare încă tânăr, venise la uşa lui ca să întoarcă timpul pe vremea dinozaurilor, pe care omul cel tânăr îi ura. Grinda strânse din dinţi şi întrebă ceea ce venise să întrebe – dacă poate consulta carnetele lui Uivărăşeanu şi dacă ar putea fotografia câteva dintre ele. Cum celălalt nu zicea nimic, Grinda continuă să vorbească plin de speranţă, spunând că desigur asta reprezintă un deranj, dar că el are şi a avut dintotdeauna o vie admiraţie pentru profesorul Uivărăşeanu, şi că măcar carnetul despre pădurea din Birnam şi carnetul despre Mursilis... ar fi extraordinar dacă..., în fine, cuvinte care nu contau luate separat, dar se părea că trebuie să se audă nişte vorbărie imploratoare, ăsta era preţul. Toate astea pentru ca tânărul Uivărăşeanu – deloc nu i se potrivea acest nume! – să-i spună cu o vizibilă satisfacţie că toată casa fusese golită şi renovată, iar carnetele fuseseră de mult date la maculatură. Era importantă reciclarea hârtiei chiar dacă acum cheresteaua era mai ieftină decât fusese vreodată în istoria acestei țări. Se tăiaseră atâția copaci, încât vedeai trenuri cu cherestea în toate gările și camioane cu cherestea pe toate șoselele. Nenumărate încărcături de la gaterele care funcționau zi și noapte, care nu mai putuseră fi prelucrate cu nici un chip, fuseseră pur și simplu arse ca să nu mai încurce locul. Mai era ceva de adăugat, chiar dacă acum era și mai greu de adăugat, Grinda mai făcu un efort și îi spuse tipului că îi pare rău că a scris cândva o recenzie prea critică la cartea profesorului despre Hamlet, Faust și Luther, în care, în plină vervă, îl numise „un *dilettante* pe Seidenstraße" și altele la fel de umilitoare. I se păruse atunci că Uivărășeanu era o etapă provincială care trebuia închisă în viața lui, pentru că el tocmai îl descoperise pe Paul de Man, deși acum nu l-ar fi dat pe Uivărășeanu pe zece Paul de Man, și că voia să-și ceară iertare. Celălalt închise ușa după un semn benign, și cu atât mai disprețuitor, de refuz, refuzând adică ceea ce avea Grinda de oferit, și anume amintirea tatălui lui. Iar Grinda plecă fără carnetul cu comentarii despre tăblița lui Mursilis. Care ar fi fost singurul loc din care ar fi putut afla cum și dacă regele hitit își regăsise vreodată vocea.

Traduse toată dimineața pe pilot automat, fără nimic care să-l amuze sau să-l deprime. Oboseala îl cuprinse doar puțin înainte de sfârșitul zilei, însă o oboseală monstruoasă. Uită să forwardeze timpii pentru trei traduceri la rând, și tipa de la crono îl bâzâi scurt pe *interletter*, fără să-i scrie nimic. După încă o discuție la o școală din Worrick, de care el crezuse tot timpul că era Warwick, îl sună altcineva din companie.

— Radu?

— Da. O să loghez convorbirea imediat, sunt încă pe Windows 13 și...

— Nu de-asta te sun, e cineva în centrală, îți fac legătura.

— În regulă, preiau eu prin plat-fe.

— Nu e vorba de tradus. Stai așa.

De-abia apucă să fâşâie telefonul puţin, că se şi auzi o voce care îl îngheţă pe Grinda.

— Aru?

— Ce faci, fetiţă, ce-i cu tine? strigă şi el, pe jumătate speriat, pe jumătate fericit.

— Vii?

— Unde sunteţi? S-a întâmplat ceva cu mama?

Fetiţa pufni.

— Te aştept jos, zise ea şi începu să tuşească.

Când Grinda ieşi grăbit din lift la recepţie, o văzu din prima clipă pe Argiro cu un băieţel de vârsta ei, aşezaţi în fund în fotoliile imense, cu picioarele complet întinse. Când o luă în braţe, ea încă nu apucase să se ridice.

— Ari! Ţi-e foame, întrebă el, din reflex.

Spre surpriza lui, ea făcu semn din cap că da. Intrară alături, el îşi luă o bere, copiii mâncară o friptură cu cartofi prăjiţi, maioneză, murături, mâncare de îngeri. Grinda abia se abţinu să nu le pună o mie de întrebări. Când se lăsară pe spate în scaune, le luă farfuriile şi le puse una peste alta, cu tacâmurile deasupra, fără să scoată o vorbă.

— Cu ce pot să vă fiu de folos, zise el în cele din urmă cu nepăsare.

Copiii se uitară unul la altul şi râseră.

— Domnu' Aru, aţi înţeles greşit, îl informă băieţelul. Noi am venit să vă ajutăm pe dumneavoastră, zise el, tuşind, fără ca asta să-i anuleze veselia.

— A, perfect! se bucură Grinda. Numele meu e de fapt Radu, se prezentă el, întinzându-i mâna celuilalt. Aru e, aşa... făcu el un gest elocvent.

— Iar OKDBR? întrebă băiatul, arătând cu degetul spre locul de afară unde erau literele monumentale de metal. Ar trebui să fie ORDER?

Dar Grinda nu mai avea răbdare.

— Ia zi, ce face mama? o întrebă pe fetiţă.

— E în Italia, răspunse ea foarte la obiect, prelucrând în gură o bucățică de cartof recuperată de undeva.

— Unde în Italia!? întrebă el, de parcă mai avea vreo importanță.

— Pe lângă Palermo, pe la Maredolce, habar n-am, răspunse fetița. O să-ți explic. Pronunța numele astea, și toate cuvintele, fără să facă vreodată o greșeală.

— Am vorbit eu cu domnul Koutoulakis, care ne-a lăsat și documentele. Totul e în regulă, zise și micul ei prieten, verificând în același timp ceva pe telefon, că doar replica „totul e în regulă" lăsa nefolosită prea multă capacitate intelectuală, cu care se puteau face simultan atâtea alte lucruri.

Fetița copie într-un carnet ceva ce băiatul îi arătă pe telefon. Grinda așteptă liniștit să fie din nou băgat în seamă. Totuși nu se putu abține să-i atragă lui Argiro atenția că pe pagina din dreapta trebuie să scriem cu stiloul. Dar, cum nici ea, nici prietenul ei nu scriseseră vreodată cu stiloul, mesajul nu ajunse la destinație.

— Bun, și unde o să dormiți la noapte? întrebă Grinda, stăpânit, pragmatic. Puteau să doarmă foarte bine la el, se gândi. Nici unul din ei nu avea să se plângă că nu avea legume proaspete. A doua zi avea să se ducă mai târziu la OKDBR, îi punea pe amândoi în avion și gata. Adică în orice caz pe ea, de băiețel nu știa de unde provine.

— Întrebarea e unde o să dormi tu la noapte, Aru, zise fata, foarte fericită, parcă erau la o petrecere.

În stradă copiii făcură deodată semn unui taxi, care opri imediat, de parcă era o lege nescrisă a taxiurilor, să vină fără întârziere dacă își doresc copiii să meargă undeva. Băiețelul spuse șoferului să meargă la Ivirești. Grinda se relaxă și se crispă în același timp. Nu putea fi decât ceva pus la cale de Carmen. Oare se reîntorsese în țară? Trase cu coada ochilor la Argiro, care parcă nu se înălțase deloc, doar fetișoara aia prinsese un aer matur, în același timp de o suavitate care îl făcea praf pe

Grinda. O vreme, taxiul traversă o furtună de praf și nu mai văzură nimic în jur. Deși ferestrele erau bine închise, la vederea prafului amândoi copiii tușiră. De la Piața Presei încolo văzu pe marginea drumului trunchiuri de oțel extraordinar de subțiri, de o eleganță hidoasă, fără nici un fel de crengi. Curând apăru și un panou explicativ care amintea că generația de copaci Uriagereka fusese premiată la ultimul festival internațional de biominimalism. Erau tije metalice computerizate, cu nervuri pseudo-organice, care scanau automobilele și nu numai că emiteau automat amenzi dacă era cazul, dar puteau prelua complet controlul mașinii, imobilizând-o pe marginea drumului.

În Ivirești, șoferul îi lăsă prudent la o oarecare depărtare de lizieră și o tăie înapoi în mare viteză. Copiii începură să meargă spre pădure. Grinda o luă după ei, uitându-se de vreo două ori în direcția în care dispăruse taxiul. Băiatul avea un ghiozdan cu pinguini, tot așa, ceva complet lipsit de maturitatea pe care o arătau puștanii atât de devreme. Grinda s-ar fi așteptat la un design mai serios, mai violent, pentru că amândoi păreau niște mici adulți. Imediat ce intrară în pădurea Ivirești, fură înconjurați de o lumină roșiatică, încețoșată, pe care el o știa de undeva, cine știe de unde, poate dintr-un vis, nu reuși să-și amintească. Era clar că pădurea fusese abandonată, deși accesul nu părea interzis formal. Pentru prima oară, Grinda văzu aici copaci din primele generații într-o formă destul de proastă, din loc în loc trebuiau să sară peste drugi umezi cu circuite, peste un fel de anvelope sfâșiate, întinse într-un moloz albăstriu, lunar. Nu se vedea nici o frunză, nici o tulpiniță nicăieri. Copiii își acoperiseră nasurile cu basmale, însă Grinda nu simțea nici un miros, nici bun, nici rău. De păsări nici vorbă, nici măcar sus pe cer nu se vedeau, dacă mai existau era clar că ocoleau Ivireștiul ca pe firele de înaltă tensiune. Acum își dădu seama că de fapt Carmen n-avea nimic de-a face cu expediția asta. După ce mai merseră o vreme, Grinda estimă că puştimea îşi făcuse damblaua cu vârf şi îndesat şi de-acum era responsabilitatea lui să oprească distracţia.

— Bun, aşa că o să încercăm ieşim pe partea cealaltă a şoselei, între timp eu o să chem un taxi, zise el, cam ca nuca în perete.

Copiii se uitară la el cu resemnarea cu care te uiţi la un adult care nu va înţelege niciodată.

— Aproape am ajuns, zise Argiro, arătându-i în faţă, unde lumina încă încărcată de praf avea nişte striaţii ciudate.

Urmându-i, în *stop motion*, dincolo de ultimele trunchiuri de plastic negru, Grinda văzu că nu se înşelase. Prin pădure trecea acum un râu, un râu nervos şi lat de câţiva metri buni, o adevărată gârlă cu malurile proaspăt tăiate, care nu apucaseră să se erodeze. Ca stupoarea lui să fie totală, o barcă era legată la mal. Argiro sări în ea, şi abia atunci Grinda simţi că se întâmpla ceva, şi acest ceva îl ameţi.

— Hai, zise ea, şi el simţi că obligaţia lui era să se împotrivească.

— Nu, o să chem un taxi, în zece minute ajunge, tocmai bine ieşim şi noi din pădure şi...

— Aru, mergem la copaci.

Grinda îşi întoarse faţa, de parcă auzise ceva insuportabil. Îşi scoase telefonul, dar nici urmă de semnal.

— Ce copaci, uită-te în jurul tău ca să înţelegi ce înseamnă copaci, zise şi el, dar ştia deja că fetiţa vorbea despre altceva.

Chiar şi odată suit în barcă, continua să bâiguie că râul ăsta nu poate să ducă nicăieri. Copiii scoaseră dintr-un compartiment al bărcii o sticlă de apă şi biscuiţi şi i le dădură. Grinda bău şi apoi începu să mănânce. Incredibil, acea apă şi acei biscuiţi îl făcură un om mai bun. Era cât pe-aci să-i întrebe dacă n-au şi o bere, dar se abţinu. Mergeau în aval şi grăbeau barca cu două vâsle scurte. Argiro se uita cu atenţie la copacii de pe margine, diferite variante Pasteque de la Astiplast, mai multe variante Madras şi câteva care anticipau Uriagereka, dar cu nişte racorduri între ei, care puteau crea rapid un fel de garduri, o chestie considerată cândva promiţătoare de autorităţi, lăsată totuşi de izbelişte. Deodată, şi ea, şi băieţelul observară ceva ce lui Grinda îi scăpa şi, cu ajutorul lui, opriră barca. Grinda coborî ultimul. Căută cu privirea ceva extraordinar, dar nu văzu nimic. Aceiaşi copaci de plastic, ciment şi bronz în diferite combinaţii, aproape toţi cu frunzele, crengile şi trunchiurile destul de deteriorate. Se ţinu după ei până când avu în faţă un copac Astiplast, din care încă mai atârnau câteva frunze din folie de plastic. Aplecându-se, văzu că acolo unde trunchiul fusese cândva montat în suportul lui, creştea un copăcel de-o palmă, adus cine ştie de unde. Grinda zâmbi.

— Voi aţi transplantat lăstarul ăsta de fag aici? întrebă el, relaxându-se dintr-odată. E foarte drăguţ. Să ştiţi că lumea a cam renunţat la genul ăsta de activitate. Dar bravo vouă, v-aţi gândit foarte bine. Aţi făcut ceva de toată isprava. Nu contează că aici n-are nici o şansă să crească. Important e că v-a venit ideea asta şi că aţi făcut ceva care...

Copiii îl lăsară să vorbească fără să pară din cale-afară de dezamăgiţi. Iar Grinda nu se întrerupse, îi lăudă în continuare, pedagogic, în timp ce se întorcea încet în posomoreala de dinainte. Ce căuta la Ivireşti? Se uită la copii cum scobeau pământul şi plantau un alt copăcel, adus de pe barcă, învelit în folie cu bule. Mai încolo îi ieşiră însă în faţă doi frasini de aproape un metru, cu muguri negri, negri, negri ca părul lui Malù, fiecare crescând la o palmă de trunchiul de bronz al unui copac Madras de 500 de waţi. Asta îl luă prin surprindere şi se aplecă, cu o ciudată îngrijorare, să le atingă tulpina.

— Vedeţi, uneori, chiar şi atunci când nu ne aşteptăm, dacă lucrurile au fost bine făcute..., îngână el, nedumerit de această foarte parţială victorie.

Făcând câţiva paşi după copiii care mergeau spărgând în continuare bulele din folie în timp ce el le ţinea banala lui morală, ochii îi căzură din nou pe ghiozdanul ei cu o mâţă turcoaz, şi vru să spună ceva, când înţepeni. Aproape toţi copacii pe care îi vedea, din prima generaţie Astiplast, erau puţin înclinaţi încoace şi încolo, fiecare dislocat de câte un salcâm drept, care pleca de lângă rădăcina lor și care părea să aibă deja vreo trei ani, afară de cazul în care creștea mai repede decât creșteau salcâmii pe vremuri. Grinda se apropie încet de unul dintre ei și puse palma pe trunchiul lui îngust, cu grijă, ca să nu se electrocuteze, apoi, când își dădu seama că erau copaci adevărați, luă mâna repede. Alergă de la un salcâm la altul, așezându-se față în față cu ei și încruntându-se tot mai mult din cauza bucuriei din stomac, care venea laolaltă cu emoții mult mai grave. Se mai uită o dată la salcâmii foarte tineri, groși abia cât brațul, care își făceau de cap în pământ, lăsând să se bănuiască rădăcini care luau totul pe cont propriu, în tăcere. Se întoarse cu spatele la Argiro și la băiat, ca să nu-l vadă cu lacrimile care îi năvăliseră în ochi, dar, făcând asta, văzu alți doi copii care traversau acest ochi de pădure. Cei doi le făcură cu mâna alor lui și apoi coborâră spre apă. În partea opusă se auziră deodată alte glasuri de copii. Grinda se uită în jur și numără vreo douăzeci de salcâmi și douăzeci de copaci Astiplast înclinați, pe jumătate scoși din postamentul lor. Se apropie de Argiro cu un nod în gât. Argiro asculta muzică la căști. Grinda dădu să vorbească, dar, deși băiatul aștepta privindu-l cu atenție, trecură câteva clipe în care nu-și găsi cuvintele.

— Dacă nu te porți frumos cu ea... Dacă nu ai grijă de ea... Ține bine minte ce-ți spun, spuse el, punându-i o mână în cap și ciufulindu-l fără să-și dea seama ce face.

Apoi se duse la cel mai înclinat copac Astiplast, se agăță de el și începu să tragă din răsputeri, încercând să-l pună la pământ. Din salcâmul de alături zburară câteva vrăbii care se așezară una după alta în preajma lui Ari, apoi zburară în ordine inversă în alt salcâm. Instalația nu se mișca, oricât se încordă el nu reuși să o urnească, dar simțea înăuntrul ei o tensiune care îi trăda vulnerabilitatea. Avea să trebuiască să încerce asta și a doua zi, lucrând împreună cu salcâmul, și poate și în zilele următoare.

La prețul de vânzare se adaugă 2%,
reprezentând valoarea timbrului literar.